Caroline Dunford arbeitete als Psychotherapeutin und Journalistin, bevor sie ihre Liebe zum Romanschreiben entdeckte. Zurzeit ist sie *Writer in Residence* am Theater Siege Perilous in Edinburgh. Sie lebt mit ihrem Mann und zwei Kindern in einem Cottage an der schottischen Küste.

Caroline Dunford

Das Hotel in den Highlands

Roman

Aus dem Englischen von
Sabine Längsfeld

Rowohlt Taschenbuch Verlag

Die Originalausgabe erschien 2014 unter dem Titel
«Highland Inheritance»
im Verlag Accent Press, Ltd., Abercynon.

Deutsche Erstausgabe
Veröffentlicht im Rowohlt Taschenbuch Verlag,
Reinbek bei Hamburg, Mai 2016
Copyright © 2016 by Rowohlt Verlag GmbH,
Reinbek bei Hamburg
«Highland Inheritance» Copyright © 2014 by Caroline Dunford
Redaktion Johanna Schwering
Umschlaggestaltung any.way, Barbara Hanke/Cordula Schmidt
Umschlagabbildungen A. Y. Photography/Getty Images;
thinkstockphotos.de
Vignetten thinkstockphotos.de
Satz aus der DTL Documenta, PageOne,
bei Dörlemann Satz, Lemförde
Druck und Bindung CPI books GmbH, Leck, Germany
ISBN 978 3 499 27231 8

Das Hotel in den Highlands

1. Kapitel

«Big Data!»

Die Wörter blinken auf der Leinwand, Jake lächelt und zeigt schneeweiße Zähne. Jeder Zentimeter an ihm strahlt aus, dass er zu den Profis des neuen Jahrtausends gehört, von der makellosen Gelfrisur bis runter zu den auf Hochglanz polierten Schuhen. Er trägt Jackett, aber keine Krawatte, und seine Designerjeans hat mehr gekostet, als das Durchschnittspaar für einen Wochenendtrip ausgibt. Er ist ein Querdenker, der sich trotzdem im Rahmen der Konventionen bewegt. Hip *und* solide. Das ist sein Motto. Exakt so will er sein; Vordenker, Trendsetter – und gleichzeitig einer, auf den man sich hundertprozentig verlassen kann. Tradition trifft Moderne in charmanter Fünf-Sterne-Verpackung. Alle Gesichter im Raum sind ihm erwartungsvoll zugewandt, doch sein sexy Zwinkern gilt mir. So unwahrscheinlich es klingen mag, aber dieser Typ gehört zu mir.

Na ja, nicht ganz. Aber wir sind uns auch darüber einig, dass wir noch nicht heiraten wollen. Jake meint, heiraten liegt im Augenblick nicht im Trend. Die Statistik besagt, dass immer mehr junge, karriereorientierte Paare ohne Trauschein zusammenleben, und die Datenkorrelation zeigt, dass sich unverheiratete Frauen Ende zwanzig – so wie ich – hinsichtlich ihrer Karriere besser entwickeln als ihre frisch vermählten Altersgenossinnen. Jake sagt, das liegt daran, dass jene Frauen, die die Leiter langsam hochklettern, früher Kinder kriegen, während die Kletterfreaks die Familienplanung auf Ende dreißig oder sogar Anfang vierzig verschieben. Er hat zum Beleg dafür Tonnen von Daten herangezogen. Jake meint, es sei für meine Karriere wichtig, dass wir noch nicht heiraten. Für mich ist das in Ordnung. Wir sind so eng, wir brauchen keinen Standesbeamten, der unserer Beziehung eine Lizenz erteilt. Und zu wissen, dass er auch ohne Ehering zu mir steht, hat was Besonderes. Meine beste Freundin May guckt mich immer etwas schief an, wenn ich ihr das erzähle. Aber man muss nun mal Kompromisse machen im Leben.

Inzwischen erklärt Jake, warum die Firma dringend in neue Server investieren muss und dass wir absolut auf Big Data angewiesen sind, um weiter zu den Top Playern gehören zu können. Überall im Raum nickende Köpfe. SkyBluePink – oder kurz und knackig SBP – gehört zu den sich am schnellsten entwickelnden Firmen für Digitales Marketing weltweit. Wir sind stolz darauf, für Themen wie Big Data offen zu sein. Die Tatsache, dass wir alle gerne hier sitzen, um Jakes Rede zu hören, obwohl wir wissen, dass gleich danach die Weihnachtsfeier beginnt, darf als Maßstab für unser Engagement betrachtet werden.

Während ich seinem Vortrag lausche, meldet sich trotzdem eine leise Stimme in mir, die sich fragt, ob Big Data nicht einfach nur ein schickes Wort für das Sammeln riesiger Datenmengen ist, und das tun wir doch sowieso schon. Ich arbeite als Datenanalystin. Was ich mit Excel nicht hinbekomme, kann mit Excel nicht gemacht werden. Trotzdem steht Jake da vorne und sagt, es reicht nicht, wir müssten noch größer, breiter, tiefer denken.

Eigentlich kann ich das alles schon auswendig. Er hat zu Hause wochenlang für diesen Auftritt geprobt. Ich wende mich ab und schaue zum Fenster in die Dunkelheit hinaus. Es ist ein regnerischer Winterabend. Seit wir mit SBP auf die Royal Mile gezogen sind – mit Unterstützung einer Initiative der Stadt Edinburgh zur Neubelebung des Stadtzentrums, bei deren Marketing wir witzigerweise selbst mitgewirkt haben –, ist der Blick aus dem Fenster gefährlich verlockend. Früher waren wir in einem trendigen Lagerhaus am Stadtrand untergebracht, jetzt sitzen wir in einem imposanten sanierten Altbau in der Altstadt. SBP hat sämtliche Wände rausgeschlagen und einen riesigen offenen Workspace ohne feste Arbeitsplätze geschaffen. Ich versuche immer, einen Schreibtisch direkt am Fenster zu ergattern. Und weil ich auf meinem Rechner über Nacht Programme laufen lasse, habe ich auch einen Grund, mir immer denselben Tisch zu schnappen. Jake findet, ich hätte einen Reviertick.

Draußen ragt St. Giles mächtig in den Himmel auf, so finster, als würde die Kathedrale alles Licht verschlucken. Sie steht seit Jahrhunderten mitten auf der Royal Mile, unbeeindruckt vom Kommen und Gehen der Menschen und ihrer Geschäftigkeit. Direkt davor ist das Heart of Midlothian in den Straßenbelag gepflastert. Dort, wo früher das alte Gefängnis stand, wird von jedem echten Schotten quasi erwartet, auf die Straße zu spucken – als Zeichen seiner Verachtung für das, was früher an der Stelle vor sich ging. Direkt daneben schließt sich der herrlich wirr zusammengeschusterte Georgian Parliament Square an. Ich kann die Lichter der Sternsänger sehen, die sich auf dem Platz versammelt haben. Dort ist ein kleiner Weihnachtsmarkt aufgebaut, inklusive Maronenstand. Er füllt sich gerade mit Familien und Leuten, die schon Feierabend haben.

Ich seufze tief. Ich wäre jetzt auch gern da unten. Es ist nur ein winziger Teil des offiziellen Adventsprogramms der Stadt, aber es war meine Idee. Ein Stückchen Dickens'sche Weihnacht im Herzen der Altstadt. Etwas romantisches Flair als Kontrast zu den grellen Lichtern der Princess Street und den Verlockungen der Designer-Outlets. Der Markt ist mein persönliches kleines Stück Weihnachtszauber, aber das ist natürlich in der schnelllebigen Welt des Digitalen Marketings eine sehr kleine Hausnummer.

Dann erblicke ich mein Gesicht im Fenster, eine gespenstische Spiegelung über der fröhlichen Szenerie. Ich sehe traurig aus, dabei gibt es gar keinen Grund dafür. Meine schulterlangen dunklen Locken wirken schlapper als sonst und hängen nach vorne über mein ungewöhnlich herzförmiges und dadurch derzeit ganz und gar nicht im Trend liegendes Gesicht. Ich sitze seitlich verdreht, um aus dem Fenster zu schauen, und mir fällt auf, wie schmal meine Schultern wirken. Das ist gut, glaube ich. Jake sagt, ein paar Pfund weniger würden mir gut stehen. Er meint das nicht kritisch, aber unsere Branche ist nun mal sehr imagebewusst. Ich werfe meinem Spiegelbild ein Lächeln zu, nehme die Schultern zurück und drehe mich wieder um. Spiele selbstsicher, und du bist selbstsicher, rezitiere ich still. Während ich den Blick vom Fenster löse, fällt mir auf, dass es draußen angefangen hat zu schütten. Die Leute auf dem Weihnachtsmarkt tangiert das nicht. Wir sind hier schließlich in Edinburgh. Man rechnet mit Regen in dieser Stadt. Ich muss blinzeln. Indirekte Beleuchtung ist out, und SBP hat in der Decke über jedem Tisch helle Halogenleuchten installiert, außerdem ein großes Scheinwerfergestell und Projektionssystem, das die riesige schwarze Rückwand des Büros bei Bedarf in ein Präsentationszentrum verwandelt. Den Laptop unauffällig neben sich, holt Jake an Effekten aus seiner Präsentation, was geht. Nach exakt dreiunddreißig Minuten kommt er zum Ende. Die perfekte Länge. Die Statistik sagt nämlich, dass die Leute sich bei fünfundvierzigminütigen Präsentationen anfangen zu langweilen und alles, was kürzer als dreißig Minuten dauert, für oberflächlich halten.

Er beendet den Vortrag mit der Passage, die er immer wieder vor dem Badezimmerspiegel geübt hat: «Liebe Kollegen. Hier geht es nicht darum, was ich glaube. Hier geht es um das, was die Daten uns verraten. Die Herausforderung ist riesig, aber ich weiß, dass wir bei SBP große Herausforderungen lieben. Wenn wir auch in Zukunft ganz vorne mitspielen wollen, müssen wir in Big Data investieren, Big Data leben.»

Die Leute applaudieren frenetisch. Linda, unsere Geschäftsführerin, ein Fashionfreak Anfang vierzig, erklärt die Party für eröffnet und lenkt unsere Aufmerksamkeit auf die Wodka-Eisrutschen, die inzwischen hereingerollt wurden. Unbemerkt, weil alle an Jakes Lippen gehangen hatten.

Eine halbe Stunde später befinde ich mich vor der Eisskulptur eines nackten Mannes. Wo der Schnaps da wohl rauskommt? Irgendwer gießt Chili-Wodka für mich in die Rille. Oh Gott, wie ich diese Spielchen hasse. «Lucy! Lucy!» tönt die Menge um mich herum, während ich darauf warte, dass der eiskalte Kick mich trifft. Wenn ich den Mund schnell genug wieder schließe, landet das meiste wahrscheinlich in meinem Gesicht. Das bringt alle zum Lachen und bewahrt mich davor, so betrunken zu werden, dass mir meine Beine nicht mehr gehorchen. Dies ist leider nicht meine erste Wodkarutsche. Die Kälte unterdrückt das Brennen, und man glaubt, man könnte viel mehr trinken, als man in Wirklichkeit verträgt. Bei so einer Gelegenheit sind Jake und ich vor fünf Jahren zusammengekommen. Was natürlich toll ist, aber am nächsten Tag ging es mir trotzdem grottig.

Jake war schon dran. Er hat zwar inzwischen sein Jackett verlegt, schwankt jedoch nur ganz leicht. Kelly Martin hingegen hat es wie üblich übertrieben und hängt leicht derangiert auf dem runden roten Sofa. Ich frage mich flüchtig, was mein Dickens'scher Weihnachtsmarkt wohl macht, als der erste eisige Schluck mich trifft. Mein Timing ist schlecht, und ich bekomme die volle Ladung ab. «Lucy!», grölt die Menge erneut. «Einer geht noch!», schreit jemand. Die anderen stimmen ein. Ich huste leicht, schlucke den Schnaps runter und schaue zu der Eisrutsche hoch. Was soll's. Wer A sagt, muss auch B sagen.

Weitere fünf Stunden später sage ich nicht mehr B, sondern nur noch Weh. Mein Kopf pocht. Ach was, er hämmert. Ich habe keine Ahnung, wie ich nach Hause gekommen bin. Ich liege auf dem Sofa im Wohnzimmer. Glücklicherweise ist es eins von diesen breiten Dingern, die eher wie ein Bett aussehen – bloß tut das leuchtende Orange mit den limettengrünen Rändern meinen Augen im Moment gar nicht gut. Alles dreht sich. Ich weiß schon, was jetzt kommt. Ich beuge mich über das Sofa, mein Magen zieht sich heftig zusammen, und dann übergebe ich mich in den bereitstehenden Eimer. Ich schwöre, ich lasse mich nie wieder auf Gruppenzwang ein. Ich betrinke mich sonst nie. Außer auf unserer Weihnachtsfeier. Da gehört Trinken zum Ethos. *Feste arbeiten, feste feiern.* Vor allen anderen Firmenfeten drücke ich mich erfolgreich, aber bei der Weihnachtsfeier kann ich nicht kneifen. Ich würde meinen Bonus riskieren. Nein, ernsthaft. Das stimmt.

Nun liege ich also keuchend auf dem Rücken und würde für ein Glas Wasser meine Leber verkaufen. Mir tun die Rippen weh wie nach der Streckbank. Ich glaube, ich habe im Anschluss an die Wodkarutsche mein Körpergewicht an Weihnachtssüßkram vertilgt. Ich kann mich zwar nicht daran erinnern, wie das Zeug in mich reingekommen ist, dafür gräbt sich der umgekehrte Weg jetzt umso tiefer in mein Gedächtnis. Ich begebe mich nie wieder – ich wiederhole: nie wieder – unter eine Wodkarutsche. Und wenn mir sämtliche Datenmengen der Welt beweisen würden, dass das der einzige Weg zum Überleben wäre, lieber sterbe ich.

Ich döse immer wieder ein, schlafe unruhig und wache ungefähr alle halbe Stunde auf, um mich meinem Eimer zu widmen. Wenigstens habe ich Jake nicht geweckt.

Unsere Wohnzimmeruhr zeigt elf, als ich ihn duschen höre. Eine halbe Stunde später kommt er ins Zimmer, munter, strahlend, umwerfend wie immer und nach Rasierwasser duftend. Aber ich habe nur Augen für das Lebenselixier in seiner Hand: ein Glas Wasser.

«Oh, Gott, Danke!», sage ich, greife nach dem Glas, stütze mich auf ein Kissen und trinke.

«He, langsam, Luce, sonst wird dir schlecht.»

«Ist sowieso nichts mehr drin», sage ich zwischen zwei Schlucken. Jake wirft einen angewiderten Blick auf den Spuckeimer. Er bugsiert ihn mit den Füßen über das Hochglanzlaminat zur Balkontür. Ein eisiger Schwall Winter dringt ins Zimmer, und ich jaule protestierend auf. Jake manövriert den Eimer ins Freie und macht sehr viel langsamer als notwendig die Tür wieder zu.

«Ich dachte, das macht dich vielleicht wach», sagt er. «Wir müssen in einer Stunde bei meinen Eltern sein.»

Ich lege mir mit der großen Geste einer Stummfilmdiva den Handrücken auf die schweißnasse Stirn, aber ich vermute, in Wirklichkeit sehe ich eher aus wie eine Figur aus Trainspotting.

«Ich kann nicht», sage ich. «Das kann ich nicht.»

Jake runzelt die Stirn. «Süße, sie erwarten uns.»

«Ich weiß. Weiß ich.» In Jakes Familie wird Weihnachten übergroß gefeiert. Er hat Horden von Cousins und Cousinen, Onkeln, Tanten und wer weiß was sonst noch alles ersten, zweiten und dritten Grades, und dieses Jahr ist zur feierlichen Zusammenkunft sogar eine ganze Ladung Verwandter aus Australien angereist. Ich glaube nicht, dass die mich vermissen würden, vor allem diejenigen, die mich gar nicht kennen, aber Jake kann unmöglich mit einem leeren Fleck an seiner Seite dort auftauchen. Weihnachten ist es essentiell, als Paar aufzutreten. Jake sagt, die Leute hätten mit denen, die zu Weihnachten allein sind, riesiges Mitgefühl, hegten ihnen gegenüber aber zugleich auch ein Gefühl der Überlegenheit. Das ist zwar kein besonders netter Gedanke, aber ich muss ehrlich sagen, mir geht es genauso. Weihnachten kein Single zu sein ist ein Zeichen von Erfolg.

Trotzdem. Das schaffe ich heute beim besten Willen nicht. Ich unternehme einen letzten Schachzug. «Meinst du wirklich, ich kann so dahingehen?»

Auf seinem Gesicht zeigt sich Besorgnis, als ihm klarwird, dass ich es womöglich nicht schaffe, innerhalb der nächsten halben Stunde so strahlend und gesund auszusehen wie er. Ich persönlich bezweifle ernsthaft, dass ich je wieder von diesem Sofa aufstehen kann.

«Aber was soll ich denen denn sagen?»

«Sag, ich wäre in einer Suppenküche eingesprungen, weil

ein Ehrenamtlicher ausgefallen ist», schlage ich spaßeshalber vor.

Jake gibt ein leises Grunzen von sich. «Und du wolltest unbedingt, dass ich meine australische Verwandtschaft endlich wiedersehe und hast darauf bestanden, dass ich alleine fahre. Das könnte klappen.»

«Das war ein Witz, Jake. Bei so was lügt man nicht.»

«Du willst ja wohl kaum, dass ich zu Hause erzähle, dass du auf der Firmenweihnachtsfeier so dicht warst, dass du auf dem Tisch getanzt hast, oder?»

Mein Magen macht eine bedrohliche Drehung. «Jetzt lügst du aber», sage ich mit schwacher Stimme.

«Du konntest nicht mal mehr dein Glas halten, Luce.»

«Oh Gott!», wimmere ich. Wie peinlich! «Warum hast du mich nicht aufgehalten?»

«He, Luce! Ich habe dir doch nichts zu sagen. Du bist eine moderne, unabhängige Frau.»

«Aber du weißt auch, dass ich so was normalerweise nie tun würde. Wie soll ich den Kollegen denn je wieder unter die Augen treten?»

«Es hat offensichtlich allen gefallen. Du hast jede Menge Applaus bekommen.»

«Oh Gott», wiederhole ich stumpf. Im nüchternen Zustand bin ich nicht einmal wagemutig genug, mir die Szene vorzustellen.

Jake grinst und zieht einen Brief aus der hinteren Hosentasche. «Schatz, das hier kam übrigens gestern per Einschreiben», sagt er. «Ich hab ganz vergessen, es dir zu geben.»

Und dann drückt er mir den Brief in die Hand, der mein Leben verändern wird.

2. Kapitel

Weihnachten ist auf die übliche Weise an mir vorbeigerauscht, den nachhaltigsten Effekt übte der immer enger werdende Hosenbund aus. Das Wetter war kalt, nass und trübselig, und mir ging es ähnlich. Seit besagter Brief ins Haus geflattert ist, haben Jake und ich andauernd Zoff.

Ich sitze in der warmen, vertrauten Gemütlichkeit meines Lieblingscafés und halte mich an einem grenzwertig gezuckerten Becher Milchkaffee fest.

«Er will also, dass du gehst?», fragt May, ein Traum aus langen, platinblonden Locken und Katzenaugen. Ein Dutzend silberne Ringe rankt sich um ihre schlanken, langen Finger. Von der Rose bis zur Schlange ist alles vertreten. Der orangefarbene Häkelpulli ist ihr über die Schulter gerutscht und entblößt einen schwarzen Spitzenriemen.

Jake hasst May. Sie ist meine beste Freundin, auch wenn sie Jakes Gefühle voll und ganz erwidert. Wir sind zusammen zur Schule gegangen, standen auf dieselben Popstars, testeten dieselben Enthaarungsmethoden und durchlitten zusammen sämtliche weiteren Traumata des ganz normalen Teenagerdaseins. Dann ging May an die Kunsthochschule, und ich studierte Englisch. Unsere mittelmäßigen Schulerfolge hatten uns beide an die Universität von Edinburgh verwiesen, anstatt uns nach Oxford beziehungsweise an die Kunstakademie in

Glasgow zu katapultieren. So hingen wir zusammen in den Studentenkneipen der Altstadt herum, lagerten im Sommer auf sonnigen Wiesen unter Kirschbäumen und erzählten uns flüsternd unsere ersten sexuellen Abenteuer. Wenig überraschend schafften wir beide keinen besonders guten Abschluss. Wir waren einander gegenseitig unser schlechter Einfluss und überaus stolz darauf.

Jetzt lebt May das Leben einer am Hungertuch nagenden Künstlerin und haust in einem derart schäbigen Loch, dass ich mir nicht sicher bin, ob sie die Wohnung besetzt hat oder tatsächlich Miete zahlt. Ich hatte nie den Mut, sie danach zu fragen. May kann sehr empfindlich sein. Zum Beispiel immer dann, wenn man ihr die Tatsache unter die Nase reibt, dass ihre Eltern reich sind. Und zwar nicht ein bisschen, sondern megareich. Jake sagt oft, May könne es sich nur deshalb leisten, so primitiv zu leben, weil sie eines Tages in Geld schwimmen wird. Im Gegensatz zu mir. Meine Eltern haben zwar immer versucht, mir bei meinen mehr oder minder erfolglosen Selbstfindungsversuchen unter die Arme zu greifen, aber eine ernsthafte finanzielle (oder emotionale) Stütze sind sie im Grunde für mich nicht. Ich wusste schon immer, dass ich meinen Weg selbst meistern muss. Deshalb hat mich auch der Brief so von den Socken gehauen.

«Er will, dass du alleine in die Highlands pilgerst, während er sich ein paar hundert Meilen weiter Richtung Süden verpisst? Gibt es da vielleicht etwas, von dem er dir nicht erzählt?» May beugt sich erwartungsvoll über den Tisch.

«Nein!», sage ich und stelle den Kaffeebecher ein bisschen zu heftig auf den Holztisch. Der Milchschaum schwappt über den Rand. «Das ist keine Trennung.»

«Hmm», macht May und stößt ein leises Schnauben aus.

«Erklär mir den Deal doch bitte noch mal. Ich weiß nicht, ob ich das wirklich richtig verstanden habe.»

«Also, Jake hat gesagt, es wäre gut...»

«Scheiß auf Jake!», motzt May mich an. «Erzähl mir endlich von deinem verschollenen Onkel Calum.»

Ich schüttle den Kopf. «Er war nicht verschollen. Er wurde verstoßen.»

«Oh, oh, das schwarze Schaf der Familie. Sehr sympathisch. Was hat er getan?»

Ich zucke die Achseln. «Keine Ahnung. Mum spricht nicht darüber, und Dad verlässt das Zimmer, sobald sein Name fällt.»

«Und der hat dir ein Hotel in den Highlands vererbt?»

«Offensichtlich. Es heißt Mormacr Inn. An der Sache gibt es nur einen Haken. Ich muss es ein halbes Jahr lang weiterführen, sonst wird es zugunsten eines Gnadenhofes für Esel verkauft.»

«Aber sobald die sechs Monate rum sind, dürftest du es auch zu deinen Gunsten verkaufen?»

«Ja. Leider habe ich keine Ahnung, wie man ein Hotel leitet.»

«Ach, was kann denn daran so schwer sein? Wo genau liegt es?»

«Am Arsch der Welt. Irgendwo in Argyll.»

«Also bitte. Das ist ja wohl kaum der Arsch der Welt», sagt May mit gespielter Empörung. «Meine Familie hat da oben ein Ferienhaus. Die haben uns für nächstes Jahr sogar Strom in Aussicht gestellt.»

Ich werde blass.

May wirft die Hände in die Luft. «Lucy! Das war doch nur Spaß! Sogar in den Highlands gibt es inzwischen Supermärkte.» Sie zögert. «Obwohl ich natürlich nicht weiß, ob man dort so etwas hier finden kann.» Sie macht eine ausladende Geste auf den Raum.

«Du machst immer noch Spaß, oder?»

«Ach Süße, dein Gesicht müsstest du sehen können!» May kichert. «Da oben sind sie viel zu geizig, um solche Preise für eine Tasse Kaffee zu bezahlen. Und was dein Lieblingsnagelstudio betrifft...»

«Ist ja nur ein halbes Jahr», sage ich, schlinge die Hände um den Kaffeebecher und bewundere die French Manicure, die ich mir heute Morgen habe machen lassen. «Ich will natürlich so schnell wie möglich verkaufen. Und Jake kommt die ersten drei Monate mit mir rauf, ehe er nach London geht.»

«Und wenn du verkauft hast, ziehst du zu ihm?»

«Das ist unser Traum, May», sage ich sanft. «Uns zieht es nun mal ins kosmopolitische Herz der Dinge. Wir wollen uns in der Branche einen Namen machen, solange wir noch jung sind. Du kannst uns jederzeit besuchen kommen.»

«Ja, klar!» May zieht eine Grimasse. «Ich weiß jetzt schon, wie Jake sich darüber freuen wird.»

«Na ja, seine Beförderung bringt einiges an Reisen ins europäische Ausland mit sich...»

«Und du hoffst, dass ich immer genau dann zu Besuch komme, wenn er unterwegs ist?»

Ich werde rot. «Es ist ja schließlich nicht so, als würdest du ihn mögen.»

«Und es ist nicht *dein* Traum. Seit wann willst du bitte nach London! Das ist *sein* verdammter Traum, Lucy, sei ehrlich. Du tust immer nur, was Jake will.»

«Weißt du, May, in einer Beziehung muss man nun mal Kompromisse machen.»

«Jakes Vorstellung von Kompromissen ist offenbar, dass alles nach seiner Pfeife tanzt.»

«Du bist unfair!»

Wir werfen uns über unsere zimtbestäubten Milchschaumhauben bitterböse Blicke zu. Wie üblich gebe ich als Erste klein bei.

«Lass uns nicht streiten, May. Ich weiß doch noch gar nicht, ob ich überhaupt irgendwo hingehe. Ich habe noch nicht mal mit dem Anwalt gesprochen. Vielleicht ist das alles ja auch nur ein riesiges Missverständnis.»

«Wenn nicht in die Highlands, dann gehst du nach London. Für mich heißt das auf alle Fälle bye-bye.»

Ich schüttle wieder den Kopf. «Jake und ich sind uns einig, dass es für mein Selbstwertgefühl wichtig ist, finanziell unabhängig zu sein. Ich habe in London im Augenblick noch gar keinen Job, und ohne das Geld aus dem Hotel könnte ich gar nicht gehen.»

Mays Blick spricht Bände. Ich versuche, ihn zu ignorieren, und winke mit der weißen Fahne. «Ich habe nächsten Donnerstag einen Termin beim Anwalt. Willst du mitkommen?»

«Ist Jake auch dabei?»

«Nein, er hat an dem Tag eine wichtige Präsentation bei dem deutschen Neukunden, den er künftig betreuen wird.»

«Das ist aber jetzt nicht der Kunde, von dem du die ganze Zeit erzählt hast, oder? Der Auftrag, für den du die gesamte Recherche gemacht hast?»

«Es ist doch nur sinnvoll, wenn die in London einen eigenen Account Manager haben. Außerdem bin ich immer noch Datenanalystin.»

«Aber nur weil du Jake ständig deine besten Ergebnisse überlässt.»

«Wir sind ein Team», sage ich, so würdevoll ich kann.

May schnaubt schon wieder. Diesmal besonders abfällig. Von Kompromissen in der Beziehung hält sie nicht viel. Kein

Wunder, dass *ihre* Beziehungen noch nie länger als drei Monate gehalten haben. Ich stürze hastig meinen Kaffee runter und entschuldige mich. Ich habe keine Lust mehr, auf mir rumhacken zu lassen. Ich will nach Hause zu Jake, dass er mich in die Arme nimmt und mir sagt, dass alles gut wird. In seinen Armen fühle ich mich immer sicher.

Die Vorstellung, ein Hotel zu übernehmen, macht mir Angst, aber gleichzeitig weiß ich, dass mir mit Jake an meiner Seite fast alles gelingen würde. Jake bekommt so gut wie alles in den Griff. Er findet immer die richtigen Worte, weiß, wen man bezirzen muss, um einen Job erledigt zu kriegen, und er bleibt, anders als ich, immer charmant, egal wie hoch es emotional auch hergeht. Ehrlich, er ist der einzige Mensch ohne emotionalen Ballast, den ich kenne. Ich liebe May wie eine Schwester, aber sie hat sich, wie Jake irgendwann mal treffend bemerkt hat, seit der Schule nicht wirklich weiterentwickelt. Seit ich nicht mehr so viel Zeit mit ihr verbringe, bin ich hingegen zweimal befördert worden. Okay, es waren nur winzige Beförderungen, aber die Richtung stimmt. Jake und ich waren neulich sogar zusammen einen Teppich kaufen und haben ein todschickes, hochfloriges blaues Teil gefunden, das perfekt in unser Schlafzimmer passt. Ich meine, was bitte ist erwachsener und zweisamer, als zusammen Teppiche kaufen zu gehen?

Das Gespräch mit dem Anwalt ist nicht gerade der Renner. May erweist sich allerdings als in juristischen Dingen erstaunlich scharfsichtig. Ich wette, sie kennt ihren Treuhandfonds in- und auswendig. Nachdem ich mich gefühlte siebenhundert Mal ausweisen muss, stellt sich heraus, dass der Anwalt auch nicht mehr über Onkel Calum weiß als ich. Er kann uns lediglich die Details bestätigen, von denen ich May schon erzählt habe.

«Ist das alles?», will ich wissen. «Keine persönliche Botschaft oder so?»

Der Anwalt sitzt regungslos vor uns, als hätte er Angst, seinen perfekt gebügelten Anzug zu zerknittern. Vielleicht hat er aber auch nur Angst vor May. Das geht vielen Männern so.

«Nichts, Miss McIntosh.» Er schüttelt langsam den Kopf. Kein einziges Haar erzittert. «Er hat Sie einfach zur Erbin ernannt. Es hat eine Weile gedauert, Sie ausfindig zu machen, weil nicht mal Ihre Adresse angegeben war. Ich fürchte», sagt er mit einem Lächeln, das vor den Augen aufhört, «das wird sich auf die Gebühren auswirken.»

«Dafür haftet sie doch nicht!», fährt May ihn an.

«Nein. Das wird von der Erbmasse abgezogen.»

«Aha. Dann ist also doch Geld da!»

«Nicht für Miss McIntosh. Sie erbt lediglich das Hotel.»

«Ist doch egal, May», sage ich eilig. «Sogar eine kleine Frühstückspension in den Highlands muss irgendwas wert sein. Das ist wirklich sehr großzügig von Onkel Calum», sagte ich an den Anwalt gewandt. «Ich hatte keine Erwartungen.»

«Du klingst original nach Charles Dickens», murmelt May nicht gerade leise.

Jetzt kommt Bewegung in den Anwalt. Er schnellt vor und spreizt die Hände auf der Tischplatte. «Sie sitzen hier offenbar einer Fehleinschätzung auf, Miss McIntosh. Es handelt sich um eine Immobilie beträchtlichen Ausmaßes. Das Hotel besteht aus zweiundzwanzig Gästezimmern, einer Bar und sämtlichen anderen üblichen Einrichtungen.»

Mir fällt die Kinnlade herunter. Dann wird es plötzlich schwarz um mich herum.

3. Kapitel

Ein gutaussehender Mann mit besorgtem Gesicht beugt sich über mich. Ganz klar, ich träume.

«Schwanger? Epileptikerin? In medizinischer Behandlung?»

«Sie wird sie nicht verklagen», höre ich Mays bissige Stimme. «Sie hat nur einen Schock, das ist alles. Und jetzt weg da, sie braucht Platz. Komm schon, Lucy, hoch mit dir, du Trutscheltrine!»

Niemand in meinen Träumen benutzt das Wort «Trutscheltrine». Ich glaube, das sagt außer May überhaupt keiner. Mühsam setze ich mich auf. Ich war offensichtlich vom Stuhl gefallen. Der Rock ist mir hochgerutscht, und meine Strumpfhose wirft Falten wie bei einer alten Frau. Ich zerre an beidem erfolglos herum. Ungeduldig wie immer zieht May an meinem Arm und hievt mich zurück auf den Stuhl.

«Sagten Sie zweiundzwanzig Zimmer?»

Der Anwalt ist damit beschäftigt, sich seine breite Krawatte glatt zu streichen, so, wie man eine nervöse Katze streicheln würde. Er nickt. «Ich möchte jedoch nicht, dass Sie sich ein falsches Bild machen, Miss McIntosh. Ich würde nicht behaupten wollen, dass die Immobilie von hohem monetärem Wert ist. Ich habe sie zwar selbst noch nicht gesehen, aber die wenigen Erkundungen, die ich einholen konnte, lassen darauf schließen, dass das Hotel seine Glanzzeiten schon lange hinter sich hat. Sie müssen wissen, dass einer unserer Kollegen aus der Dependance in Glasgow für Ihren Onkel zuständig war. Vielleicht ist er in der Lage, Ihnen mehr zu erzählen.»

«Dann habe ich also eine Ruine geerbt?»

«Das nicht gerade, aber sagen wir so: Das Hotel floriert nicht mehr so wie vor, na ja, fünfzig Jahren. Ich glaube, die Bar, The Clootie Craw, ist bei den Einheimischen nach wie vor sehr beliebt, aber das Hotel selbst, nun ... Ich muss Ihnen sicher nicht erzählen, dass die Tourismusbranche angesichts der allgemeinen wirtschaftlichen Situation im Moment stark schwächelt.»

«The Clootie Craw. Das gefällt mir», sage ich nachdenklich. «Das klingt furchtbar ...»

«Kitschig!», fällt May mir ins Wort. Ich werfe ihr einen bösen Blick zu, aber der Anwalt redet sowieso weiter.

«Also, Miss McIntosh, gehe ich recht in der Annahme, dass Sie beruflich noch nie mit dem Hotelgewerbe zu tun hatten?»

«Richtig. Es sei denn, Sie zählen die Aushilfsjobs als Kellnerin während meiner Schulzeit in den Sommerferien dazu.»

«Gut», sagt der Anwalt und fängt wieder an, seine Krawatte zu tätscheln. «Ich vermute, Sie sind nicht in der Lage abzuschätzen, wie viel Anstrengung notwendig wäre, um das Hotel wieder in Schwung zu bringen.»

«Oh, sie wird sowieso verkaufen, sobald die Halbjahresfrist verstrichen ist», sagt May.

«Ach. Gut. Sehr vernünftig», erwidert der Anwalt. «Ich würde ebenfalls stark zu einem Verkauf raten. Um genau zu sein, ich habe womöglich bereits einen Käufer für Sie.»

«Ich dachte, wenn sie das Hotel nicht weiterbetreibt, geht alles an die Esel?», fragt May.

Der Anwalt streichelt noch ein paarmal über seine Krawatte. «Na ja, in solchen Fällen lässt sich immer ein Schlupfloch finden.»

«Aber das wäre doch gegen den Willen meines Onkels!», protestiere ich.

«Du kanntest ihn doch nicht mal», sagt May. «Also, beschreiben Sie uns mal das Schlupfloch, das Sie uns hier anpreisen.»

Mein Blick schießt zwischen ihnen hin und her. Die kommen eindeutig gut ohne mich klar. Natürlich versucht May, das Beste für mich rauszuholen. Aber – The Clootie Craw. Ich habe es genau vor Augen: Feuer prasselt im offenen Kamin, alte Whiskysorten, die Einheimischen; die Alten beim Domino und die Jungen nach einem harten Arbeitstag an der Bar, um sich zu erholen von ... was auch immer. Keine Ahnung, was man in den Highlands den ganzen Tag so treibt.

«Also, da oben gibt es einen lokalen Unternehmer, Graham Sutherland. Ein Immobilieninvestor, der bereits eine Baugenehmigung beantragt hat, um das Hotel in Wohnraum umzuwandeln.»

«Tatsächlich?», sagt May. «Das klingt ja interessant.»

«Wenn Miss McIntosh das Erbe antreten würde, für eine Weile dort raufginge, dann aber aus beruflichen Gründen dringend nach Edinburgh zurückmüsste, könnte das vorhandene Personal...»

«Das Hotel in aller Ruhe in Grund und Boden wirtschaften», beendet May den Satz.

«Wenn Sie so wollen. Der zuständige Stadtplanungsbeamte hat Sutherland bereits angedeutet, ihm die Baugenehmigung zu erteilen, er könnte also bereits mit den Vorplanungen beginnen. Er hat ein, wie ich meine, angesichts des Zustandes der Immobilie sehr großzügiges Angebot vorgelegt.»

«Moment mal!», sage ich laut. «Dieser Sutherland hat einen

bereits genehmigten Bauantrag für ein Gebäude gestellt, das de facto mir gehört?»

«Nun ja ... Er ist da oben der Laird.» Der Anwalt macht ein leicht verlegenes Gesicht.

«Aber man kriegt doch keine Baugenehmigung für fremden Besitz!» Ich kann es nicht fassen.

«Ich glaube, Sie verstehen nicht ganz, wie das Gemeinschaftswesen in den Highlands funktioniert», sagt der Anwalt. «Die Familie dieses Mannes hatte immer großen Einfluss in der Gegend, und Sutherland ist für die Einheimischen eine wichtige Autorität.»

«Aber mir ist er so was von schnuppe!», brause ich auf. Ich werde plötzlich richtig sauer. Was bilden sich diese Leute denn ein?

«Komm schon, Luce!», sagt May. «Einem geschenkten Gaul schaut man nicht ins Maul.»

«Nein», protestiere ich. «Nein, nein. Ich will das Hotel meines Onkels haben. Ich will das Clootie Craw betreiben.» Ich weiß beim besten Willen nicht, was plötzlich in mich gefahren ist.

«Wie bitte? Seit wann willst du ein Hotel haben?» May ist sprachlos. «Hast du dir vorhin den Kopf gestoßen? Der gute Mann hier hat vollkommen recht. Du hast keine Ahnung vom Hotelbusiness. Warum um alles in der Welt solltest du plötzlich eine abgehalfterte Ruine von Hotel am Arsch der Welt betreiben wollen?»

Tja. Das ist in der Tat eine sehr gute Frage. Eben war ich noch bereit, den Laden so schnell wie möglich zu verkaufen und mit Jake nach London zu gehen. Keine Ahnung, ob sich da ein primitiver Instinkt gemeldet hat, der verlangt, dass ich das Eigentum meines Onkels gegen den gierigen Highland-Laird verteidige, oder ob es an der Selbstverständlichkeit liegt, mit der May und der Anwalt diskutiert haben, wie sich der letzte Wunsch meines Onkels juristisch einwandfrei umgehen ließe. Eines steht jedenfalls fest. Ich bin so entschlossen wie noch nie zuvor in meinem ganzen Leben.

«Ich trete das Erbe an», sage ich. «Machen Sie die Unterlagen fertig.»

May und ich betreten den gläsernen Außenlift des schlanken Büroturms und fahren schweigend nach unten. Ich konzentriere mich ganz auf den Ausblick. Durch den Regen kann ich die vertrauten Kirchturmspitzen und Türme meiner geliebten Wahlheimat erkennen. Mich durchzuckt ein heftiger Stich von vorausgeahntem Heimweh. Was zum Teufel tue ich hier eigentlich? Gleich um die Ecke gibt es eine Buchhandlung mit integrierter Kaffeebar. Es ist zwar nicht mein Stammcafé, aber der Kaffee schmeckt trotzdem gut. Zögerlich mache ich den Vorschlag, dort einen Cappuccino trinken zu gehen. May schnaubt leise. Das war nicht die Antwort, die ich mir erhofft habe.

«Also sag mal, dieser Anwalt!», wechsle ich das Thema. «Was hatte der eigentlich mit seiner Krawatte am Laufen?»

«Er war nervös!», sagt May. «Ihm war klar, dass er im Begriff war, den letzten Willen deines Onkels zu beugen, aber er hat versucht, dir damit einen Gefallen zu tun.»

Jetzt schnaube ich, aber bei mir klingt es leider eher nach Schweinchen Dick als nach verschnupfter Aristocat. «So ein Quatsch. Der wollte wohl eher diesem Graham Sutherland einen Gefallen tun. Ich wette, er hat Kohle dafür eingesteckt.»

«Das glaube ich nicht. Der wirkte doch total seriös.» Sie seufzt. «Ich hab echt keine Ahnung, was in dich gefahren ist. Es kommt mir vor, als würdest du die Dinge absichtlich so kompliziert wie möglich machen wollen.»

«Aber das ist doch eine Frechheit von diesem Typen ...»

«Wieso konntest du nicht einfach akzeptieren, dass es für beide Seiten ein super Deal gewesen wäre? Seit du mit Jake zusammen bist, katzbuckelst du vor ihm, tust immer alles, was er sagt, als hättest du überhaupt keine eigene Meinung mehr, und ausgerechnet jetzt, wo ein netter Typ versucht, dir einen Gefallen zu tun, entdeckst du deinen freien Willen neu.»

«Willst du damit etwa sagen, ich ...» Mir fehlen die Worte.

Der Aufzug erreicht das Erdgeschoss, und die Tür öffnet sich in die große, weiße Empfangshalle, in der ein gelangweilter Concierge an seinem Pult sitzt. Ich schiebe May durch die Drehtür ins Freie. Unter dem Vordach bleibe ich stehen und hole tief Luft.

«Ich weiß, dass du Jake nicht ausstehen kannst», sage ich schließlich.

«Jake ist schon okay», antwortet May. «Oberflächlich, egozentrisch, aber auch nicht schlimmer als die anderen Typen aus der Werbebranche.»

«Digitale Medien ...», hake ich ein.

«Aber was mir echt auf den Senkel geht, ist die Richtung, in die du dich an seiner Seite entwickelt hast. Mausgrau, ohne Selbstbewusstsein, unfähig, irgendeine Entscheidung für dich zu fällen ...»

«Aber genau das versuche ich doch gerade mit diesem Hotel!» Ich höre meine Stimme schrill werden.

«Genau. Eine Pseudorebellion. Und zwar eine völlig bescheuerte!»

«Lustig», sage ich. «Genau so nennt Jake dich auch immer. Pseudorebellin. Wir wissen doch alle, dass du in ein paar Jahren an deinen Treuhandfonds rankommst. Damit lässt es sich natürlich gemütlich unters gemeine Volk mischen und in deiner besetzten Bude ein bisschen auf brotlose Künstlerin machen. Aber andere müssen arbeiten, um es zu was zu bringen. Was, wenn das die eine große Chance ist, etwas aus meinem Leben zu machen?»

«Das ist keine besetzte Bude!», zischt May zwischen geschlossenen Zähnen. «Ich zahle Miete. Und nur zu deiner Information, ich spiele mit dem Gedanken, den Fonds auszuschlagen.»

«Ja, klar. Erzähl mir bitte nicht, dass du nicht regelmäßig bei Mutti und Vati auf der Matte stehst und die Hand aufhältst. Du kannst doch ohne ihr Taschengeld gar nicht überleben. Coole Silberringe, die du da trägst? Das ist pures Platin. Welcher brotlose Künstler könnte sich so was denn leisten?»

«Du warst immer schon neidisch auf mich, hab ich recht?»

Ein Mann im Kaschmirmantel tritt um uns herum, um an die Tür zu gelangen. Er beäugt uns kritisch.

Plötzlich sehe ich uns durch seine Augen – zwei erwachsene Frauen, die sich ankeifen wie zickige Teenager. Ich spüre, wie mir das Blut ins Gesicht schießt.

«Hör mal, es tut mir leid», sage ich. «Ich hänge im Moment echt ein bisschen durch. Jake haut in ein paar Monaten nach London ab, aber das ist auch keine Entschuldigung. Wir haben beide Sachen gesagt, die wir so nicht meinten...»

«Ich habe jedes Wort genau so gemeint», sagt May. «Du hast keine Ahnung, wie langweilig du geworden bist, seit du an Jakes Rockzipfel hängst. Es kommt mir so vor, als hättest du überhaupt keine eigene Meinung mehr. Immer nur Jake sagt dies und Jake sagt das. Und dass das, was er sagt, völliger Bullshit ist, scheinst du nicht mal zu merken. Dabei ist sein IQ kleiner als seine Schuhgröße, Herrgott noch mal!»

«Ich verstehe wirklich nicht, warum du dich so aufregst.» Ich bemühe mich verzweifelt um einen normalen Tonfall.

May steigen Tränen in die Augen. «Ich rege mich so auf, weil ich meine beste Freundin an einen Vollidioten verloren habe!» Sie dreht sich um und rauscht davon.

∞

«Wahrscheinlich hätte ich ihr nachgehen sollen», sage ich zu Jake, als ich ihm zu Hause die glorreichen Einzelheiten erzähle. «Aber ich hatte das Gefühl, mich schon genug zum Affen gemacht zu haben.»

«Ich hab dir schon immer gesagt, die tickt nicht ganz richtig», erwidert Jake und schenkt mir exakt die richtige Menge Rotwein in mein großes Ballonglas. «Auf die kannst du echt gut verzichten.»

Ich nehme einen Schluck. «Ach, sie kriegt sich schon wieder ein», sage ich mit mehr Überzeugung in der Stimme, als ich in mir spüre. Jake grinst und setzt sich zu mir aufs Sofa. Er legt einen Arm um mich, und ich kuschele mich an ihn.

«Sie ist nur eifersüchtig, weil ich dich habe, und sie hat niemanden», sage ich. «Ich bin mir sicher, dass wir in den Highlands einen Riesenspaß haben werden. Das wird total romantisch.»

Jake macht sich los und sieht mich tief betrübt an. «Ach, ich wollte schon die ganze Zeit mit dir darüber sprechen, Liebling. So wie es aussieht, brauchen sie mich in London doch früher als erwartet.»

«Ja, ich dachte mir schon, dass es ziemlich viel verlangt ist, dich drei Monate lang mit mir da raufgehen zu lassen», sage ich, so tapfer ich kann. «Und wie lange haben wir? Zwei Monate? Einen?»

Jake räuspert sich. «Weißt du, Honey-Bunny, die Sache ist die. Es sieht momentan so aus, als könnten sie mich überhaupt nicht entbehren. Aber ich verspreche dir, ich bin jederzeit telefonisch für dich da. Wann immer du mich brauchst.»

«Du kommst nicht mit», sage ich tonlos. Ich weiß nicht, was ich denken soll.

Jake legt mir tröstend die Hand auf den Arm. «Ich glaube trotzdem, dass du das Richtige getan hast. Wenn du persönlich vor Ort bist, kannst du diesem Sutherland mit Sicherheit ein sehr viel besseres Angebot entlocken. Und dann kommst du zu mir nach London.»

«Aber ich will doch das Hotel leiten», sage ich verzagt.

«Aber Schatz!» Jake beugt sich zu mir und gibt mir einen Kuss auf die Nasenspitze. «Was weißt du denn schon davon, wie man ein Hotel leitet?»

4. Kapitel

Ich habe eine lange Diskussion mit der Personalabteilung. Es überrascht mich nicht, dass sie nicht gerade begeistert von meiner Idee sind, mehrere Monate unbezahlten Urlaub zu nehmen. Vor allem angesichts der Tatsache, dass ich sie sowieso, sobald es geht, im Stich lassen werde, um Jake nach London zu folgen.

«Na ja, es ist schließlich dieselbe Firma», sage ich zu der supersmarten Personalchefin, die offensichtlich von der deutschen Firma stammt, mit der wir kürzlich fusioniert haben.

Sie klopft mit ihren perfekt manikürten pinkfarbenen Fingernägeln leicht auf die Schreibtischplatte. «Ich glaube, Sie verstehen nicht ganz», sagt sie in akzentfreiem Englisch.

Ich lächle, streiche mein schickes schwarzes Oberteil glatt und sage fröhlich: «Also, wenn Sie sich die Informationen, die ich Ihnen zusammengestellt habe, näher ansehen, werden Sie feststellen, dass ich einen nicht unwesentlichen Beitrag zu den erfolgreichen Kampagnen unseres Unternehmens in den letzten sechs Monaten geleistet habe.» Ich weiß selbst, dass man sich in unserer Branche eigentlich immer nur für die letzten drei Monate interessiert, aber sechs Monate klingt natürlich viel besser. Außerdem ist es die Wahrheit. Okay, ich war zwar bei den entscheidenden Meetings und Vieraugengesprächen nicht dabei, aber dafür habe ich mich durch die Datenberge geackert und unsere «Augen» mit den Informationen versorgt, die sie brauchten, um ein Dutzend neuer Aufträge an Land zu ziehen, einschließlich der Bobbo-Bobbit-Puppe, ein Entspannungstool für die gestresste Hausfrau und ein Account, von dem niemand geglaubt hätte, dass wir ihn je bekommen könnten.

Ein perfekter Fingernagel erhebt sich in die Luft. Fasziniert sehe ich zu, wie der Finger im Takt zu dem, was die Frau mir zu sagen hat, hin und her hüpft. «Niemand zweifelt hier an Ihren Fähigkeiten, Lucy.» Wackel. Wackel. Nick, nick, nick. «Es geht vielmehr um Ihre Entscheidung, Ihre eigene Karriere der Ihres Lebensgefährten unterzuordnen.» Wackel. Wackel. Nick.

«Wie bitte? Das ist doch lächerlich!»

Der Finger rügt mich. «Tz. Tz. Tz. Jake hat die Entscheidung getroffen, nach London zu gehen, um seine Karriere voranzutreiben, und Sie folgen ihm. Das offenbart nicht nur einen frappanten Mangel an Loyalität uns gegenüber; als karriereorientierte Frau muss ich Ihnen sagen, dass Sie Ihren Geschlechtsgenossinnen damit gar keinen Gefallen tun. Ich kann einen mit rein privaten Beziehungen begründeten Wechsel innerhalb des Unternehmens auf keinen Fall billigen. Jake hat nicht eine Sekunde lang darüber nachgedacht, ob er nach London wechseln soll.»

Ich löse den Blick von dem Finger und sehe ihr ins Gesicht. «Hat er nicht?»

«Nein. Er hat sogar darum gebeten, früher versetzt zu werden, um sich zusätzlich um den Bobbo-Bobbit-Account kümmern zu können.» Ungerührt erwidert sie meinen Blick.

Irritiert schüttle ich den Kopf und schiebe diese Information beiseite. «Dessen Auftrag in erster Line mir zu verdanken ist!», sage ich laut.

Der fiese Finger sticht jetzt in meine Richtung. «Wie ich bereits sagte, Ihre fachliche Kompetenz stellt hier niemand in Frage.»

Ich glaube, wenn sie noch eine Sekunde länger mit diesem Finger vor meiner Nase herumfuchtelt, beiße ich hinein. Ich hole tief Luft. «Und was soll das jetzt heißen?»

«Das heißt, dass wir Sie zu unserem großen Bedauern ziehen lassen müssen.»

Ich will sie am Finger packen und im Judogriff quer durchs Zimmer schleudern. Aber ich lasse es bleiben, denn erstens weiß ich nicht, wie man das macht, und zweitens bin ich in Schockstarre verfallen.

«Ich fürchte, ich kann Ihnen jetzt schon sagen, dass es nach Ihrer Rückkehr aus den Highlands in sechs Monaten in unserer Londoner Niederlassung keine freie Stelle geben wird.» Sie lächelt mich bedauernd an.

Wir wissen beide, dass das völliger Bullshit ist. Es liegt in der Natur der Sache, dass in unserer Branche ständig irgendwelche Stellen frei werden. Was sie mir wirklich sagen will, ist, dass ich aus Gründen, die ich nicht ganz nachvollziehen kann, bei SkyBluePink nicht mehr willkommen bin. Und wenn ich hier nicht mehr willkommen bin, dann werden mir auch alle anderen Agenturen die Tür vor der Nase zuknallen, wie eine Horde biestiger Teenager.

Ich kriege den Mund nicht auf. Der Wille ist da, aber ich kann nicht. Außerdem ist sowieso klar, dass sie jeden einzelnen Punkt perfekt parieren würde. Was mir alles durch den Kopf schießt! Das ist doch nicht okay! Es ist unfair und wahrscheinlich sogar illegal, aber mein pinkbefingernageltes Verderben bekommt natürlich einen großen Haufen Geld dafür bezahlt, um Situationen wie diese an den Hörnern zu packen und für sich zu entscheiden. Wäre die Frau ein Datenberg, könnte ich sie in eine Tabelle wickeln und dazu bringen, alles zu sagen, was ich will, aber rhetorisch kann ich ihr nicht das Wasser reichen. Der Grad der Säure, die in mir gärt, überrascht mich. Ich versuche vergebens, die richtigen Worte zu finden, um meine ätzenden, vernichtenden Gedanken über diesem perfekten Karriereweib auszugießen und es in einen Haufen Schleim zu verwandeln. Brodelnde Wut rast durch meine Adern, und einen Moment lang kann ich sie sogar doppelt sehen. Ob sie schon jemals wen dazu getrieben hat, ihr die Hände um den hübschen, sanft gebräunten Hals zu legen? Heute ist sie jedenfalls sehr nah dran.

Allerdings bin ich nie ein gewalttätiger Mensch gewesen. Noch nicht mal in der Grundschule, wo die lieben Spielkameraden halb im Sandkasten zu ersticken als Äquivalent zu einem fröhlichen Hallo galt. Ich versuche, so viel Haltung aufzubringen, wie mir irgend möglich ist, und verkünde meine fristgemäße Kündigung zum Monatsende. Sie bittet mich, sofort meinen Schreibtisch zu räumen.

«Ich weise die Buchhaltung an, so schnell wie möglich die Endabrechnung zu machen. An welche Adresse soll ich Ihre Lohnsteuerkarte schicken lassen? Nachdem Sie die Wohnung ja aufgeben?»

Ich sehe sie verständnislos an.

«Jake hat Ihre Wohnung im internen Netzwerk als ab nächsten Monat zu vermieten inseriert.»

«Ich weiß», lüge ich und torkle zur Tür.

Als ich abends mit Jake darüber spreche, leuchtet mir natürlich vollkommen ein, weshalb er die Wohnung vermieten will. Er hat völlig recht. Ich könnte sie mir allein überhaupt nicht leisten. Außerdem ist er sich sicher, dass wir darüber gesprochen haben. Ob mir das in all der Aufregung um das Hotel entfallen sei? Und ich bin dann doch sowieso oben in den Highlands. Sicher, das ist die vernünftigste Lösung. Natürlich kommt mir ganz kurz der Gedanke, dass die Wohnung allein auf seinen Namen läuft, aber das hat vorher schließlich auch nie eine Rolle gespielt. Ich habe von Anfang an die Hälfte der Kreditraten übernommen.

Was mich allerdings völlig überrascht, ist Jakes Reaktion, als ich ihm erzähle, dass ich meinen Job los bin. Er ist schockiert. «Du kannst unmöglich nach London runterkommen, solange du keinen Job hast. Wovon willst du denn leben?»

«Ich habe doch dann das Geld vom Hotel», sage ich.

«Ja, aber das solltest du anlegen und nicht verprassen. Wenn du keinen Job hast, müssen wir viele Themen noch mal gründlich überdenken. Du kannst doch sicher eine Weile bei deinen Eltern wohnen, oder?»

«Jake! Was ist denn bitte los? Warum zeigt SkyBluePink mir plötzlich so dermaßen die kalte Schulter? Verstehst du das?»

Jake gibt mir einen Kuss auf die Nasenspitze. «Die Firma entwickelt sich weiter, Liebling, und sie brauchen die richtigen Leute an den richtigen Stellen. Stark, unabhängig und karriereorientiert.»

«Ich dachte, das trifft auf mich zu?», murmle ich. Ich bin völlig verwirrt.

«Ach, Süße!», sagt Jake.

Plötzlich verspüre ich das dringende Bedürfnis, endlich meine Eltern anzurufen, um ihnen von dem Erbe zu berichten. Was auch immer mir in meinem Leben widerfahren ist, Mum und Dad haben sich immer für mich gefreut. Natürlich hätten sie es schön gefunden, wenn ich in Dunblane geblieben wäre, diesem verschlafenen Nest, wenn ich geheiratet und Kinder gekriegt hätte und jeden Sonntag zum Mittagessen auf der Matte gestanden hätte. Ich bin mir ziemlich sicher, dass das insgeheim noch immer der größte Traum meiner Mutter ist, aber sie wussten beide, dass Dunblane zu klein für mich war, und sie liebten mich genug, um mich ziehen zu lassen. Dunblane ist schrecklich pittoresk und der ideale Ort für Menschen im Ruhestand. Außerdem gehen die Menschen nach Dunblane, um Kinder zu kriegen und weil sie ein Haus mit Garten haben wollen und sich gerne in Nähzirkeln und Buchclubs treffen, die mit der gleichen Heimlichtuerei und Cliquenhaftigkeit agieren wie die Swinger-Clubs in den Siebzigern. Dunblane ist ein sehr vernünftiger und erwachsener Ort.

Die Grafschaft Perthshire ist natürlich trotzdem wunderschön. Die Landschaft ist üppig und unglaublich grün und durchzogen von langen, gewundenen, heckengesäumten Landstraßen. Wenn man über eine Wiese spaziert, begegnet man dort mit großer Wahrscheinlichkeit Schafen, Kühen und Pferden. Jeder hat einen Hund, und wer einen Wagen mit Allradantrieb fährt, tut es, weil er ihn braucht und nicht weil er das Statussymbol nötig hat.

Strahlende Sommertage laden dazu ein, entlang des Allan Water von Dunblane ins noch verschlafenere Bridge of Allan zu spazieren. Und natürlich gibt es auch in Perthshire unzählige Regentage. Dann regnet und regnet es, und es bleibt einem nichts anderes zu tun, als melancholisch zum Fenster rauszusehen. Ich weiß ehrlich gesagt nicht, ob es in Stirling, der nächstgelegenen Stadt, inzwischen ein Nagelstudio gibt, aber ich weiß mit Sicherheit, dass meine Lieblingscafékette zwar im örtlichen Krankenhaus (örtlich heißt in diesem Fall fünfundvierzig Minuten Fahrzeit über winzige Landstraßen) eine Filiale betreibt, sonst aber nirgendwo in der Gegend.

Ich könnte nie in einer Gegend leben, wo man ins Krankenhaus fahren muss, um an eine vernünftige Latte macchiato zu kommen.

Und in diesem stillen Teich der Existenz werde ich nun die Bombe platzen lassen, dass ich ein Hotel geerbt habe und auf dem Weg in die Highlands bin.

Das klingt nüchtern betrachtet vollkommen lächerlich. Außerdem bin ich mir nicht sicher, dass meine Eltern eine solche Nachricht, zumal sie mit dem schwarzen Schaf der Familie in Verbindung steht, verkraften würden, wenn ich sie ihnen am Telefon verkünde. Ich beschließe, ihnen einen Besuch anzukündigen. In der Hoffnung, dass die Wiedersehensfreude den Schock lindern wird und den Schrecken über die Anzahl an Umzugskisten, die ich in ihrer Garage zu deponieren gedenke.

∞

«Weißt du, Schatz, ich reise am besten ohne Ballast. Ich nehme nur das Nötigste mit. Lagere meine übrigen Sachen einfach ein und schick mir die Rechnung», sagt Jake mit breitem Lächeln zu mir.

«Heißt das, du möchtest, dass ich die Wohnung alleine ausräume?»

Jake hält inne. Er ist damit beschäftigt, sein riesiges Louis-Vuitton-Reisenecessaire, das ich ihm zu Weihnachten geschenkt habe, in das Innenfach des Koffers zu stopfen. Ich zucke zusammen. Das Ding hat mich ein Drittel meines Monatsgehalts gekostet. Ich hatte mir ausgemalt, wie Jake es stolz auf gemeinsame Wochenendtrips mitnehmen würde, doch seine Reaktion war verhaltener gewesen als in meiner Phantasie.

Am Boxing Day hat er den Witz gemacht, ich müsste ab sofort auf den Koffer sparen, den er sich zum Geburtstag wünschte. Manchmal kann er wirklich unsensibel sein.

«Nein. Ich vermiete möbliert. Ich habe sowieso den Großteil hier angeschafft.»

Ich löse den Blick von dem zerknautschten Luxusaccessoire. Mir fällt die Kinnlade runter. «Aber ...»

Jake tätschelt meine Schulter. «Ja, ich weiß, das Geschirr ist von dir und das Sofa auch, aber das ist doch inzwischen alles gebraucht. Im Hotel hast du mehr als genug von dem Zeug.»

Meine wunderschönen blassblauen Teller, die jedes Frühstück zum Vergnügen machen. Hauchdünnes Porzellan, hauchdünn und federleicht; ich habe zwei Monatsbudgets Nagelpflege geopfert, um das Geschirr zu kaufen. «Mein blaues ...»

Jake knallt den Kofferdeckel zu. «Himmel noch mal, Lucy, jetzt mach doch bitte kein Gezeter wegen dem bescheuerten Geschirr. Das sind Teller, nicht die Kronjuwelen!»

«Es ist mein Lieblingsgeschirr», sage ich.

«Schön. In London kaufst du dir ein neues. Der Mieter braucht jedenfalls etwas, wovon er essen kann. Genau wie er Gläser und Besteck und Bettwäsche braucht. Am besten, du stellst eine Inventarliste auf und mailst sie mir zu.»

Das geht mir alles viel zu schnell. Jake kommt mir vor, als wäre er gedanklich bereits fünfhundert Meilen weit weg. Ich blinzle die Tränen weg.

«Ach Lucy, jetzt fang doch nicht an zu weinen», sagt Jake. «Es wird sich alles weisen, mein Schatz. Ich richte mich in London ein, und sobald du das Hotel verkauft hast, suchst du dir einen Job und kommst nach. Es kommt Neues auf uns zu. Die Zukunft wird ganz und gar wunderbar. Das hab ich im Gefühl.» Er klopft seinem Koffer zärtlich auf den Deckel und danach mir auf die Schulter.

«Jake, ich will jetzt wirklich nicht streiten, aber wieso soll ich mich hier eigentlich allein um die Wohnung kümmern?»

«Das ist nur fair, Honey-Bunny. Dir bleiben doch noch ein paar Wochen, bis du in die Highlands gehst. Ich zahle meine Hälfte schließlich weiter, bis du ausziehst. Außerdem muss ich eine Agentur damit beauftragen, einen Mieter zu finden. Ich habe also ziemlich hohe Kosten. Und ich muss in London Miete zahlen, bis ich mir selbst was kaufen kann.»

So, wie er das sagt, klingt es wirklich fair. Ich habe immer selbst für mich gesorgt. Ich wollte mich nie aushalten lassen.

«Klar», sage ich. «In Ordnung. Außerdem ist es schließlich eine Investition in unsere gemeinsame Zukunft.» Der Satz schwebt wie eine Frage zwischen uns im Raum.

Jake legt den Kopf schief. Er lächelt mich an und tätschelt wieder meine Schulter. «Klar, Honey-Bunny. Klar.» Dann wendet er sich unserem Kleiderschrank zu und fängt an, seine Anzüge herauszunehmen. «Ich glaube, das meiste davon schicke ich der Wohlfahrt», sagt er. «Für Edinburgh sind die gut genug, aber nicht für die City. Könntest du das für mich erledigen, Süße?»

Ich nicke und verlasse das Zimmer, ehe ich noch eine Aufgabe zugewiesen kriege.

∞

Abends, es ist der Vorabend seiner Abreise nach London, bestellen wir uns Pizza bei unserem Lieblingsitaliener und teilen uns dazu eine Flasche meines Lieblingsrotweins. Der Wein ist ein Zugeständnis an mich. Jake trinkt ausschließlich französischen und italienischen Wein, während ich die Weine der Neuen Welt bevorzuge. Sie sind vollmundiger, reicher, fruchtiger. Der Wein, den Jake mag, schmeckt manchmal so platt wie verdünnter Saft und trägt dafür grundsätzlich ein sehr beeindruckendes Etikett zur Schau. Aber vielleicht leide ich ja auch unter Geschmacksverirrung.

Wir schalten den völlig überteuerten abzugsfreien Gaskamin an, auf dem Jake bestanden hat, liegen auf dem Sofa und sehen den Flammen zu. Ich kuschele mich an ihn und genieße das Gefühl der Zweisamkeit. Es ist Ewigkeiten her, seit Jake und ich das letzte Mal so zur Ruhe gekommen sind, um einfach nur dazuliegen und zu entspannen. Ich versuche, in den Flammen Bilder zu erkennen, aber sie sind viel zu regelmäßig. Da lassen sich noch nicht mal kleine orange Zinnsoldaten in Reih und Glied hineininterpretieren. Also schließe ich die Augen und konzentriere mich auf das Gefühl, Jake neben mir zu spüren. Ich atme den Duft seines Aftershaves mit der herben Kiefernnote ein. Ich habe mal irgendwo gelesen, dass der Geruchssinn am engsten mit dem Erinnerungsvermögen gekoppelt ist. Ich atme tief ein. Ich will diese Erinnerung abspeichern, diesen ganz bestimmten Jake-Geruch. Ich will mich an die Wärme seines Körpers erinnern. Daran, wie gut mein Körper sich seinem anpasst. Was auch bitter notwendig ist, weil ich sonst vom Sofa fallen würde, lautet der Kommentar des nicht ganz so romantischen Teils meines Verstandes. Ich schiebe diesen banalen Gedanken beiseite, aber die Sofakante bohrt sich trotzdem schmerzhaft in meine Seite. Ich kneife die Augen zu und bastle weiter an meinem Erinnerungsbild von Jake. Ich kann ihn mühelos vor mein inneres Auge rufen. Ich kenne seinen Geruch. Ich weiß, wie er sich anfühlt. Vorsichtig drehe ich mich zu ihm um. «Jake», sage ich, weil ich seine Stimme in dem dunklen Zimmer hören möchte. Er gibt ein Grunzen von sich und dann ein lautes Schnarchen. Ich falle vom Sofa.

5. Kapitel

Die Wohnung kommt mir furchtbar groß vor. Überall sind Jake-Lücken, wie die leeren Stellen bei mir heißen. Der freie Platz im Kleiderschrank. Die Lücken in den Regalen, weil ich seine und meine DVDs und Bücher sorgsam getrennt hatte. Und sogar die Stelle an dem amerikanischen Riesenkühlschrank, den er mir mal zum Geburtstag gekauft hat, weil ich mir so einen gewünscht habe, seit ich solche Kombi-Geräte als Kind in amerikanischen Sitcoms gesehen habe. Immer wenn ich kochte, stand Jake an den Kühlschrank gelehnt und sah mir zu – leider nicht so oft, wie ich es gern gehabt hätte, weil Jake selten die Geduld aufbrachte, auf Selbstgekochtes zu warten. Das sollte es mir leichter machen, mich von der gewaltigen silbrig kalten Kiste zu trennen. Außerdem versuche ich, mich mit dem Gedanken zu trösten, dass das Hotel sicher mehrere Riesenkühlschränke hat.

Seit ich nicht mehr Tag für Tag bei SkyBluePink bin, wusele ich durch die Wohnung und sortiere Sachen. Ein Teil von mir hat sich damit abgefunden, dass dieser Abschnitt meines Lebens vorbei ist, und genau wie Jake will ich weiterziehen. Je schneller ich die Wohnungs- und Hotelangelegenheit erledigt kriege, desto eher bin ich bei Jake in London.

Allerdings habe ich meine Eltern immer noch nicht angerufen. Ich bin meinen Job los und löse allein unsere Wohnung auf. Mein Freund ist nach London gegangen. Ich weiß schon, wie meine Eltern das aufnehmen werden. Sie werden sich sehr mitfühlend zeigen und es als Verlust betrachten. Sie haben es sich zur Gewohnheit gemacht, in allem einen Verlust zu sehen. Die Einstellung der zweiten täglichen Postzustellung wird in meinem Elternhaus noch immer als Verlust beklagt, und genauso bleibt bis heute unvergessen, wie ich mit sechs Jahren eine kostbare Kristallschale zerbrach, dabei habe ich ihnen seitdem ein Dutzend neue gekauft. (Von denen es natürlich keine jemals an Schönheit mit Omas Schale aufnehmen könnte, die in meiner Erinnerung potthässlich war, die aber, seit sie für immer dahin ist, für meine Mutter den Wert eines Museumsstückes hat.) Meine Eltern trauern gern der Vergangenheit nach, und ich will ihnen keinen Zündstoff liefern. Im Grunde ist es für mich schlimmer zu wissen, dass sie es nicht böse meinen und dass sie mich, während sie versuchen würden, mir das Ausmaß meines Verlusts klarzumachen, umso mehr lieben würden, um es irgendwie auszugleichen.

Nein, ich werde sie vor vollendete Tatsachen stellen, wenn ich mit den Umzugskisten im Auto, mit der Besitzurkunde für das Hotel in der Tasche und großen Erwartungen im Herzen bei ihnen vor der Haustür stehe. Ich werde ihnen zeigen, dass ich keinen Verlust erlitten habe, sondern zu einem tollen Abenteuer aufbreche.

Die Fahrt von Edinburgh nach Perthshire ist ziemlich verwirrend. Von der Umgehungsstraße aus schlängelt man sich über die nur von Büschen gesäumte Autobahn, mit der sich immer wieder andere Straßen kreuzen, die sich in der Ferne verzweigen. Lauter Kurven und Schleifen, so dass man, wenn man zu der Mulde unterhalb der Brücke kommt, wo die erlaubte Höchstgeschwindigkeit plötzlich und völlig unsinnigerweise auf achtzig sinkt und adleräugige Kameras lauern, nicht mehr weiß, ob man nach Westen, Norden oder etwa doch nach Süden unterwegs ist. Schließlich öffnet sich der Blick, und die Straße durchquert die wogende grüne Landschaft, die am Stadtrand beginnt und irgendwann ins Ackerland der Grafschaft Perthshire übergeht. Aber auch hier hält die Autobahn noch einen Streich bereit: Wenn man sich unter einer bestimmten Brücke nicht frühzeitig links einordnet, muss man gut fünfzig Kilometer Richtung Glasgow fahren, bevor man wenden kann. Das Ganze sieht nach Rache eines psychotischen Straßenbauingenieurs aus. Ich musste diesen unsinnigen Ausflug leider bereits ein paarmal unternehmen. Ich fahre also auf die Brücke zu und halte das Lenkrad mit beiden Händen fest umklammert, entschlossen, mich diesmal nicht reinlegen zu lassen, als ginge es um einen privaten Feldzug. Bevor ich das Navi hatte, bin ich nur selten auf eigene Faust irgendwohin gefahren. Mein Orientierungssinn gleicht dem einer Brieftaube, die man mit einem ordentlichen Quantum Whisky abgefüllt und dann auf einem Karussell im Kreis gedreht hat.

Eben bin ich an den rauchenden Schornsteinen der Grangemouth-Raffinerie vorbeigekommen, die mir mehr denn je wie eine Ansammlung von Türmen verrückter Alchimisten vorkommen; ein paar Kilometer weiter bäumen sich plötzlich links von mir die imposanten silbernen Pferdeköpfe der Kelpies von Falkirk auf. Die beiden riesigen Stahlskulpturen, gigantische dreißig Meter hoch, sind die größte Kunstinstallation in Schottland, von ein paar jämmerlichen Zeitungskritikern runtergeputzt und von der Öffentlichkeit einhellig als grandioser Erfolg bejubelt. Die Pferdeköpfe glitzern silbern im Sonnenschein und sehen tatsächlich aus wie ihre Namenspatrone, jene mystischen keltischen Wasserpferde, die sich der Legende nach in unseren Flüssen und Seen verstecken. In diesem Licht sehen die Skulpturen aus, als wären sie aus kristallklarem, brodelndem Wasser gemacht. Es gelingt mir nur mit höchster Willensanstrengung, das Auto in der Spur zu halten, so groß ist die Verlockung, nach links zu schwenken, um sie mir genauer anzusehen. Sie sind phantastisch. Ich glaube, wenn die Chance bestünde, im Norden jemals einem leibhaftigen Kelpie zu begegnen, ich würde für immer dort leben wollen. Diesen Skulpturen haftet etwas Magisches an, das mein Herz berührt und meine romantische Ader zum Leben erweckt. Doch kaum habe ich die Riesenkelpies gesehen, sind sie auch schon wieder verschwunden.

Es würde mir nie in den Sinn kommen, unangemeldet zu Hause aufzukreuzen. Ein einziges Mal habe ich das getan, vor vielen Jahren, lange vor Jake, mit meinem damaligen neuen Freund. Meine Mutter öffnete die Tür, sah mich und rief: «Oh nein, was ist passiert?»

Ich konnte besagten Jungen leider nie davon überzeugen, dass meine Mutter sich nicht auf ihn bezogen hatte, und wir haben uns kurz darauf getrennt, trotz meiner Beteuerung, dass meine Eltern in allem eine nahende Katastrophe sehen wollten. Vielleicht hatte er einfach nur Angst, dass ich irgendwann genauso werden würde. Schließlich heißt es, wenn man wissen will, wen man heiratet, solle man sich die Mutter ansehen.

Im Kreisverkehr muss ich scharf bremsen, weil vier Riesenlastwagen darin schaukelnd ihre Kreise ziehen. Vor mir schwankt ein kleiner Lieferwagen zwischen den unmarkierten Fahrspuren hin und her und wäre fast in Richtung Doune abgefahren. Doune ist zwar noch kleiner als Dunblane, besitzt aber eine halbverfallene Burg, die schon Monty Python als Kulisse diente und deshalb jede Menge Filmfans anzieht. Aber dann kreuzt der Transporter waghalsig meine Bahn und schwenkt zur Abfahrt Dunblane. Zum Glück habe ich damit gerechnet und schon im Vorfeld entsprechend abgebremst. Ein Hoch aufs vorausschauende Fahren.

Eine letzte Steigung nebst Gefälle, ein Miniaturkreisel, der wohl nur den Zweck hat, die Leute zu verwirren, und dann kurve ich den unpassenderweise Hungry Hill genannten Hang hinauf. Dort oben wurde vor einem halben Jahrhundert das Haus meiner Eltern gebaut, und die Gegend wird immer noch als Neubausiedlung bezeichnet. Genau wie die älteren Bewohner Dunblane noch immer als «Dorf» bezeichnen und nicht darüber hinwegkommen, dass es seit Jahrzehnten einen eigenen Bahnhof hat. Ich fahre den steilen Hang hoch, der im Winter mörderisch sein kann. Meine Mutter wohnt gern hier oben, weil sie es beruhigend findet, vor Hochwasser sicher zu sein. Natürlich hat sie damit recht, dafür werden meine Eltern jetzt aber regelmäßig eingeschneit.

Dann habe ich die Siedlung mit den endlosen weißen Häuserreihen erreicht. Manche Häuser haben zwei Schlafzimmer, manche drei und manche vier, was den Besitzern der größeren Grundstücke ein ausgeprägtes Überlegenheitsgefühl gibt, doch für Außenstehende besteht die Siedlung einfach nur aus lauter langweiligen, mit Kieseln verputzten Kästen.

Ich biege in die Sackgasse ein, wo meine Eltern wohnen. Sie mögen Sackgassen, halten sie für ruhiger, weil es keinen

Durchgangsverkehr gibt. Was dabei unbeachtet bleibt, ist der Umstand, dass alle kleinen Kinder aus der Siedlung von ihren besorgten Eltern zum Spielen in die Sackgasse geschickt werden.

Ich habe zwar immer noch einen Schlüssel für mein Elternhaus, aber ich klingele trotzdem. Der Schlüssel ist für den Notfall gedacht – falls sie zum Beispiel plötzlich tot umkippen, wie mein Vater es so schön eindringlich ausgedrückt hat. Ich habe die Wahrscheinlichkeit, dass meine Eltern gleichzeitig tot umfallen, nicht mit ihm diskutiert, weil ich sowieso weiß, dass er dann sämtliche Katastrophenszenarien vom Leck in der Gasleitung bis zum Asteroideneinschlag ins Feld führen würde.

Meine Mutter öffnet die Tür. «Du kommst zu spät», sagt sie, «ich habe mir schon Sorgen gemacht.»

Ich bin gerade mal eine Viertelstunde später als angekündigt, aber weil ich weiß, dass ihre Sorge aufrichtig ist, entschuldige ich mich und küsse sie auf die Wange. Ihre Haut wird langsam ein bisschen pergamentartig, und sie duftet nach dem feinen Puder mit Rosenaroma, den ich ihr zu Weihnachten geschenkt habe. Sie hat aufgehört, sich die Haare zu färben, seit sie einmal versehentlich statt rot knallpink geworden sind. Anstatt sich einen besseren Friseur zu suchen, fand meine Mutter sich damit ab, alt und grau zu sein, und fing an, meinem Vater Strickjacken mit braunen Lederknöpfen zu kaufen, die er hinten in seinen Schubladen versteckt.

Meine Mutter geht um mich herum, reckt den Hals und mustert neugierig mein Auto. Ihre Augenbrauen schnellen aufwärts, als sie die Umzugskartons auf der Rückbank entdeckt. Ich mache den Mund auf, um es zu erklären, aber es ist schon zu spät.

«Jamie!», ruft meine Mutter über die Schulter ins Haus, laut genug, dass die ganze Straße es hören kann. «Lucy ist ausgezogen!»

Ich versuche, meine Mutter ins Haus zu bugsieren, aber stattdessen tritt sie hinaus auf die Stufe.

«Wo ist Jake?», fragt sie und lässt rasch einen gellenden Schrei folgen: «Jamie! Jake hat sie sitzengelassen!»

Ich schaue sie empört an. «Mum! Wie kommst du ...»

Sie fasst mich an den Schultern. «Keine Sorge, Liebes», sagt sie gütig, «du hast hier immer ein Zuhause. Jetzt komm rein, Tee trinken.»

So schnell ich kann, durchquere ich die kleine Diele. Zu meiner Erleichterung schließt meine Mutter die Haustür und folgt mir. Irgendwie habe ich damit gerechnet, dass sie der restlichen Siedlung noch schnell mitteilt, es sei nicht meine Schuld, so wie damals, als mir im Alter von vier Jahren in der Kirche ein Malheur passierte. Gott, die Erinnerung daran ist mir heute noch peinlich.

Oben ist vernehmlich die Klospülung zu hören, und mein Vater erscheint auf der Treppe.

«Was ist denn jetzt schon wieder los, Di?» Es folgt ein leises Donnergrollen, und ein grauer Streifen flitzt an meinem Vater vorbei die Treppe runter. «Verrücktes Mistvieh!», sagt mein Vater und kämpft um sein Gleichgewicht. Dann schielt er kurzsichtig zu mir herunter. «Bist du das, Lucy?»

Ich kann mir absolut nicht erklären, warum die Katze mich hasst. Wenn wir gezwungenermaßen im selben Raum sind, knurrt und faucht sie mich ohne Unterlass an, wild wie ein kleiner Leopard. Ich habe keine Ahnung, was ich ihr je getan habe. Das eine Mal, als ich versuchte, mit ihr Freundschaft zu schließen, indem ich ihr Fisch-Leckerlis gab, hat sie mich so fest gebissen, dass ich heute noch die Narbe am Finger habe.

Nun, ich mag die Katze auch nicht.

Auf dem Esstisch am hinteren Ende des Wohnzimmers ist alles gedeckt, was zu einer Fünfuhrteezeremonie gehört: belegte Brote, Scones und diverse Pasteten. Mein Magen macht einen kleinen Satz. Seit meine Mutter gelernt hat, dass Vollkornmehl gesünder ist, hat sie rigoros alles Weißmehl aus ihren Backrezepten verbannt. Leider besitzen Brot und Kuchen bei ihr seitdem in der Masse ungefähr die Dichte eines Zwergsterns. Kein Wunder, dass mein Vater so lange auf dem Klo war.

Ich füge mich ins Unvermeidliche und setze mich an meinen angestammten Platz. Mum schenkt mir einen großen Becher Tee ein. Vielleicht habe ich ja Glück, und das bröselige Zeug wird durch gleichzeitige Einnahme eines Heißgetränks zu einigermaßen verdaulicher Pampe.

In diesem Haus gilt die goldene Diplomatenregel, beim Essen keine ernsten Angelegenheiten zu besprechen. Das ist Gesetz. Genauso wie grundsätzlich den ehemaligen Platz meines älteren Bruders frei zu halten. Richard lebt schon seit vielen Jahren in Kanada und denkt überhaupt nicht daran, in das rezessionsgeschüttelte England zurückzukehren oder sich regelmäßig zu melden.

Als mein Vater zwanzig Minuten später tapfer das letzte Sandwich gegessen hat, lehnen wir uns zurück, und ich warte auf den Beginn des Gesprächs.

«So», sagt mein Vater.

«Ja, ich arbeite nicht mehr bei SkyBluePink», gestehe ich, «und ja, Jake ist nicht mitgekommen.»

Meine Mutter holt scharf Atem. «Ich hab's gewusst! Ich hab's gewusst!»

Ich falle ihr ins Wort. «Aber nein, ich bin nicht gefeuert, und nein, Jake hat mich nicht sitzengelassen. Er ist in unsere Londoner Zweigstelle befördert worden, und ich folge ihm in ein paar Monaten nach. Spätestens im Sommer.»

Meine Mutter greift nach dem Strohhalm. «Eine Sommerhochzeit, vielleicht?», fragt sie. Seit Jahren liegt sie mir damit in den Ohren, wann wir endlich zu heiraten gedenken.

Ich schüttele vehement den Kopf. «Nein, das glaube ich nicht. Jetzt stehen erst mal andere Sachen an: Ich habe ein Hotel geerbt!»

Damit haben meine Eltern nun wirklich nicht gerechnet. Sie fallen aus allen Wolken.

«Geerbt», echot meine Mutter, «von wem denn? Es ist doch niemand gestorben? Und außerdem: Wir kennen niemanden, dem ein Hotel gehört.»

Mein Vater läuft dunkelrot an. «Ich glaube, über diese Angelegenheit müssen Lucy und ich uns allein unterhalten, Di!», sagt er mit strenger Stimme, von der er vermutlich annimmt, dass sie für den Herrn des Hauses angemessen ist.

«Himmel, wovon sprichst du denn?», sagt meine Mutter, die noch nie klein beigegeben hat. «Weißt du etwa was darüber, Jamie?»

Der Vorwurf in ihren himmelblauen Augen hätte einen schwächeren Mann aus der Haut fahren lassen, aber meine Eltern sind seit einer Ewigkeit zusammen. Mein Vater wagt eine Entgegnung. «Reg dich bitte nicht auf, Di. Du hast keinen Grund, dir dein...»

«Wehe, du fängst jetzt wieder mit ‹hübsches Köpfchen› an, Jamie, dann verhaue ich dich mit der Bratpfanne.»

Mein Vater macht ein betretenes Gesicht. Ich habe keine Ahnung, ob meine Mutter meinem Vater wirklich eins über den Schädel ziehen würde, jedenfalls dämmert in seiner Miene die Erkenntnis, dass er ihr gestehen muss zu wissen, wer gestorben ist. Das ist auch der Punkt, der mir an dieser ganzen Sache wirklich so richtig im Magen liegt. Dad und sein Bruder Calum haben seit über dreißig Jahren nicht mehr miteinander gesprochen. Ich habe nichts über seine Beerdigung erfahren, aber ich vermute, dass sie inzwischen stattgefunden hat und Dad seinem Bruder bis zum Schluss den Rücken zugekehrt hat. Ich habe keine Ahnung, was Calum verbrochen hat, das meinen Vater dazu brachte, ihn aus seinem Leben zu verstoßen. Als ich jünger war, habe ich die wildesten Vermutungen darüber angestellt. Ich durfte nie nach Onkel Calum fragen, Dad verdarb das nur die Laune.

«Calum», sagt Dad jetzt leise. «Calum ist gestorben.»

Mum reißt die Augen auf und presst sich das Taschentuch an den Mund. «Oh nein!», flüstert sie, und ausnahmsweise sieht es nicht nach einem bemüht theatralischen Auftritt aus. Sie wirkt aufrichtig bestürzt über die Nachricht vom Tod des älteren Bruders meines Vaters, eines Mannes, den sie drei Jahrzehnte lang nicht gesehen hat.

«Den sind wir endgültig los», sagt mein Vater.

«Jamie! Sei nicht so herzlos! Er war schließlich dein Bruder.» Sie wendet sich an mich. «Wann ist das passiert, Liebes? Und wie?» Ihre Augen glänzen verdächtig.

Ich zucke ratlos die Achseln. «Der Brief, in dem stand, ich hätte das Hotel geerbt, ist kurz vor Weihnachten bei mir eingetroffen, die Testamentseröffnung muss also vorher stattgefunden haben.»

«Dann ist er schon unter der Erde?», fragt meine Mutter. «Hast du das gewusst?» Sie sieht meinen Vater an, der ihrem Blick ausweicht. «Du wusstest, dass er gestorben ist und hast kein Wort gesagt? Dein eigener Bruder, und du warst nicht auf seiner Beerdigung?»

«Wozu auch?»

«Das ist wirklich herzlos», sagt meine Mutter, und dann steht sie zum ersten Mal, seit ich denken kann, vom Tisch auf, ohne das Geschirr abzuräumen, und geht wortlos nach oben.

«Da siehst du, was du angerichtet hast», sagt mein Vater. «Du hast deine Mutter ganz durcheinandergebracht.»

Dann steht auch er vom Tisch auf, setzt sich vor den Fernseher und schaut Fußball, den Ton viel zu laut gestellt.

Mir fällt nichts Besseres ein, als den Tisch abzuräumen. In meinem Kopf wirbeln die Gedanken durcheinander. Während ich den Rest der hausgemachten Thunfischpastete in den Katzennapf schabe, wo sie von Anfang an hingehört hätte, frage ich mich, ob ich je erfahren werde, was Onkel Calum verbrochen hat.

6. Kapitel

In meinem Elternhaus gehen seltsame Dinge vor sich. Wir sind gestern Abend alle wortlos schlafen gegangen, aber heute Morgen ist mein Vater ungewöhnlich früh auf den Beinen, um seine Frühstücksspezialität zu machen: French Toast mit pochierten Eiern. Meine Mutter kommt komplett zurechtgemacht zum Frühstück herunter, ebenfalls ein seltenes Ereignis, und das Gesprächsthema dreht sich ums Wetter und darum, ob ich, weil Samstag ist, nicht vielleicht ein paar meiner alten Schulfreundinnen ausfindig machen will. Dass ich jahrelang keinen Kontakt zu irgendwelchen alten Schulfreundinnen hatte, May ausgenommen natürlich, und dass die einzigen, die immer noch in Dunblane wohnen, alle kleine Kinder haben, scheinen sie vergessen zu haben.

Dann verkündet mein Vater die nächste Schreckensbotschaft. «Wir haben beschlossen, deine Heimkehr ein bisschen zu feiern, Lucy. Wir wollen am Sonntag auf der Terrasse grillen.»

Grillen im Januar. Auf so eine Idee können auch nur meine Eltern kommen.

«Ich habe den netten Jungen aus der Siedlung eingeladen. Du weißt schon, Luke, Marys Sohn, er war eine Klasse unter dir. Er ist auch übers Wochenende zu Hause. Er ist anscheinend in der Stadt eine große Nummer.»

«Er heißt Lewis, Mum. Er war vier Klassen unter mir, und er arbeitet als Buchhalter in Edinburgh.»

«Solche Altersunterschiede spielen doch heutzutage keine Rolle mehr, oder?» Sie kichert leise. «Ihr werdet euch sicher blendend verstehen. Vielleicht könnt ihr ja gemeinsam was unternehmen.»

«Ich denke, das fände Jake nicht so toll», sage ich streng.

«Wie dem auch sei, Lucy, Hauptsache, du beschäftigst dich heute irgendwie», sagt mein Vater. «Ich habe eine Menge zu tun. Ich muss die Garage ausräumen, um an den Grill ranzukommen, ich muss den Heizstrahler suchen und mit deiner Mutter einkaufen gehen. Wir kommen besser ohne dich zurecht.»

«Ich könnte euch doch helfen», biete ich an.

«Nein, nein», sagt meine Mutter und schiebt mich quasi zur Haustür raus. Zum Glück schaffe ich es gerade noch so, nach meiner Handtasche zu greifen.

Ich finde mich vor der geschlossenen Tür wieder, und mir wird klar, dass meine Eltern die Wir-sagen-dir-gar-nichts-Taktik voll und ganz verinnerlicht haben.

Ich ziehe nicht los, um nach irgendwelchen alten Freundinnen Ausschau zu halten, sondern schlendere lieber den Hang hinunter, über die kleine Eisenbahnbrücke und auf die Hauptstraße. Dort entdecke ich ein neues Café, das ich noch nicht kenne. Ich stoße die Tür auf, setze mich an einen Tisch und bestelle mir eine Latte macchiato. Zu meiner Überraschung gibt es sogar kostenloses WLAN. Das grenzt in Dunblane an ein Wunder. Ich hole mein Tablet aus der Handtasche und tippe schnell eine Mail an Jake. Er hat mich gebeten, nicht anzurufen, bevor er sich eingerichtet hat, und so schicke ich ihm, anstatt seine Stimme zu hören, eine E-Mail im Plauderton, die nichts darüber verrät, wie einsam ich mich gerade fühle.

Von: lucy.mcintosh@gmail.com
An: Jake@SkyBluePink.com
Betreff: Die alte Heimat

Hi Liebling,
ich unterbreche meine Reise rauf in den hohen Norden für ein paar Tage bei Mum und Dad in der alten Heimat, um ihre Garage mit meinem Krempel vollzumüllen. Hauptsächlich Sachen, die ich ungern eingelagert hätte. Nicht auszudenken, was meine neuen Angestellten denken würden, wenn sie mich mit einem riesigen Plüschtiger anrücken sähen!
Meine Angestellten! Wie das klingt! Kannst du dir das vorstellen? Bei diesem Wort komme ich mir so erwachsen vor. Ich werde Chefin sein. Keine Ahnung, wie viele Leute überhaupt im Mormaer Inn arbeiten und was die verdienen. Am Montag habe ich einen Termin mit dem Anwalt in Glasgow, und der händigt mir dann den ganzen Papierkram und die Schlüssel aus. Sofern ich mich unterwegs nicht verfahre. Du kennst mich ja!
Wie ist es in London? Übernachtest du noch bei Dave, oder hat dir SBP schon eine Wohnung besorgt? Ich hoffe, es ist eine nette Gegend mit ordentlichen Cafés und schicken Restaurants und so! Ich bin mir sicher, während ich mich in den Highlands abrackere, hast du in London bestimmt so viel Spaß, dass du gar keine Zeit hast, mich zu vermissen. Der Punkt geht schon mal an dich!
Spaß beiseite. Ich weiß, dass du hart daran arbeiten wirst, dir im Londoner Büro einen Namen zu machen. Es ist eine einzigartige Gelegenheit und genau das Richtige für dich. Weißt du, ich habe nachgedacht, und ich glaube, wenn ich dann runterkomme, probiere ich vielleicht mal was anderes aus. Ich hab mich wirklich lange genug in Datenanalysen reingekniet,

und außerdem bringe ich dann auch noch Erfahrung als Geschäftsführerin eines Hotels mit. Vielleicht könnten wir bald mal die Köpfe zusammenstecken und gemeinsam darüber nachdenken? Du hast immer so tolle Ideen.
Ach so, ich schicke dir die Inventurliste der Wohnung als Anhang und dazu eine Auflistung aller Sachen, die ich für dich eingelagert habe. Ich hoffe, bei dir ist alles okay. Mum und Dad geben mir zu Ehren morgen eine winterliche Grillparty. Ich hoffe auf dein Mitleid!
Jede Menge Liebe schickt dir
deine Luce

Ich bin sehr stolz auf mich, weil ich nicht gleich eine Mail geschrieben habe, die ihm zeigt, wie verzweifelt ich darauf warte, von ihm zu hören. Ich weiß, dass er schreiben oder anrufen wird, sobald er kann. Und in der Frauenillustrierten im Zeitschriftenständer meiner Eltern habe ich erst gestern Abend gelesen, wie wichtig es in einer Fernbeziehung ist, nicht zu klammern. Jake hat immer alle Angelegenheiten für uns beide in die Hand genommen. Ich habe ihn gelassen, weil es ihn – wie die meisten Männer! – glücklich macht zu denken, er hätte die Oberhand. Aber ich glaube, es ist gut für uns beide, wenn ich ihm zeige, dass ich auch mal was anpacken kann. Ich fürchte, er denkt manchmal, ich kann nicht selbst für mich sorgen. Und wenn ich ehrlich bin, hege ich wohl auch die Phantasie, dass er vielleicht anfängt, mir nachzulaufen, wenn ich nur ein kleines bisschen unabhängiger wirke. Wir haben vereinbart, dass er nächsten Monat für ein verlängertes Wochenende zu mir raufkommt, und ich möchte, dass er sich danach sehnt. Wenn ich ehrlich bin, haben wir es uns in letzter Zeit beide ein bisschen zu gemütlich miteinander gemacht und uns keine Mühe mehr gegeben im Alltag. Diese räumliche Trennung wird uns guttun.

Zumal sie ja nicht von Dauer ist. Selbst wenn es mit dem Hotel tatsächlich was wird, ich möchte auf keinen Fall für immer in den Highlands leben. Außerdem unterstelle ich jetzt mal, dass das Personal den Laden sicher sowieso lieber ohne mich schmeißt.

Ich gebe mich gerade dem Tagtraum von einer schnuckeligen kleinen Küche in einer gemütlichen Wohnung in Notting Hill hin, finanziert mit meinen Einnahmen aus dem Hotel – wir werden ganz nebenbei auch noch Hoteliers sein –, als sich mit einem «Pling» mein Posteingang meldet. Eine Mail von Jake! Gut, dass ich nicht gerade die Kaffeetasse in der Hand halte, als ich seinen Namen lese, so sehr hüpft mein Herz vor Freude.

Vielleicht gefällt ihm London ja gar nicht! Vielleicht plant er schon zurückzukommen! Vielleicht hat die Entfernung zwischen uns ihm gezeigt, wie sehr ich ihm fehle! Er vermisst mich, genauso wie ich ihn. Mit zitternden Fingern klicke ich die Nachricht an.

Von: Jake@SkyBluePink.com
An: lucy.mcintosh@gmail.com
Betreff: Re: Die alte Heimat

Lucy-Baby,
danke für deine Mühen, aber ich fürchte, auf der Inventarliste fehlt der Dosenöffner. Hast du ihn übersehen? Falls nicht, kannst du bitte bei der Agentur anrufen und veranlassen, einen in der Wohnung zu deponieren? Sehr ärgerlich, das kostet mich sicher ein Vermögen ... Dosenöffner £1,78; in die Wohnung liefern und in die Inventarliste aufnehmen lassen £327.

Angesichts deiner Vorliebe für Baked Beans wundert es mich, dass du tatsächlich einen Dosenöffner übersehen hast.
Deinen Weggang von SBP halte ich nach wie vor für keine kluge Entscheidung, Luce. Du hattest doch deinen Platz gefunden. Manche Menschen sind einfach nicht für den direkten Kundenkontakt geschaffen. Ich werde sehen, was ich tun kann, um ein Wort für dich einzulegen, wenn du da oben im Norden fertig bist. Falls das nicht klappt, musst du es eben bei BigShouty versuchen. Du bist zwar ein bisschen zu alt für die, aber dafür hast du Erfahrung.
Bin in Eile, wir sprechen demnächst!
J.

Ich werde sauer. Kein Wort der Zuneigung. Eine Anweisung nach der anderen. Und BigShouty?! BigShouty ist Spezialist für Katzenfutter, Inkontinenzschlüpfer und diese komischen Plastikdinger, von denen es in der Fernsehwerbung heißt, sie könnten alles, von Marsianisch unterrichten bis sich Spinat zwischen den Zähnen rauspulen. Mit anderen Worten, BigShouty spricht die Kunden an, die SBP nicht nimmt. Ich gehe auf «Antworten» und fange an zu tippen, ohne nachzudenken.

Von: lucy.mcintosh@gmail.com
An: Jake@SkyBluePink.com
Betreff: Re: Re: Die alte Heimat

Ich glaube, du hast da was falsch verstanden. Ich habe nicht beschlossen, von SBP wegzugehen, sondern die haben mich ziehen lassen, damit ich mich «weiterentwickeln kann». Was angesichts der Tatsache, dass ich ihnen geholfen habe, die

letzten drei Großkunden an Land zu ziehen, ein ziemlich beschissener Zug von denen war. Offenbar hat ihnen mein Wunsch, mit dir nach London zu wechseln, ebenso wenig gefallen wie mein Antrag auf unbezahlten Urlaub. Weißt du, ich möchte wirklich mehr aus meinem Leben machen, als es bis in alle Ewigkeit als hochgelobte Fachidiotin für Datenanalyse zu verbringen.
Auf der Liste befindet sich deshalb kein Dosenöffner, weil du ihn neulich bei dem Versuch, die Gratisdose Kaviar zu öffnen, die du von deinem Kunden geschenkt bekommen hast, kaputt gemacht hast. Du hast gesagt, du besorgst einen neuen.

Ich klicke auf «Senden», ohne einen Kuss dranzuhängen. Natürlich bereue ich es sofort. In bereits erwähntem Zeitschriftenartikel wurde explizit betont, was für eine schlechte Idee es sei, im Zorn eine Mail zu verschicken. Also öffne ich eine neue Mail und fange hektisch an zu tippen.

Von: lucy.mcintosh@gmail.com
An: Jake@SkyBluePink.com
Betreff: Sorry ...

Ha! Unser erster Mail-Streit! Wahrscheinlich qualifizieren wir uns gerade für die Ehrennadeln für Paare in Fernbeziehung. Ignorier mich einfach, Liebling. Mum und Dad sind ziemlich anstrengend. Sie haben einen stinklangweiligen Buchhalter zum Grillen eingeladen, und mir graut ehrlich gesagt vor dieser Party. Du kennst ja meine Eltern. Ich kann gerne einen Dosenöffner kaufen und per Post in die Wohnung schicken, damit der neue Mieter beim Einzug einen hat. Keine Kosten außer Porto. Es ist so lieb von dir, im Londoner Büro ein Wort

für mich einzulegen. Deinem Charme kann schließlich keiner widerstehen. Im Moment ist alles ein bisschen verkorkst, aber ich glaube fest an uns.
Mit viel Liebe,
Luce

Es gelingt mir, die Mail abzuschicken, ehe Jake auf die vorherige geantwortet hat. Ich bestelle mir noch einen Milchkaffee und warte, aber mein Mailprogramm bleibt stumm. Ich trinke den Kaffee extra langsam, dann zahle ich und wage mich auf die Hauptstraße. Im Supermarkt finde ich einen schlichten Dosenöffner, und ich schaffe es noch vor Mittag ins Postamt. Schnaubend und seufzend verkauft mir die Angestellte einen viel zu großen wattierten Umschlag, wartet, bis ich die Adresse aufgeschrieben und den Umschlag zugeklebt habe und berechnet mir dann ein kleines Vermögen an Porto. Sie wirft sich das Päckchen über die Schulter, und es landet exakt mittig in dem Sack hinter ihr.

«Geht erst Montag raus», sagt sie schnippisch und guckt vielsagend zur Tür.

Ich gehe zurück in den Supermarkt und besorge mir ein aufgeweichtes Ei-Sandwich und eine überteuerte Flasche Ginger Ale. Dann nehme ich die Sachen mit an den kleinen Weiher unterhalb der Kathedrale und verzehre sie auf einer kalten weißen Metallbank. Kurz bevor meine Eltern üblicherweise zu Mittag essen, kehre ich schließlich um.

Das sonntägliche Wintergrillen ist so schrecklich, wie ich es mir vorgestellt hatte. Lewis ist langweilig, verpickelt und offensichtlich darüber informiert, dass ich unglücklich sei. Er versucht ernsthaft mehrmals, mich dazu zu überreden, mit ihm nach Stirling in die «Bude» seines Kumpels zu fahren, für die er dieses Wochenende den Schlüssel hat.

Dad lässt die Hähnchenflügel anbrennen und reißt endlose Witze über verkohltes Hähnchen als Spezialität des Hauses. Mum trinkt zu viel Gin Tonic und bekommt einen Schwips, und als der letzte Gast gegangen ist, beklagt sie sich jammernd über ihren Mangel an Enkelkindern.

Am nächsten Morgen winken mir meine Mutter in Morgenrock und Sonnenbrille und mein im Sonnenlicht blinzelnder Vater zum Abschied hinterher. Mein einziger Wochenenderfolg war der Beschluss meiner Mutter, dass die Garage für meinen geliebten Plüschtiger zu feucht ist und er in meinem Zimmer wohnen darf.

Über Onkel Calum wurde noch immer kein Wort verloren.
Und von Jake ist keine Antwort gekommen.

7. Kapitel

Es ist ein strahlender Januarmorgen, und ich nehme die Autobahn in Richtung Glasgow. Die Landschaft ist zum Teil gar nicht übel und zum Teil schrecklich zugepflastert, aber mir fehlt sowieso der Blick dafür. Ich versuche verzweifelt, mich daran zu erinnern, wie man auf der einzigen Schnellstraße durch Glasgow die Orientierung behält, die zeitweise fünfspurig ist und gleichzeitig Abfahrten nach rechts und links zu bieten hat. Ich bin die Strecke schon ein paarmal gefahren und weiß, dass die Vorwarnungen des Navis zu spät kommen. Da heißt es dann lediglich plötzlich: «Halten Sie sich links», «Halten Sie sich rechts.» Und dann in aller Regel: «Sie haben die Ausfahrt verpasst.»

Als ich endlich die tückische Abfahrt gefunden habe, die ich nehmen muss, ist das Lenkrad glitschig von Schweiß. Der Anwalt, ein gewisser Mr Urquhart – ich finde, besser kann ein schottischer Anwalt nicht heißen – hat mich für 10:45 Uhr einbestellt. Ich dachte eigentlich, das hieße, dass ich mich weder mit der morgendlichen noch mit der Mittags-Rushhour herumquälen muss. Aber Glasgow ist nun mal nicht Edinburgh. Die Stadt hat keinen eigentlichen Kern, sondern breitet sich gleichmäßig in alle Richtungen aus, und deshalb herrscht auch jetzt wie vermutlich immer ein steter Verkehrsstrom.

Ich sollte wohl darauf hinweisen, dass alles, was ich über

Glasgow sage, zwangsläufig unfair ist. Leute von außerhalb kapieren nicht, dass die beiden Städte zwar räumlich nur rund achtzig Kilometer, aber emotional eine Million Kilometer auseinanderliegen. Sowohl Glasgower als auch Edinburgher fahren lieber achthundert Kilometer nach London, ehe sie die jeweilige Nachbarstadt besuchen. Glasgower sind berüchtigt dafür, sich an Bushaltestellen gern mit Fremden zu unterhalten. Edinburgher hingegen sind berüchtigt dafür, sich grundsätzlich *nicht* gern mit Fremden zu unterhalten. Glasgow nennt sich die freundliche Stadt. Edinburgh ist die schicke Stadt, die es geschafft hat, sämtliche unschönen Einrichtungen in die Außenbezirke zu verbannen, um sie dort sträflich zu vernachlässigen. Glasgow denkt da definitiv offener. Die Stadt samt ihrer Schiffswerften hat stark unter den Bombardierungen im Zweiten Weltkrieg gelitten, und einige Bezirke warten bis heute auf den Wiederaufbau. Nein, ich mag Glasgow nicht. Außerdem verfahre ich mich ständig.

Nur diesmal anscheinend nicht. Ich schwenke hierhin und dorthin, verärgere lediglich zwei LKW-Fahrer, und schon biege ich in die berühmte Great Western Road ein. Sie ist eine Glasgower Legende. Angeblich gibt es nichts, was es dort nicht gibt. Na ja, Edinburgh hat den Leith Walk, mit dem gibt die Stadt genauso an.

Kaum bin ich auf der Great Western angelangt, wird mir klar, dass der Leith Walk und diese Straße hier ungefähr so ähnlich sind wie ein Bobby-Car und ein Ferrari. Die Great Western Road ist gigantisch. Ich komme an Geschäften vorbei, über denen in offenstehenden Wohnungsfenstern junge Frauen mit rosaroten Haaren, Military-Hosen und Batik-T-Shirts kauern, die offenbar kurz vor dem Absprung sind, und gleich danach an pompösen viktorianischen Stadthäusern, die einst für reiche Kaufleute erbaut wurden. Die Geschäftspalette rangiert vom Ramschladen bis zum edlen Küchenausstatter, von Imbissketten bis zu netten kleinen Cafés mit zauberhaften Namen.

Leider ist die Fahrbahn über die gesamte Strecke beidseitig mit einer roten Doppellinie markiert. Ich gestehe, mit Fahrbahnmarkierungen kenne ich mich nicht besonders gut aus, aber mir schwant, dass diese hier «Nicht anhalten, nicht parken und nicht be- oder entladen» bedeutet. Trotzdem reihen sich auf beiden Straßenseiten Lieferfahrzeuge und PKWs dicht an dicht; das sind sicher Anlieger, die wissen, wann sie abhauen müssen, um keinen Strafzettel zu riskieren. Den Hausnummern nach müsste die Anwaltskanzlei jetzt ganz in der Nähe sein. Ich entdecke eine Parklücke und peile sie an. Auf dem Bürgersteig steht ein Mann um die dreißig. Er trägt eine exklusive Sonnenbrille, einen leicht glänzenden Seidenanzug, der bestimmt ein Vermögen gekostet hat, und eine Aktentasche, die vermutlich teurer war als mein Auto. Er ist überdurchschnittlich groß, aber kein Riese. Der Wind zerzaust ihm den modischen Haarschnitt, und seine dunklen Haare ringeln sich im Wind. Außerdem trägt er einen Dreitagebart. Der Anzug sitzt wie maßgeschneidert, und dem Mann ist anzusehen, dass er sich fit hält.

Ich kurble das Fenster runter, um zu fragen, ob ich hier parken kann. Ach, wäre das doch Mr Urquhart. Noch ehe ich ein Wort sagen kann, beugt der Mann sich zu mir runter und sagt: «Sie können hier nicht parken.» Seine Stimme klingt tief und eindeutig bedrohlich.

«Entschuldigung. Ich bin ...»

«Und wenn Sie die Wiedergeburt von Bonnie Prince Charlie wären, Sie können hier nicht parken, klar?»

«Aber ...» Ich zeige auf die anderen Autos.

Er deutet auf den Bordstein. «Sehen Sie die durchgezogene Linie? Sie ist rot. Oder sind Sie auch noch farbenblind?»

Plötzlich wird mir alles zu viel. Ich bin immer noch ganz zittrig von der Fahrt durch die fremde Stadt. Zu meinem Schrecken brennen auf einmal Tränen in meinen Augen. Ich drücke aufs Gas, verfehle beim Losfahren nur knapp die offene Tür vom Lieferwagen des Gemüsehändlers und zwinge ein Postauto dazu, heftig auszuscheren. Mit quietschenden Reifen mache ich mich aus dem Staub. Ich biege bei erster Gelegenheit links ab und dann gleich noch mal und werde unversehens von einer erstaunlich grünen Vorstadt verschluckt. Ich halte an und breche in Tränen aus.

Inzwischen ist es fünf vor elf. Von der Great Western Road habe ich definitiv die Nase voll, also beschließe ich, das Auto stehen zu lassen und zu Fuß zu der Anwaltskanzlei zu gehen. Zum Glück gibt es GoogleMaps, sonst würde ich wahrscheinlich für den Rest des Tages in der Vorstadt herumirren. Ich gebe die Adresse ein und unterdrücke das völlig irrationale Bedürfnis, Jake anzurufen. Er könnte mir jetzt auch nicht helfen. Es wäre erbärmlich, ihn jetzt anzurufen, und er würde entsprechend reagieren. Ich schniefe und überprüfe im Seitenspiegel meine Wimperntusche. Zum ersten Mal verwünsche ich Onkel Calum dafür, dass er mich in diese Lage gebracht hat.

Schließlich habe ich die Great Western Road wiedergefunden. Als ich endlich den richtigen Häuserblock anpeile, steht der unverschämte Typ tatsächlich immer noch auf dem Bürgersteig, und zwar fast genau dort, wo ich hinmuss. Ich wünschte, ich säße in der schützenden Hülle meines Autos, aber das könnte ich schließlich auch nicht bis in die Kanzlei hineinlenken. Ein Blick auf die Hausnummern zeigt mir, dass ich direkt an dem Mann vorbeigehen muss. Ich atme tief durch. Eigentlich kann mir egal sein, was er von mir denkt. Vielleicht habe ich Glück, und er bemerkt mich gar nicht.

Als ich beinahe auf gleicher Höhe mit dem Lackaffen bin, setzt ein Cabrio mit offenem Verdeck in die Parklücke, die ich vorhin angepeilt hatte. Hinter dem Steuer sitzt eine rothaarige Schönheit, der Kleidung nach offensichtlich gegen die Januarkälte immun. Ich warte darauf, dass er sie genauso angiftet wie mich, aber stattdessen lächelt er strahlend und öffnet die Beifahrertür, um einzusteigen.

«Du ahnst ja nicht, was ich für einen Stress hatte, dir die Lücke frei zu halten», höre ich ihn sagen. Er küsst die Rothaarige auf die Wange. Sie manövriert das Auto mühelos zurück in den dichten Verkehrsstrom und schießt mit lautem Gebrumm davon.

Ein Schwall von Wörtern, von denen meine Mutter nicht einmal ahnt, dass ich sie kenne, sammelt sich auf meiner Zungenspitze. Ich bin kurz davor, den beiden hinterherzukreischen wie ein altes Fischweib. Ich bin wütend auf den Typen, weil er mich mit seiner Überheblichkeit dazu gebracht hat, mein Auto wegzufahren. Aber eigentlich bin ich auf mich selbst noch wütender, weil ich mich so habe erniedrigen lassen. Die ganze Straße ist mit Autos zugeparkt. Warum habe ich mich von diesem Kerl eigentlich dermaßen einschüchtern lassen?

Ich bin so sauer, dass ich ums Haar mit einem kleinen alten Mann zusammenstoße. Er trägt einen Tweed-Anzug, einen zerbeulten Hut und eine ziemlich ramponierte Aktentasche, die so alt ist, dass sie keinen Henkel und auch kein Schloss mehr hat.

«Oh, Verzeihung», sage ich und werde schamrot. Bloß weil der Heini mit der Sonnenbrille ein Blödmann ist und ich eine

Idiotin bin, habe ich nicht das Recht, unschuldige Rentner anzurempeln.

«Miss McIntosh?», fragt der Mann mit dem schweren Akzent des Nordwestens. «Sie sind ein klitzekleines bisschen später dran als erwartet.»

«Mr Urquhart?» Er nickt. «Bitte entschuldigen Sie. Ich habe keinen Parkplatz gefunden.»

Der kleine alte Mann legt den Kopf schief und schaut auf die große Lücke vor uns.

«Rote Linien», erkläre ich.

«Och, Mädchen, da achtet doch kein Mensch drauf. Wo ist denn jetzt Ihr Wagen?»

Ich deute in Richtung Vorstadt. «Irgendwo da draußen.»

«Dann machen wir uns am besten auf den Weg», sagt Mr Urquhart mit einem amüsierten Glitzern im Auge.

«Sie kommen mit?»

«Aber sicher. Eine Verfügung in Mr McIntoshs Testament sieht vor, dass ich Sie persönlich zu dem Hotel bringe. Sie brauchen sich keine Sorgen zu machen, wie ich wieder nach Hause komme. Es fährt noch ein Zug, wenn wir fertig sind. Ich habe meine Fahrkarte schon gelöst.»

«Gut.»

«Dann suchen wir jetzt Ihr Auto.»

Ich brauche geschlagene zwanzig Minuten, um es wiederzufinden. Ich gehe mehrmals hin und her, und erst als ich ein Haus mit bogenförmiger Fassade und roter Tür erwähne, zeigt Mr Urquhart mir den Weg. Als wir einsteigen, bin ich rot vor Verlegenheit und wünschte, ich hätte vorgeschlagen, unterwegs an einem Café haltzumachen, um kurz aufs Klo zu gehen.

Mr Urquhart sieht mir dabei zu, wie ich das Navi einschalte und die Adresse des Hotels eingebe.

«Kann man sich auf das Ding verlassen?», fragt er und entspannt sich sichtlich, als ich nicke. Er schiebt seinen Sitz zurück und zieht sich den Hut über die Augen. «Bin kein guter Beifahrer, Sie haben also sicher nichts dagegen, wenn ich ein Nickerchen mache, bis wir da sind, oder, Mädchen?»

«Natürlich nicht.» In Wahrheit bin ich hin- und hergerissen zwischen der Erleichterung, keinen höflichen Smalltalk machen zu müssen, und der Enttäuschung, dass mir die Gelegenheit durch die Lappen geht, jemanden, der mir nicht entkommen kann, über meinen geheimnisvollen Onkel auszuquetschen.

Ich lenke das Auto zurück auf die Great Western Road. Ähnlich wie die Schnellstraße wechselt sie zeitweise von zwei auf bis zu fünf Fahrspuren. Den Glasgowern gefällt es offensichtlich, die Leute zu verwirren. Ich muss mich so stark konzentrieren, dass ich zwei Dinge erst bemerke, als wir nach unzähligen Verkehrskreiseln zu den Hochhaussiedlungen am Stadtrand kommen. Mr Urquhart schnarcht nicht nur wie ein kleiner Hund und schnauft und röchelt im Schlaf, er riecht auch nach Hund und außerdem schwach nach abgestandenem Whisky.

Ich fahre schweigend weiter. Die Kreisel nehmen immer noch kein Ende, aber der Verkehr wird dünner. Niemand regt sich auf, als ich einen Kreisel ein zweites Mal umrunde, und dann befinde ich mich plötzlich und ohne Vorwarnung in einer anderen Welt. Die Landschaft um mich herum hat sich in eine Mischung aus Disneyland und Mittelerde verwandelt. Die glatte, bemerkenswert gute und breite Straße wälzt und windet sich durch eine üppige Landschaft. Nadelbäume klammern sich an steile Hügelkämme. Zerklüftete Berggipfel blicken auf mich herab wie die verwitterten Gesichter uralter

Riesen, und die Landschaft um mich herum ist trotz der Jahreszeit erstaunlich grün. Durch die Bäume zu meiner Rechten blitzt silbernes Flimmern auf. Ich umfahre eine Kurve, und plötzlich kommt spiegelglatt schimmernd Loch Long in Sicht. Wenn es irgendwo auf der Welt Kelpies gibt, dann in dieser sich weit ins Land hineinstreckenden Meeresbucht. Dieser Ort ist absolut und ganz und gar zauberhaft.

Plötzlich fängt es neben mir an zu fiepen. Mr Urquhart setzt sich laut schnaubend auf. Er stellt den Wecker an seiner Armbanduhr ab, blinzelt und sieht sich um.

«Gut, wir sind gleich da», sagt er.

Ich spüre, wie sich Aufregung in mir breitmacht. «Wie alt ist das Hotel eigentlich?»

«Viktorianisch», sagt Mr Urquhart. «Die Gegend hier oben war früher sehr beliebt. Königin Victoria liebte die Highlands, und die Feriengäste kamen in Scharen.»

«Also ist es ein großes Haus?» Vor meinem geistigen Auge sehe ich eine Mischung aus Cinderellas Märchenschloss und Edinburgh Castle vor mir.

«Zweiundzwanzig Zimmer, wie ich Ihnen schon schrieb.»

«Gibt es Angestellte?»

«Jawohl, drei auf der Gehaltsliste, soweit ich weiß, und die übrigen dürften Aushilfen sein.»

Bei dem Wort Gehaltsliste geht ein Stich durch meinen Magen. «Vermutlich bin ich ab jetzt für die Gehälter verantwortlich.»

«Es ist genug Geld auf dem Konto, um während der sechs Monate die Gehälter zu bezahlen», sagt Mr Urquhart, und ich seufze vor Erleichterung, aber er ist noch nicht fertig. «Leider entziehen sich sowohl die aktuellen Gehälter als auch etwaige Außenstände der Lieferanten meiner Kenntnis.»

Ich wende ihm überrascht den Kopf zu und lenke das Auto um ein Haar die Böschung runter. Mr Urquharts Hand zuckt, als wollte er mir ins Steuer greifen, aber zu seiner Ehre zieht er den Arm wieder zurück.

«Ich habe mich darum bemüht, ein wenig Licht ins Dunkel zu bringen. Ich habe eine Annonce aufgegeben und sämtliche Gläubiger dazu aufgefordert, sich binnen einer bestimmten Frist zu melden, aber abgesehen vom Inhaber der hiesigen Reparaturwerkstatt, der dem Hotel dreihundert Pfund für die Instandsetzung des Rasenmähers berechnen wollte, hat sich niemand gemeldet.»

«Das ist aber ein Haufen Geld für einen Rasenmäher, oder nicht?»

«Zu viel. Ich habe ihn auf 150 Pfund heruntergehandelt. Sie wissen doch, dass zu dem Hotel auch relativ viel Grund gehört, ja? Offenbar war das Haus früher auch des großen Gartens wegen so beliebt.»

«Ich weiß gar nichts», sage ich frustriert. «Ich bin Calum McIntosh ja nie begegnet.»

Mr Urquhart sieht mich ganz merkwürdig an. Ich spüre seinen Blick eher, als dass ich ihn sehe. Die Straße folgt der nächsten engen Kurve.

«Das überrascht mich. Mr McIntosh hat dieses Testament vor über fünfundzwanzig Jahren bei mir hinterlegt. Ich bin davon ausgegangen, dass er inzwischen längst Kontakt zu Ihnen aufgenommen hatte.»

«Mein Vater und er waren zerstritten. Schon bevor ich geboren wurde. Ich bin ihm leider nie begegnet.»

«Ach so», sagt Mr Urquhart leise. «Tja, dann dürfte all das wohl ein ziemlicher Schreck für Sie gewesen sein.»

«Das kann man wohl sagen. Ich hatte keine Ahnung, dass

Onkel Calum ein Hotel betrieb. Ehrlich gesagt weiß ich gar nichts über ihn. Waren Sie gut befreundet?»

Etwas an Mr Urquharts Alter und Auftreten lässt mich annehmen, dass er eher Bekannte hat als Freunde.

«Nein.»

Mehr sagt er nicht. Kein Fünkchen Information über meinen geheimnisvollen Onkel. Allerdings gibt mir die Art, wie er «Nein» gesagt hat, instinktiv das Gefühl, dass Mr Urquhart nicht besonders viel von Onkel Calum gehalten hat.

Die Straße wird schmaler, und schließlich kommen wir in ein kleines Dorf. Ich nehme den Fuß vom Gas. Vor uns liegt eine T-Kreuzung. Links davor erstreckt sich ein etwas baufälliges Gebäude aus grauem Naturstein, das aussieht, als hätte die Gegend schon bessere Zeiten gesehen. Sämtliche Fenster zur Straße raus sind mit Brettern vernagelt. Jemand hat sie grün angestrichen, um den Schandfleck mit der herrlichen Landschaft verschmelzen zu lassen. Viel genützt hat es allerdings nicht. Die Straße verläuft noch ein Stückchen weiter an dem kläglich gescheiterten Tarnversuch vorbei und wird noch schmaler, ehe sie in der T-Kreuzung mündet. Zur Linken führt die Straße von dort aus an dem grauen Gebäude vorbei und fällt zum Loch hin ab.

«Wo entlang?»

«Wenn Sie links abbiegen und dann gleich noch mal links, kommen Sie auf den Parkplatz hinter dem Hotel.»

Ich sehe meine Fingerknöchel am Lenkrad weiß werden und höre meine Stimme, als käme sie von sehr weit her. «Das ist es?»

«Ja, das ist es. Das Mormaer Inn und die Clootie Craw Bar. Bei den Einheimischen auch heute noch sehr beliebt, wenn ich richtig informiert bin.»

Wortlos lenke ich den Wagen auf einen mit Schlaglöchern

übersäten Parkplatz und steige aus, um mein Hotel in Augenschein zu nehmen.

Der Bau erstreckt sich über die gesamte Länge des Parkplatzes und ist am Ende mit einem einstöckigen Gebäude verbunden. Urquhart stupst mich an und deutet auf zwei schwarz gestrichene Holzplatten in der Mitte des einstöckigen Gebäudes. Dann erst sehe ich, was er meint. Darüber hängt reichlich schief ein unbeleuchtetes Neonschild mit der Aufschrift «The Clootie Craw». Hinter dem Schriftzug ist die Darstellung einer Krähe zu sehen. Die schwarzen Holzplatten stellen offensichtlich den Eingang dar.

Schaudernd versuche ich, mir lieber nicht vorzustellen, was für eine Sorte Bar sich hinter so einer Fassade verbergen mag, und ich wende mich dem übrigen Gebäude zu. Die Fenster auf dieser Seite sind nicht vernagelt. Dafür sind diejenigen im Erdgeschoss mit rostigen Eisengittern verkleidet. Außerdem sind sie völlig willkürlich über die Fassade verteilt. Das Mormaer Inn besteht definitiv aus zwei Stockwerken, aber zusätzlich neigen sich noch unterhalb des Parkplatzes einige kleinere Fenster einem Graben zu, und entlang der Dachkante sind weitere winzige Fensterchen verstreut. Das Haus hat ein Flachdach und ist von vier eckigen Türmen flankiert. Den beiden zur Straße gelegenen Türmen entwachsen bizarrerweise zwei kleinere Rundtürmchen.

Natürlich sehe ich das Gebäude momentan nur von der Seite aus. Es wäre sicher besser, nach vorne zu gehen, denn so, wie ich jetzt stehe, kann ich mir unmöglich vorstellen, wie sich dieses verwirrende Mischmasch im Inneren gestalten soll.

Mr Urquhart führt mich zum Haupteingang. Dort angekommen, erahne ich zum ersten Mal, wie das Mormaer Inn zu seinen Glanzzeiten gewesen sein mag.

Die Eingangstür ist riesig. Sie sieht gotisch aus, bogenförmig und mit eisernen Beschlägen. In der Mitte der Tür befindet sich ein runder Messingklopfer. Zu beiden Seiten des Eingangs liegen weite, große Erkerfenster, die mal wieder gründlich geputzt werden könnten. Der Blick ins Innere wird durch schwere, mit Quasten besetzte, etwas schief hängende Samtvorhänge behindert. Doch das Erstaunlichste ist der von vier Säulen getragene stattliche Vorbau. Er ist breit und ausladend und könnte ohne weiteres zehn Personen oder einer Pferdekutsche Schutz bieten. Für einen Augenblick fühle ich mich ins viktorianische Zeitalter zurückversetzt, als die Feriengäste in ihrer besten Reisekleidung und mit schwerem Gepäck eintrafen. Ich habe die Szenerie ganz deutlich vor Augen: das Gewusel, das Ankunftsgetümmel vor dem Hotel, Mägde, die mit weißen Schürzen und gestärkten Hauben geschäftig hierhin und dorthin eilen, um in den Gästezimmern letzte Hand anzulegen, während hochgewachsene, stattliche Lakaien das Gepäck hinauftragen. Mittendrin heißt der Hotelier die illustre Gesellschaft in seinem Hotel willkommen. Ich stelle mir mich selbst in dieser Rolle vor, in einem violetten Kleid. Ich bin leider etwas unsicher, was die viktorianische Mode betrifft, ich hätte jedenfalls ganz bestimmt wallende Röcke, Puffärmel und einen Reifrock an.

«Möchten Sie klopfen, oder nehmen wir den Schlüssel?», fragt Mr Urquhart.

Das Bild verblasst, und ich stehe immer noch vor diesem ungeheuren Irrsinnsbau. Ich kann nicht fassen, dass dieser Kasten wirklich mir gehört. Die Verantwortung droht mich zu erdrücken. Ich ignoriere den Schlüssel in Mr Urquharts Hand und hebe vorsichtig den Messingklopfer an. Er ist schartig und wurde sehr lange nicht poliert. Ich lasse ihn fallen, und statt des erwarteten satten Geräuschs von Metall auf Metall ertönt nur ein dumpfer Schlag. Ich bezweifle, dass irgendjemand das hört. Mein Magen hat heftig zu flattern begonnen. Mir fällt wieder ein, dass ich gleich meine Angestellten kennenlernen werde. Dass *ich* die Eigentümerin bin und nicht wer auch immer jetzt an die Tür kommt.

Doch als die Tür sich öffnet, überschwemmen mich Zweifel. Die Frau vor mir ist im fortgeschrittenen mittleren Alter. Ihr angegrautes Haar ist zu einem straffen Knoten zurückgekämmt, und sobald sie die Tür aufgemacht hat, verschränkt sie die Arme abwehrend unter dem üppigen Busen. Ihr verwittertes Gesicht verrät, dass sie einen Großteil ihrer Lebenszeit im Freien verbracht hat. Sie hat kein Übergewicht, aber eine unleugbare Präsenz. Sie trägt eine graue Tunika und lockere schwarze Leggins, aber ich kann sie mir gut in einem viktorianischen Kleid vorstellen. Sie lächelt nicht.

«Wir haben geschlossen», sagt sie barsch. Dann fällt ihr Blick auf Mr Urquhart. «Ist sie das?», fragt sie ihn im selben Tonfall.

«Guten Tag, Mrs McGruther», erwidert der Anwalt milde. «Wir haben uns leider ein wenig verspätet, aber dies ist sie tatsächlich: Miss Lucy McIntosh, Calums Nichte.»

«Also nicht verheiratet», schlussfolgert die furchteinflößende Frau. «Geschieden? Kinder?»

«N-n-nein», stottere ich verdattert.

Meiner Antwort begegnet sie mit einem Räuspern. «Dann kommen Sie mal rein. Im Speisesaal sind Sandwiches für Sie vorbereitet.»

«Das ist sehr liebenswürdig von Ihnen, Mrs McGruther», sagt Mr Urquhart, der offenbar schon einmal hier gewesen ist. Er geht über die Schwelle voraus. Ich folge ihm mit dem Gefühl, hier kein bisschen willkommen zu sein.

8. Kapitel

Wir eilen durch ein wahres Labyrinth von Fluren, ausgelegt mit rot-lila Teppich, der den siebziger Jahren zu entstammen scheint. Schmucklose, holzverblendete Türen führen in sämtliche Richtungen. Unter den Holzpanelen befinden sich vermutlich wunderschön vertäfelte Türen, die wegen irgendwelcher Brandschutzbestimmungen verschalt werden mussten. Für die Beleuchtung sorgen uncharmante Würfel, unter denen rote Lämpchen flimmern, die suggerieren, dass das ganze Gebäude nur auf den nächsten Notfall wartet. Die Decke ist mit dem grauenhaften Strukturputz verkleidet, der in den Siebzigern als schick galt und sich so gut wie nie wieder entfernen lässt. Die Wände und Decken sind von Alter und Zigarettenqualm dunkelgelb verfärbt. Wir passieren kein einziges Fenster. Dieses Labyrinth ist eindeutig nachträglich entstanden und quer durch die Mitte des Hotels angelegt.

Als wir dann zu einer Flügeltür gelangen, bin ich auf das Schlimmste gefasst. Und tatsächlich, der Speisesaal ist der geschmackloseste Raum, den ich je in einem Hotel gesehen habe. Vor uns erstrecken sich zwei Dutzend diagonal zum Raum angeordnete Tische, zwar mit weißen Tischtüchern gedeckt, auf denen zum Schutz aber billige Papierdecken liegen (gut für die Wäschereirechnung, aber nicht für die Umwelt). Der dunkelblaue Teppich ist stark abgenutzt. Die Stühle sind ein Sammelsurium von Einzelstücken, die irgendwann mal zahllosen anderen Zwecken gedient haben dürften: blaue Velourslehnen, ein einziger mit einer roten, die Sorte Stühle mit dicken Polstern und Metallgestellen, die zwar gut aussehen, aber unfassbar unbequem sind. Es findet sich grundsätzlich ein verdächtiger Fleck darauf, und die Polsterung schrumpft auf einen Millimeter Dicke, sobald man sich draufsetzt.

Dabei hat der Raum an sich unglaubliches Potenzial. Die hintere Wand wird von einem gewaltigen alten Buffetschrank aus Mahagoni beherrscht, mit vertäfelten Türen und einem großen, leicht blinden Spiegel mit typisch viktorianischem Rahmen darüber. Das Ganze ist erstaunlicherweise in die Wand eingelassen, die sich darüber wölbt wie der Bug eines umgedrehten Ruderbootes. Es sieht sehr hübsch aus, wenn auch furchtbar staubig. Und der Blick, den die drei Erkerfenster bieten, ist atemberaubend. Die Fenster gehen auf die Wildnis – anders kann man das Gelände nicht bezeichnen – hinaus, die zum Loch hin abfällt. Das Wasser kräuselt sich einladend in der Sonne. Am anderen Ufer bietet sich wieder ein Blick auf die Nadelbäume, die sich gegen alle Naturgesetze an den Hang eines zerklüfteten Berges klammern. Hingewürfelt am Fuße des Berges liegen ein paar weiße Häuser. Sie wirken gegen die mächtige Bergkette so winzig, als hätte ein Riese sein Spielzeug vergessen.

Als Mrs McGruther auf den einzigen gedeckten Tisch vor einem der Erkerfenster zusteuert, hebe ich zufällig den Blick und entdecke einen großen Wasserfleck an der Decke. Natürlich kann ich erkennen, dass dieser Ort irgendwann einmal etwas ganz Besonderes war, aber er hat seine Glanzzeiten zugegebenermaßen eindeutig hinter sich.

Auf mehreren weißen Servierplatten mit verblasstem blaugoldenem Blumendekor schwitzen in dem Sonnenlicht, das durchs Fenster fällt, ein paar Häppchen vor sich hin; Eier-Mayonnaise-Sandwiches, Brötchenhälften mit Corned Beef, Weißbrot mit einer Art Fischpaste und welkem Salat, hartgekochte Eierhälften, mit noch mehr Mayonnaise garniert und mit Paprikapulver bestäubt, fettige Schinkenscheiben, trockene Hähnchenbruststreifen sowie eine Schüssel einsame Kirschtomaten, mit ein paar roten Zwiebelringen garniert, was wohl eine Art Salat darstellen soll. Eine große Teekanne steht unter einer gestrickten Haube, die aussieht wie von Mäusen angenagt. Der Tisch ist mit übergroßem Porzellan gedeckt, das mit blauem Rand verziert ist und in der Mitte die verblassten Reste eines goldenen Logos trägt, das nicht mehr zu entziffern ist. Die Tassen könnten locker einen halben Liter fassen und stehen tatsächlich auf passenden Untertellern, von denen nur ein einziger angeschlagen ist. Es ist ein schweres Service, geschaffen, um eine Ewigkeit zu halten, und das hat es auch getan. Das Besteck ist genauso altmodisch, übergroß und schwer wie das Geschirr. Während ich mir eins von den Möchtegern-Russischen Eiern auf den Teller lade, versuche ich mich auf den Gedanken zu konzentrieren, wie viele viktorianische Damen wohl dieses Vorlegebesteck benutzt haben mögen, und nicht auf die Fettflecken, die sich auf dem Silber zeigen. Die weißen Servietten sind ebenso wie die Schondecken aus Papier.

Mrs McGruther setzt sich zu uns, rührt aber selbst nichts an. «Weil wir nicht wussten, wann Sie hier sein würden, hielten wir ein kaltes Buffet für die beste Idee. Das hier ist unser Angebot zu 10 £ pro Person, wie wir es bei Hochzeiten und Trauerfeiern anrichten. Allerdings gibt es normalerweise dazu noch Würstchen im Schlafrock und hinterher Kuchen. Bei uns bekommen die Leute noch was für ihr Geld.»

Ich mache eine Bemerkung darüber, dass das Angebot für den Preis doch reichlich sei. Ich kann Mrs McGruther unmöglich für die Qualität loben, ohne schamlos zu lügen. Sie grummelt eine Antwort, und ich weiß nicht, ob ich eine Art Prüfung bestanden habe oder jetzt schon als knauserige Erbin abgeschrieben wurde.

Mr Urquhart hat seinen Teller vollgeladen und mampft selig drauflos. Ich höre sein falsches Gebiss klacken und sehe plötzlich bildlich vor mir, wie ihm die Dritten aus dem Mund schnellen und über den Tisch schießen. Ich habe Mühe, ein Kichern zu unterdrücken. Dieser ganze Aufwand ist so dermaßen übertrieben.

«Was gibt es denn zu lachen, Miss?», fragt Mrs McGruther mit gerunzelter Stirn.

«Ein Stückchen Schale», sage ich und zeige auf ein Eier-Sandwich, das an den Ecken so gewellt ist, dass es wie eine Brot-Schildkröte aussieht. «Nur ganz winzig», ergänze ich, als ihr Gesicht noch finsterer wird. Sie nimmt die große Teekanne und schenkt ein Gebräu ein, das so dunkel wie Teakholz ist. Das kann ich unmöglich trinken. Seit den letzten fünfzig Kilometern platzt mir ohnehin fast die Blase.

«Wo finde ich die nächste Toilette?», frage ich und werde rot wie ein Schulmädchen.

Mrs McGruther fängt an, mir den Weg zu erklären, aber ihre Beschreibung ist vollkommen verwirrend. Sie stößt einen tiefen Seufzer aus. «Ich zeig's Ihnen», sagt sie, als hätte sie angeboten, mich durch die Anden zu führen. Ich bemühe mich um einen entsprechend dankbaren Blick.

Ich werde mich über die Damentoilette und ihren Zustand nicht weiter äußern. Diesen Anblick möchte ich nicht in Erinnerung behalten. Mrs McGruther bleibt draußen stehen und wartet auf mich, und ich versuche derweil, möglichst lautlos seitlich an der Schüsselwand entlangzupullern. Das ist doch lächerlich! Schließlich bin ich ihre Chefin. Aber auf dem Rückweg zu dem aus der Zeit gefallenen Speisesaal fühle ich mich von der Last des Gebäudes völlig niedergedrückt. So klein bin ich mir nicht mehr vorgekommen, seit meine Mutter mich das erste Mal im Kindergarten abgeliefert hat. Wie soll ich es in diesem riesigen Steinhaufen bloß sechs Monate lang aushalten? Ich finde ja nicht mal allein den Rückweg vom Klo.

Mr Urquhart sitzt zurückgelehnt auf seinem Stuhl und schaut hinaus auf den See. Er klopft sich auf den Bauch, als wir auf ihn zukommen. «Geht doch nichts über eine anständige schottische Teestunde», sagt er, «egal um welche Tageszeit.»

Mrs McGruther lächelt ihn verkniffen an. «Es tut mir leid, dass es keinen Kuchen gibt», sagt sie, «aber den müssen wir für unsere Gäste aufheben.»

Ich versuche, nicht auf die leeren Tischreihen zu starren. Außerdem frage ich mich, wann die hier backen und wie lange sie den Kuchen wohl konservieren. Wenn sie gewusst haben, dass wir heute kommen, hätten sie da nicht noch schnell einen einfachen Biskuitkuchen backen können? Na ja, aber wenn sie es getan hätten, dann hätte ich ein Stück probieren müssen, und wenn sich die Küche an schlichten Sandwiches und Tee schon dermaßen vergehen kann, was kann sie dann einem Rührkuchen erst antun?

«Wenn Sie fertig sind, mache ich einen kleinen Rundgang mit Ihnen. Die junge Dame möchte doch sicher gern den Betrieb ihres Onkels besichtigen.»

In meinem Kopf beginnen sämtliche Alarmglocken zu klingeln. Mrs McGruthers Tonfall ist übergebührlich gehässig.

«Das ist eine wunderbare Idee, Mrs McGruther, aber sollen

wir nicht lieber vorher den Papierkram erledigen?», wendet Mr Urquhart vorsichtig ein.

Ich trinke einen Schluck lauwarmen Tee. Ich schwöre, er landet als Klumpen in meinem Magen.

«Ich halte es für förderlicher, wenn sie zuerst sieht, wie groß der Besitz ist», sagt Mrs McGruther.

Mr Urquhart lacht. «Oh, wir konnten uns bereits von außen einen ganz guten Überblick verschaffen, als wir über das schlaglöchrige Gelände holperten, das Sie Parkplatz zu nennen belieben. Haben sogar The Clootie Craw kurz in Augenschein genommen.»

«Was bedeutet eigentlich ‹Clootie›?», frage ich.

«Gut», sagt Mrs McGruther, «die gute Krähe.»

«Clootie steht für Stoff. Die Krähen hier oben im Norden haben graue Federn auf der Brust», erklärt Mr Urquhart gönnerhaft. «Das lässt sie aussehen, als hätten sie kleine graue Westen an. Man ist hier oben sehr stolz auf die Nordkrähen.»

«Verstehe», sage ich und stelle mir Krähen in kleinen Samtwesten mit glänzenden Messingknöpfen vor.

«So, jetzt gestatten Sie.» Mr Urquhart zieht seine ramponierte Aktentasche unter dem Tisch hervor und breitet sämtliche Unterlagen auf dem Tisch aus.

Mrs McGruther eilt hinzu und räumt den Tisch ab, obwohl ich nur ein russisches Ei und ein Corned-Beef-Brötchen geschafft habe. Ich verspreche mir im Stillen für später eine Riesenportion Fish & Chips. Selbst hier oben wird es ja wohl eine Fish-&-Chips-Bude geben. Schließlich ist der Loch ein Meeresarm, folglich wird es hier eine Art Fischindustrie geben.

Mr Urquhart entfaltet einen Bauplan. Es ist das Erdgeschoss des Hotels. Er ist mit jeder Menge Notizen und Kritzeleien übersät, die darauf hinweisen, wo Wände eingezogen oder entfernt wurden. Ehe ich das unvorstellbare Ausmaß auch nur ansatzweise erfasst habe, breitet er den nächsten Plan aus und dann noch einen und arbeitet sich so Stockwerk für Stockwerk bis nach ganz oben vor. Als er fertig ist, sehe ich den Stapel durch.

Unter dem Erdgeschoss befindet sich eine Art Souterrain. Soweit ich erkennen kann, ist es eine Kombination aus einer langgezogenen Küche, einer kleinen Vorrats- oder Kühlkammer, einem alten Weinkeller und einem Lagerraum, der sich unter dem Clootie Craw befindet. Im Erdgeschoss gibt es außer dem Speisesaal zwei kleine Aufenthaltsräume auf der Vorderseite, der eine ist auf dem Plan mit «Kaffeesalon» und der andere mit «Rauchersalon» gekennzeichnet. Die beiden Salons befinden sich rechts und links neben dem Eingang. Das Hauptgebäude ist offensichtlich V-förmig gebaut, wobei das Clootie Craw unten aus der Spitze ragt. Während der Eingang des Hotels am rechten Schenkel des V liegt, bildet der linke Schenkel die Rückseite des Hotels, die zur Straße zeigt. Die Speisesaalfenster schauen auf den See raus, wir befinden uns also im rechten Schenkel. Ich bin unglaublich erleichtert, weil ich mich endlich in diesem unmöglichen Bau orientiert habe. Der Grundriss des Erdgeschosses weist acht ursprünglich ballsaalgroße Räume auf, die immer wieder verändert wurden, als man das Flur-Labyrinth anlegte. Es gab einst ein Musizierzimmer, einen Lesesalon, einen Ruheraum für Damen, zwei verlockend als «Spa-Salons» bezeichnete Räume, einen Ballsaal, den Speisesaal und einen «Gesellschaftsraum». Die beiden Salons neben der Eingangshalle sind hier nicht mit eingeschlossen. Abgesehen von diesen zwei Räumen und dem Speisesaal ist inzwischen alles in «Damen», «Herren» und kleine, zweckmäßige Veranstaltungsräume aufgesplittert, und die Prachttreppe, die einst von der Lobby aus hinauf in den ersten Stock führte, ist durchgestrichen und durch mehrere schmale Treppenaufgänge ersetzt worden. Durchgängig erhalten geblieben ist lediglich eine alte steinerne Dienstbotentreppe, die bis ganz oben zu den Dachgeschossen führt, wo es unzählige Personalquartiere gibt, ursprünglich vorgesehen für das längst verblichene Personal der viktorianischen Gäste.

Im ersten und im zweiten Stockwerk liegen die Gästezimmer. Früher scheint es mehrere Suiten gegeben zu haben, von denen nur drei erhalten geblieben sind. Alle anderen wurden in kleinere Zimmer mit Bad unterteilt. Ich sehe die ganze avocadogrüne Siebziger-Jahre-Pracht bildlich vor mir.

Im zweiten Stock liegen auf der Vorderseite des Gebäudes die zwei Türmchen, die sich aus den Haupttürmen fast wie Geschwülste herauswölben. Eins davon ist auf dem Plan durchgestrichen, weswegen ich mich frage, ob es vielleicht baufällig ist, aber das andere scheint zu einer kleinen Wohnung umgestaltet worden zu sein, die auf Höhe des zweiten Stockwerks eine kleine Küche und ein Wohnzimmer und auf einer zweiten Ebene ein Schlafzimmer, ein Bad und ein kleines Lesezimmer umfasst, das eigentlich Blick über den See bieten müsste.

Im Wohnzimmer ist sogar ein Kamin markiert. Insgesamt muss das Türmchen das Ausmaß eines kleinen Reihenhauses haben, und plötzlich wird mir dadurch erschreckend klar, wie riesig dieser Besitz sein muss.

«Was ist mit dem zweiten kleinen Turm?» Ich deute auf die Markierung im Plan.

«Ach, den überlassen wir dem Gespenst», sagt Mrs McGruther völlig gelassen. Ich möchte sie gerade mit weiteren Fragen löchern, als Mr Urquhart laut hustet. «Meine Damen, ich unterbreche Sie ungern, aber ich muss meinen Zug kriegen.»

«Und Miss McIntosh?», fragt Mrs McGruther, eine Frage, auf die ich mir keinen Reim machen kann.

«Sie hat ein Auto», sagt Mr Urquhart kurz angebunden und fährt dann mit sanfter Stimme fort: «Sie sehen also, Miss McIntosh, Ihr Onkel nannte einen ganz schönen Riesenkasten sein Eigen. Wie viele Gäste beherbergen Sie im Moment, Mrs McGruther?»

«Sechs.»

«Nicht gerade ein florierendes Geschäft», sagt der alte Anwalt. «Und dann der Zustand, in dem sich der Besitz befindet. Ich kann nicht annähernd abschätzen, welche Summen man da reinpumpen müsste, um den Laden wieder flott zu machen.»

«Das ist ein echtes Geldgrab, ungelogen», sagt Mrs McGruther. «Eine ungeheure Verantwortung für einen so jungen Menschen wie Sie, Mädchen.» Ausnahmsweise ist ihr Tonfall beinahe gütig.

«Also, das Testament verlangt, dass Sie das Hotel sechs Monate lang betreiben, ehe Sie entscheiden, ob Sie es verkaufen oder nicht», sagt Mr Urquhart, «aber das Testament wurde vor sechsundzwanzig Jahren verfasst. Auch damals war das Mormaer Inn zwar nicht mehr im besten Zustand, aber Ihr Onkel bekam immerhin regelmäßig Busreisegruppen herein, reiche Amerikaner und dergleichen, und er hoffte, den Laden damit in Schwung zu bringen.»

«Haben Sie ihn gut gekannt?», versuche ich es noch einmal.

Der Anwalt schüttelt den Kopf. «Nein. Wir hatten damals eine Reihe von Gesprächen über das Hotel und über Sie als Erbin. Ihrem Onkel war sehr daran gelegen, das Testament zu Ihren Gunsten zu verfassen. Aber nachdem das Testament verfasst war, habe ich ihn nie wiedergesehen. Als ich hierherkam, um den Besitz in Augenschein zu nehmen, war ich erschüttert über das, was ich vorfand. Ich habe mir sogar erlaubt, das Anwesen schätzen zu lassen.»

Er schiebt mir ein Blatt Papier hin, das einen Betrag nennt, für den man in Edinburgh nicht mal ein Haus mit drei Schlafzimmern und in London vermutlich kein Gartenhaus kaufen könnte.

«Nicht gerade viel, oder?», meint er. «Wie ich schon sagte, es ist genug Geld vorhanden, um für die sechs Monate die Gehälter zu bezahlen, aber keins, um zu investieren.» Er hustet wieder, und dieses Mal sehe ich eine leichte Röte auf seinen Wangen. «Es ist nicht ganz korrekt, aber ich meine, wir können diese Klippen umschiffen. Ein Glasgower Bauunternehmer, der an dem Besitz interessiert ist, hat mich kontaktiert. Er hat etliche Beziehungen spielen lassen und es geschafft, eine hypothetische Baugenehmigung für das Mormaer Inn zu erhalten. Er schlägt vor, dass Sie bereits jetzt an ihn verkaufen. Das Hotel bleibt noch sechs Monate geöffnet, und das Personal wird bezahlt, aber er kann jetzt schon seine Leute herholen, um mit den Planungen zu beginnen. Er ist in der Gegend bekannt und beliebt. Er baut momentan im Wald ein paar Kilometer außerhalb von Mormaer ein Ferienresort. Er ist bereit, hier richtig Geld reinzustecken.»

«Ihr Kollege in Edinburgh hat mir schon von dem Plan erzählt. Ich habe abgelehnt.»

«Tja, Mädchen, aber nachdem Sie den Besitz nun gesehen haben, dachten wir, Sie wären womöglich bereit, es sich anders zu überlegen.»

«Und wie genau gedenkt dieser Mann mit meinem Hotel Geld zu verdienen?»

Der Anwalt schaut nach unten, als hätte er plötzlich einen

interessanten Fleck auf seinem linken Schuh entdeckt. «Ich weiß es zwar nicht genau, aber ich vermute, dass man das meiste wohl abreißen wird.» Dann sieht er mich beschwörend an. «Überlegen Sie es sich, Mädchen. Dieser Besitz wäre ein Mühlstein an Ihrem Hals, und man bietet Ihnen hier das Dreifache des Marktwertes.»

Ich schaue mich in dem heruntergekommenen Speisesaal um, betrachte die fleckige Decke, die leeren Tische mit den Papierfetzen darauf, den riesigen verstaubten Buffetschrank und schließlich die Aussicht auf den schimmernden Loch. Er glitzert so strahlend silbern wie die Kelpies-Skulptur.

«Nein», sage ich ruhig, und die beiden schauen mich entsetzt an.

9. Kapitel

Mr Urquhart erholt sich als Erster. «Ich glaube nicht, dass Sie ihn dazu kriegen werden, sein Angebot zu erhöhen. Mr Sutherlands Angebot ist bereits sehr großzügig. Es gibt keinen Grund, weshalb er nicht damit hätte warten sollen, bis das Hotel pleite ist, um es dann zu einem Spottpreis von der Bank zu kaufen.»

«Soll das heißen, das Hotel ist mit einer Hypothek belastet?», frage ich bestürzt. «Ich dachte, das Haus hätte meinem Onkel schon seit Jahrzehnten gehört?»

«Er hat sich immer wieder Geld geliehen», sagt Mrs McGruther. «Der Mann hatte mehr Haare als Grips.»

«Er war mein Onkel!» Ich bemühe mich, meine Stimme tief und bedrohlich wirken zu lassen.

Mrs McGruther ist unbeeindruckt. Sie schnaubt verächtlich. «Und Sie waren ja auch ständig zu Besuch, nicht wahr?»

Ich mache den Mund auf, um mich zu wehren, aber Mr Urquhart kommt mir in die Quere. «Nicht direkt eine Hypothek. Eher kurzfristige Darlehen», erklärt er. «Ich hätte vielleicht hinzufügen sollen, dass Mr Sutherland diese Verpflichtungen bei Kauf selbstverständlich übernimmt.»

«Klingt, als wäre Mr Sutherland der barmherzige Samariter persönlich», sage ich zynisch.

«Jawohl», sagt der Anwalt. «Ich fand auch, das klingt zu

schön, um wahr zu sein. Aber wie es scheint, hat der Mann seine Gründe, diesen Besitz unbedingt erwerben zu wollen. Seine Familie stellte hier oben schon immer den Laird.»

Ich schüttle den Kopf, um meine Gedanken zu sortieren. «Aber mir geht es hier nicht um Geld.» Ich sehe Mrs McGruther offen an. «Sie haben recht, ich habe meinen Onkel nie kennengelernt, trotzdem ist es mir wichtig, seinen letzten Willen zu respektieren. Ich möchte dem Hotel wenigstens eine Chance geben.» Ich hoffe, mit Aufrichtigkeit bei ihr zu punkten. «Ich sage nicht, dass dieses Unternehmen mir nicht einen Heidenrespekt einjagt, aber Onkel Calum wollte offensichtlich, dass ich es versuche. Wenn es zum Äußersten kommt, muss ich am Ende der sechs Monate eben verkaufen. Ja, wahrscheinlich bekomme ich dann weniger Geld dafür, aber wer weiß? Könnte doch sein, dass wir tatsächlich Erfolg haben.»

Die beiden schnauben im Duett.

«Ich fände es nicht richtig, ein juristisches Schlupfloch zu benutzen, um die Eselsklausel zu umgehen. Lieber geht das Haus an einen Gnadenhof für Esel, als dass ich bei diesem Schwindel mitmache.»

Mr Urquhart beugt sich vor und klammert sich sichtlich verzweifelt an die Tischkante. «Nun nehmen Sie doch Vernunft an, Mädchen! Zu dem Zeitpunkt, als Ihr Onkel dieses verfluchte Testament verfasste, hätten Sie vielleicht tatsächlich noch eine Chance gehabt. Jetzt haben Sie nicht mal mehr den Hauch einer Chance. Nicht mal die Leute aus dem Ort möchten noch in dieser Bruchbude arbeiten.»

«Aber ich dachte, das Hotel wäre das Zentrum des Tourismus im Dorf? Wir können sicher etwas draus machen, neue Gäste in die Gegend locken.» Da fällt mir was ein. «Wie heißt das Dorf eigentlich?»

«Mormaer?» Mrs McGruther grinst spöttisch, sichtlich amüsiert über meine Dummheit.

«Natürlich.» Ich werde rot. «Aber ein gutgehender Betrieb müsste den Einheimischen doch viel lieber sein als irgendein Neubauprojekt. Mrs McGruther, Sie wollen doch bestimmt auch Ihren Job behalten.»

«Ich arbeite seit fünfundzwanzig Jahren hier. Nicht mehr lang, und ich gehe sowieso in Rente.»

Ich fühle mich völlig vor den Kopf gestoßen. Ich hatte mir mehr Unterstützung erhofft. Und ich hatte damit gerechnet, das Hotel in sehr viel besserer Verfassung vorzufinden, nicht als riesige, baufällige Ruine. Aber in den letzten paar Wochen habe ich von so vielen Leuten zu hören bekommen, dass ich zu diesem und jenem nicht in der Lage sei, habe mich von so vielen Leuten kleinmachen lassen – ich kann geradezu spüren, wie mein Rückgrat sich streckt und versteift.

«Ich würde mir jetzt gerne das Hotel ansehen», sage ich.

Mr Urquhart wirft die Arme in die Luft. «Ich muss zum Zug. Ich lasse Ihnen die Unterlagen hier und richte Mr Sutherland aus, dass Sie über sein Angebot nachdenken.»

Ich nicke, weil ich keine Lust mehr auf sinnlose Diskussionen habe. Wenn er weg ist, fühle ich mich vielleicht nicht mehr ganz so in die Ecke gedrängt.

«John wartet vor der Tür mit dem Taxi», sagt Mrs McGruther. Meine Laune bessert sich schlagartig. Dieser Ort kann nicht völlig frei von Touristen sein, sonst gäbe es doch kein Taxiunternehmen.

Wie gern würde ich jetzt berichten, dass ich mich bei meinem ersten Rundgang sofort Hals über Kopf in das Mormaer Inn verliebe und sich auf den ersten Blick eine völlig neue Zukunft vor mir ausbreitet.

Doch die Realität sieht leider anders aus. Das Erdgeschoss besteht, wie der Plan bereits vermuten ließ, aus einem Labyrinth aus Fluren und gesichtslosen, verdreckten, nachträglich abgetrennten Veranstaltungsräumen. In manchen hängt sogar noch uralte Dekoration an der Wand, Spruchbänder für Leute, die irgendwann im letzten Jahrzehnt hier einen runden Geburtstag gefeiert haben.

Die Zimmer und Bäder bestätigen im Grunde meine schlimmsten Befürchtungen: durchgelegene Matratzen, vergilbte Vorhänge und avocadogrün gefliese Bäder. Die drei verbliebenen Suiten sind im Augenblick an sechs Touristen vermietet und deshalb für mich verbotenes Terrain. Ich spielte mit dem Gedanken, darum zu bitten, wenigstens kurz einen heimlichen Blick tun zu dürfen, aber Mrs McGruthers versteinerte Miene und ihre spürbare Missbilligung halten mich zurück. Außerdem kann ich mich so noch ein bisschen länger an die Hoffnung klammern, dass wenigstens irgendwas in diesem Hotel noch, na ja, bewohnbar ist.

«Und das hier ist das Wohntürmchen Ihres Onkels», sagt Mrs McGruther und bleibt vor einer schmalen Holztür stehen. «Wenn Sie tatsächlich hierbleiben wollen, sollten Sie wohl am besten da schlafen.»

«Und wo wohnen die Angestellten?»

«Im Haus wohnt schon lange keiner mehr.»

«Und was ist mit den Saisonkräften?»

«Können wir uns nicht leisten. Sollten Sie an die Dachkammern denken, da würde ich nicht mal einen Hund hausen lassen. Das Dach ist morsch und leck wie ein Sieb. Der Fußboden modert. Außerdem hausen da oben die Tauben. Und Fledermäuse inzwischen sicher auch.»

«Und das zweite runde Türmchen?»

«Wie schon gesagt. Das gehört dem Gespenst. Den zweiten Rundturm hat seit zwanzig Jahren keiner mehr betreten.» Sie schnaubt schon wieder. «Wenn Sie tatsächlich hierbleiben, sollte ich Ihnen wohl besser die Schlüssel geben. Sie müssen das Hauptgebäude abends zusperren. Es ist sonst niemand im Haus. Das Clootie Claw hat zwar bis spätabends geöffnet, aber die Tür zwischen Hotel und Bar bleibt normalerweise verschlossen. Die müssen sich selber kümmern.»

Ich strecke die Hand aus. Mrs McGruther schüttelt den Kopf. «Puh, nein, Mädel! Das sind jede Menge Schlüssel. Ich lege den Schlüsselbund auf den Tisch in der Eingangshalle, wenn ich gehe. Die Schlüssel sind beschriftet. Es ist ganz einfach. So. Ich muss weitermachen und alles für die Gäste vorbereiten, ehe sie nachher von ihrem Tagesausflug zurückkehren. Kann sein, dass ein paar von ihnen zu Abend essen möchten.»

«Wird das nicht im Voraus gebucht?», will ich wissen.

«Mag sein, dass wir nicht allzu viele Gäste haben, aber Ihr Onkel hat stets großen Wert darauf gelegt, dass die Leute sich bei uns wie zu Hause fühlen. Wir bedrängen hier niemanden. Wir sind unkompliziert. Das ist besser für die Gäste und auch besser fürs Trinkgeld.»

Besser für dich, denke ich, sicher nicht besser fürs Geschäft. «Gibt es jemanden, der mir helfen kann, mein Gepäck aus dem Auto zu holen?»

«Nein. Wir haben schon seit Jahren keinen Portier mehr. Normalerweise trage ich den Gästen die Koffer nach oben, falls sie Hilfe brauchen, aber wie ich schon sagte, ich habe zu tun.»

«Sobald ich mich eingerichtet habe, komme ich runter in die Küche, um das übrige Personal kennenzulernen», sage ich in dem Versuch, meine Autorität durchzusetzen.

Mrs McGruther sieht mich eigenartig an. «Wie Sie meinen,

Miss.» Und damit verschwindet sie durch den Flur und lässt mich an der Turmtür stehen.

Die Tür ist mit einem dieser komischen Metallringe versehen, die aussehen wie geflochtenes Seil. Ich lege die Hand auf den Ring und versuche mir vorzustellen, dass mein mysteriöser Onkel genau das unzählige Male getan hat. Ich versuche, ihn mir vorzustellen, ihn zu erspüren, herauszufinden, ob vielleicht auch er jetzt als Gespenst hier umgeht, aber das Metall in meiner Hand fühlt sich einfach nur kalt und sehr weltlich an.

Ich beschließe, zum Auto zu gehen und wenigstens meine Koffer zu holen, ehe ich das Türmchen inspiziere. Meine Bücher und der Rest müssen warten. Plötzlich merke ich, wie lang mein Tag gewesen ist, angefangen bei der Fahrt über unvertraute, verschlungene Straßen bis hin zu den diversen emotionalen Achterbahnfahrten, die ich heute absolvieren musste. Wenn ich jetzt in das Türmchen gehe und mich hinlege, schlafe ich bestimmt bis zum nächsten Morgen durch. Es ist wichtig, dass ich das übrige Personal so bald wie möglich kennenlerne, ehe Mrs McGruther den Leuten erzählt, dass ich nur «ein kleines, dummes Mädel» bin.

Als ich auf dem Parkplatz stehe, fängt es an zu regnen. Es ist kein Platzregen, sondern diese ganz besondere Mischung aus Nieselregen und Nebel, die einem durch sämtliche Klamotten und durch die Haut bis auf die Knochen dringt. Trübsal in Reinkultur. Hügel und Felsen sind unter Wolken verschwunden, als hätte man sie mit einem unsichtbaren Messer auf der Hälfte abgeschnitten. Der Wind fährt mir unter den Kragen, und ich frage mich, ob mir eine Sturmnacht bevorsteht. Meine lebhafte Phantasie beschert mir den flüchtigen Anblick einer Horde kreischender Hexen, die auf dem Wind über den Loch gefegt kommen. Ich bete darum, dass mein Onkel sein Türmchen mit Doppelverglasung ausgestattet hat, aber ich bezweifle es.

Während ich meine beiden Koffer durch die Eingangstür zerre, fällt mir die unheimliche Stille auf. Wieder überkommt mich das Gefühl, eine Zeitreise zu machen. In der Eingangshalle stehen zwei riesige Topfpflanzen. Mir ist, als könnte jeden Moment eine emsige viktorianische Dame hinter einem der Töpfe erscheinen, den Reiseführer in der Hand, die zu wissen verlangt, wo sie denn nun das Ungeheuer vom Loch Ness zu sehen bekommt. Dieser Laden ist zwar in einem erbärmlichen Zustand, aber er inspiriert mich ungemein. Er surrt nur so von romantischen Geschichten. Es muss für das Mormaer Inn noch Hoffnung geben.

Rumpelnd stoße ich mit den Koffern diverse Brandschutztüren auf, bis ich die schmale Treppe finde, die zu der Ecke des Gebäudes führt, die ich suche. Meine Koffer haben Rollen, und ich ziehe sie polternd die Treppe hoch. Leider hinterlässt jeder einzelne Schlag ein bisschen Abrieb auf dem blauen, linoleumartigen Zeug, mit dem die Stufen ausgelegt sind, und mich befallen absurde Schuldgefühle. Das ist mein Hotel! Ich kann hier machen, was ich will!

Ich bin noch nicht mal halb im ersten Stock, da verfluche ich mich schon dafür, dass ich Mrs McGruther nicht befohlen habe, mir zu helfen – oder sie nicht wenigstens gefragt habe, ob es einen Aufzug gibt. Auf dem Weg durch den Flur zum Türmchen demoliere ich mit dem Koffer beinahe eine der Brandschutztüren, weil ich das doofe Ding rasend schnell durchbugsieren muss, um zu verhindern, dass die hypereffiziente Feuertür mich oder meinen Koffer in zwei Teile schneidet.

Der Metallring dreht sich mühelos unter meinem Griff. Es

geht zwei steinerne Stufen hinauf, und dann stehe ich direkt in einer kleinen Küche. Es stinkt bestialisch. Ich lasse meine Koffer fallen und taumle durch die nächste Tür, stolpere dabei über die unebene Türschwelle und fliege halb durch ein kleines Zimmer. Hastig wuchte ich das Schiebefenster hoch. Gott sei Dank, doch keine Doppelfenster. Ich atme die feuchte Luft in tiefen Zügen ein und sehe hinaus auf die Straße, über die ich hergekommen bin, lasse den Blick zurückschweifen in die schummrige Ferne, hinter der sich das komfortable Leben verbirgt, das ich zurückgelassen habe.

10. Kapitel

Ein heftiger Windstoß durchnässt mich vom Kopf bis zur Taille mit Regen. Ich schiebe das Fenster wieder hinunter bis auf einen vernünftigen Schlitz und ignoriere die Pfütze, die sich auf dem Fenstersims sammelt. Dann drehe ich mich um und nehme mein neues Zuhause in Augenschein.

Es ist inzwischen dunkel geworden, richtig düster, aber ich kann trotzdem erkennen, welchen Charme dieser Raum mit den gewölbten Wänden besitzt. Ich knipse eine Leselampe im Tiffany-Stil an, die auf einem kleinen Tischchen steht. Als das goldgelbe Licht den dämmrigen Raum erhellt, sehe ich, dass sich seit dem Tod meines Onkels niemand die Mühe gemacht hat, seine Wohnung aufzuräumen.

Das Zimmer, in dem ich mich befinde, ist mit zwei abgewetzten Ledersofas möbliert. Sie stehen im rechten Winkel vor dem schwarz gähnenden Loch eines offenen Kamins. Die Sofas haben eine warme, gemütlich braune Farbe. Auf dem einen liegt eine zerfledderte Zeitung; die einzelnen Seiten sind achtlos gefaltet. In der Mitte steht ein niedriger, breiter Couchtisch. Das dunkle Holz ist mit Kaffeeringen überzogen, und auf dem Tisch steht eine einsame Tasse und hütet eine grünliche Schimmellandschaft. In dem kleinen Kamin liegt Asche und daneben ist Feuerholz aufgestapelt, zur Abwechslung sehr ordentlich. Die Tiffany-Lampe steht auf einem dreibeinigen Beistelltisch neben dem Fenster, das zur Straße rausgeht. Ein ebenfalls dreibeiniger Tisch steht am anderen Ende des Raums an die gewölbte Wand geschmiegt. Darüber ist ein weiteres, schmales Fenster zu sehen. Durch die Öffnung ist ein winziges Stückchen See zu erkennen. Ich drücke mich am Sofa vorbei und stelle fest, dass das Fenster ebenfalls gewölbt ist. Dadurch entsteht ein leicht verzerrter Eindruck, doch die Aussicht ist trotzdem umwerfend. Als ich direkt neben dem Tisch stehe, merke ich, dass jemand die Platte mit der Säge bearbeitet hat, damit sie sich an die Wand anschmiegen kann. Das ist auch der Grund, weshalb an dem Tisch nur drei Stühle stehen. Einen Zugang zum oberen Stockwerk entdecke ich nicht.

Ich hole tief Luft und gehe in die Küche zurück. In dem kleinen weißen Keramikbecken stapelt sich schmutziges Geschirr. Die Küche ist winzig, beherbergt aber zu meinem Erstaunen einen zweitürigen altmodischen Aga-Herd. Der runde Herdplattendeckel fehlt, und natürlich ist der Herd eiskalt. Alte, aber gut erhaltene hölzerne Küchenschränke stehen an zwei Seiten des Raumes. Es gibt einen Kühlschrank und eine kleine Arbeitsfläche. Die schräg angeordnete Eingangstür nimmt eine weitere Seite ein. Neben der Tür zum Wohnzimmer befindet sich ein kleiner Vorratsschrank. Ich öffne die Tür und erblicke Konservendosen, Baked Beans, Senf, Nudeln, Irish Stew und Scotch Broth. Ein Gourmet war mein Onkel wohl nicht gerade.

Ich drehe mich in der winzigen Küche einmal um die eigene Achse und entdecke eine zweite Tür, genauso schmal wie die zum Vorratsschrank. Als ich sie öffne, fällt mein Blick auf eine steile, steinerne Wendeltreppe, die sich nach oben schraubt. Ich lasse mein Gepäck, wo es ist, und betrete eilig wie ein Kind das Wunderland die Treppe, um den nächsten Stock zu erkunden.

Die Treppe windet sich sehr eng, aber es sind nicht besonders viele Stufen. Zwischen meinen Schultern und der nackten Wand ist nur wenige Zentimeter Platz. Seltsamerweise empfinde ich diese Tatsache nicht als beengend, sondern als tröstlich. Vielleicht triggert diese Treppe einen uralten, primitiven Instinkt von Schutz in einer Höhle.

Am oberen Ende der Treppe befindet sich eine kleine Holztür mit gotischem Spitzbogen. Direkt dahinter liegt das Schlafzimmer. Ein imposantes Himmelbett nimmt fast den gesamten Raum ein. Jeder Bettpfosten besteht aus einer gedrechselten Holzsäule, die Vorhänge sind mit Vögeln bedruckt und mit goldenen Kordeln zurückgebunden. Ein Betthimmel aus Holz vervollständigt das Ganze.

Das Bett ist ein Prachtstück. Und in völliger Unordnung, als wäre der Besitzer gerade erst aufgestanden. Oh Gott! Ich hoffe, Onkel Calum ist nicht im Bett gestorben!

Bei näherem Hinsehen entdecke ich am Fußende eine Wäschetruhe aus Zedernholz voll angenehm duftender, frischer Bettwäsche. Außerdem einen kleinen Wandschrank, in dem Onkel Calums Sachen hängen. Hinter einem Wandteppich verbirgt sich ein winziges, gewölbtes Fenster, das verwirrenderweise auf die Straße hinausgeht. Außerdem gibt es zwei Türen. Die eine führt in ein kleines Bad mit schwarz-weißen Fünfziger-Jahre-Fliesen. Darin eine Toilette, ein Waschbecken und eine Sitzbadewanne mit Duschvorrichtung. Der Fußboden ist mit schwarz-weißem Linoleum im Schachbrettmuster ausgelegt. Die zweite Tür führt in den Raum, der auf dem Grundriss als Lesezimmer bezeichnet war. In dem kleinen Zimmer steht ein lederner Ohrensessel vor einem eindeutig nachträglich eingebauten Panoramafenster mit Ausblick auf den See. Es ist sehr neblig, und es wird langsam dunkel, aber ich kann ahnen, dass der Ausblick atemberaubend ist. Vor einem abgenutzten Sekretär steht ein schäbiger Kapitänsstuhl. An der freien Wand stapeln sich vom Boden bis zur Decke und kreuz und quer Bücher in einem Regal. Selbst auf dem Fußboden vor dem Regal liegen ein paar kleinere Bücherstapel, und ein weiterer, mit Staub bedeckter ist direkt neben dem Ohrensessel bis auf Kniehöhe aufgetürmt. Auf diesem Stapel steht ein Glas, das noch immer leicht nach Whisky riecht.

Als ich aufwache, ruht mein Kopf auf einer harten Unterlage, und direkt vor meiner Nase steht ein ranziger Teller Baked Beans. Ich sitze auf einem harten Stuhl. Ich fahre hoch und halte sofort in der Bewegung inne, weil mein Hals schmerzhaft zu einer Seite verbogen ist. Ich massiere mir, so gut es geht, mit der anderen Hand den Nacken. Ich fühle mich wie erschlagen und bin völlig verwirrt. Keine Ahnung, wo ich bin.

Vor dem Fenster ist es neblig. Die Welt besteht aus Schatten. Ich schaue den Teller mit den kalten Bohnen an und blinzle mehrmals. Dann fällt es mir wieder ein. Onkel Calums Erbschaft. Ich befinde mich im Mormaer Inn. Ein Blick auf meine Armbanduhr sagt mir, dass es neun Uhr ist. Neun Uhr morgens! Himmel. Ich habe die ganze Nacht geschlafen. Mit dem Gesicht nach unten auf Onkel Calums Tisch im Wohnzimmer seines Rapunzelturms.

Ich hatte gestern Abend noch das Bett frisch bezogen, das schmutzige Geschirr in der Küche gespült, den Kühlschrank als Quelle des schrecklichen Gestanks identifiziert und ausgeräumt und mir dann todmüde und erschöpft noch einen Teller Bohnen aufgewärmt, nur um anschließend quasi an Ort und Stelle mit der Nase im Teller in Tiefschlaf zu fallen.

Oh nein. Ich habe mich dem Personal nicht vorgestellt. Ich habe meine Koffer nicht ausgepackt. Ich habe meine Mails nicht gecheckt. Ich habe Jake nicht angerufen. Stattdessen war ich vom Putzwahn besessen! Ich bin normalerweise nicht besonders versessen auf Haushaltspflichten, aber der Anblick der benutzten Bettwäsche meines Onkels hat mich in eine Art Raserei getrieben. Ich schulde meinen Angestellten eine riesige Entschuldigung.

Vorsichtig rolle ich den Kopf von einer Schulter zur anderen. Mein Genick gibt ein ungesundes lautes Knacksen von sich und fühlt sich danach ein bisschen besser an. Ich trage den Teller in die Küche und mache ihn sauber. Dann gehe ich nach oben, um mich selbst zu waschen. Der Duschkopf über der Wanne erweist sich als temperamentvoll. Ich bekomme Schockstöße von eiskaltem Wasser ab, aber wenigstens macht mich das wach. Ich zerre ein paar zerknitterte Klamotten aus dem Koffer, wappne mich und öffne die Verbindungstür zum Hauptgebäude. Im selben Augenblick fliege ich über die Müllsäcke, die ich letzte Nacht aus Geruchsgründen vor die Tür gestellt hatte. Ich schlage mir das linke Knie so heftig an, dass ich all meine Willenskraft aufbringen muss, um nicht loszuheulen. Ich rapple mich hoch und wünschte, Jake wäre jetzt hier, um mich in den Arm zu nehmen. Dann greife ich mir zwei Müllsäcke und mache mich humpelnd auf den Weg in die Richtung, in der laut Grundriss die große Küche liegen muss.

Der Plan ist eigentlich, mich als Allererstes bei meinem Personal zu entschuldigen, aber als ich nach einer endlosen Odyssee über Treppen und Flure endlich im Souterrain angekommen bin, bin ich erledigt und stinkig. Ich poltere durch die Schwingtür und sage: «Gibt es in diesem Loch eigentlich keinen Lift?»

Die Küche ist lang gezogen und nicht wirklich gut beleuchtet. Es ist warm, und auf meine Worte hin richtet sich eine Frau, die an einem riesigen Herd beschäftigt ist, halb auf und dreht sich misstrauisch zu mir um. Sie schaut mich an wie ein erschrockenes Kaninchen. Ich vermute, sie ist etwa im selben Alter wie Mrs McGruther, nur dass ihre Haare verblichen rot sind. Einzelne aus einem ziemlich mädchenhaften Pferdeschwanz entflohene Strähnen hängen ihr in das rundliche Gesicht. Sie ist klein, pummelig, trägt ein blaues Etuikleid und strahlt eine Aura von Würde aus.

«Oh, Mädel, das stinkt aber! Das bringen Sie mal besser gleich hinten raus.» Sie deutet auf eine Seitentür. Die Hand steckt in einem Ofenhandschuh, der ihr bis zum Ellbogen hinaufreicht.

Sie hat recht. Ich habe einen unerträglichen Gestank in die Küche getragen und mit Sicherheit gegen eintausend Hygienevorschriften verstoßen, also beeile ich mich zu tun, was sie sagt. Draußen steht ein riesiger schwarzer Müllcontainer, wie ich sie nur von Mietskasernen kenne. Er ist mit einem Pedal versehen und mit riesigen Buchstaben beschriftet: «NUR FÜR SPEISERESTE». Ich werde diese Müllsäcke mit Sicherheit nicht noch einmal aufmachen. Ich werfe sie hinein und hoffe, dass keiner was merkt.

Dann gehe ich in die Küche zurück, und die Miniköchin, wie ich sie insgeheim taufe, erwartet mich mit einer Sprühflasche Desinfektionsmittel.

«Danke», sage ich, als sie mir die Hände besprüht. «Ich

musste gestern Abend noch die Wohnung – äh, das Türmchen – meines Onkels sauber machen.»

«Oh, Sie armes Ding», sagt die Frau herzlich. «Das hätte wohl jemand von uns schon mal erledigen sollen, aber es kam uns irgendwie falsch vor. Calum war ein liebenswerter, umgänglicher, freundlicher Mann, aber wenn es um seine Privatsphäre ging, konnte er ziemlich eigen sein. Dieser Anwalt aus der Stadt ist fast ausgetickt, weil er unbedingt an die Unterlagen in Calums Sekretär ranwollte. Ist schließlich unverrichteter Dinge wieder abgezogen, als Janet ihm unmissverständlich klarmachte, dass er nicht das Recht hat, das Schreibtischschloss aufzubrechen.»

«Janet?»

«Janet McGruther, die Erste Hausdame, wie sie sich selbst gerne nennt. Ich bin Jeannie McGloin, Köchin und Mädchen für alles. Und Sie müssen Lucy sein.»

«Ja. Freut mich sehr, Sie kennenzulernen, Jeannie.» Ich strecke begeistert die Hand aus. Ihre Wärme ist eine unverhoffte Wohltat nach Mrs McGruthers misstrauischem Verhalten vom Vortag.

«Oh», sagt sie. «Moment. Ich muss erst mal diese Kampfhandschuhe loswerden.» Sie sieht meinen verwirrten Blick und lacht. «In einem Aga ist es immer sehr, sehr heiß. Wenn Sie wirklich eine Weile in Calums Türmchen wohnen bleiben, brauchen Sie auch ein Paar.»

«Es tut mir sehr leid, dass ich es gestern Abend nicht mehr geschafft habe, Ihnen und den anderen Hallo zu sagen. Ich war so was von erledigt.»

«Och, Liebchen, hier gibt es nur Janet, mich und ab und zu noch ein oder zwei Mädchen aus dem Dorf zur Aushilfe, wenn wir mal wirklich viel zu tun haben.»

«Sie machen das hier alles bloß zu zweit? Wie um alles in der Welt kriegen Sie das hin?»

Jeannie trippelt zurück zu ihrem offensichtlich heißgeliebten Aga, stülpt sich die «Kampfhandschuhe» wieder über und macht sich daran, den Ofeninhalt zwischen den einzelnen Klappen umzuschichten.

«Eigentlich gar nicht», sagt sie. «Wir haben nur deshalb weitergemacht, weil Calum so krank war und es ihm wichtig war, dass der Laden weiterläuft.»

«Er war krank?»

Der verblichene rote Pferdeschwanz nickt ein paarmal, während Jeannie sich zur unteren Ofenklappe hinunterbeugt. «Krebs. Das war nichts für Calum. Oh nein, er musste immer ganz vorne mit dabei sein. Aber man erntet, was man sät, und auch wenn ich das eigentlich nicht sagen sollte, er hat ein wirklich wildes Leben geführt.» Jeannie schlägt die Ofenklappe zu und dreht sich zu mir um. «Sie dürfen bitte nicht glauben, dass wir ihn nicht gernhatten. Ganz im Gegenteil. Janet war am Ende mehr Krankenschwester als Hausdame. Wir wussten, dass er hier sterben wollte.» Sie streicht sich die Strähnen aus dem Gesicht und stößt einen tiefen Seufzer aus. «Sagte, er würde das Gespenst gern persönlich kennenlernen und sich endlich mal mit ihm unterhalten. Sein schnelles Ende war ein Segen.»

Ich sehe sie schon wieder verständnislos an.

«Verzeihung. Ich vergesse immer, dass Sie ja gar nichts wissen», sagt sie. «Er hat so oft von Ihnen gesprochen. War stolz auf Ihre Karriere in der großen Stadt.» Sie verstummt und atmet schwer.

Karriere?, denke ich verwirrt. Woher wusste er denn, was ich mache?

Aber Jeannie spricht schon weiter: «Es ging ganz schnell. Er hatte einen Herzinfarkt, wissen Sie? Im Clootie Craw, beim Quiz-Abend. Er wollte unbedingt noch ein allerletztes Mal die Chance, den Jackpot zu knacken. Hat ihn nie gewonnen. Sein armer Körper hat ihn einfach so im Stich gelassen.»

In meinem Kopf dreht sich alles. So gut wie kein Personal. Ein Onkel, dem ich nie begegnet bin, der aber ständig über mich gesprochen hat. Aber vor allem trifft mich die Tatsache, dass dieses Haus schon seit langem kein florierendes Unternehmen mehr ist. Leider habe ich Mr Urquhart nicht um seine Telefonnummer gebeten, aber die muss ja irgendwo auf den Unterlagen stehen. Das flaue Gefühl, das mich beim ersten Anblick des Hotels beschlichen hat, will nicht weichen. Ganz im Gegenteil, es ist eher noch stärker geworden. Jake hat recht. Ich habe keine Ahnung, wie man ein Hotel führt. Vor allem, wenn es sich um ein Hotel handelt, das bereits in Grund und Boden gewirtschaftet wurde. Ja, ich werde den letzten Willen meines Onkels missachten, aber der Anwalt hat schließlich gesagt, Calum hätte dieses Testament schon vor Ewigkeiten aufgesetzt, als das Hotel noch gut lief. Außerdem kannte ich ihn überhaupt nicht. Wenn ich Sutherlands Angebot annehme – vorausgesetzt, es gilt noch –, könnte ich schon in ein paar Wochen nach London ziehen. Und zwar mit viel Geld in der Tasche. Ich hätte den finanziellen Spielraum, mir in Ruhe einen neuen Job zu suchen, und vor allen Dingen wäre ich wieder bei Jake. Ich muss akzeptieren, dass an meiner Erbschaft in den Highlands absolut nichts Romantisches ist. Mr Urquhart hat recht, dieses Haus ist ein Mühlstein an meinem Hals. Sogar das Personal kann es offenbar kaum erwarten, endlich hier rauszukommen.

«Ich habe etwas zu erledigen», sage ich, und dann wird mir

klar, dass ich die ganze Zeit mit offenem Mund dagestanden und Löcher in die Luft gestarrt habe, als wäre ich nicht mehr ganz dicht.

Jeannie sieht mich etwas überrascht an. «Natürlich, meine Liebe», sagt sie milde.

Sicher denkt sie jetzt, das Dorf hätte endlich seinen eigenen Dorftrottel bekommen. Mein Verhalten ist erschreckend, aber ich bin ja nicht mehr lange hier.

«Es wird alles pünktlich für Sie bereit sein», ruft sie mir nach, und ich frage mich, ob das eine Art typischer Abschiedsgruß der Highlands ist, so wie der seltsame irische Ausspruch: «Möge die Straße sich erheben dir zum Gruße.» Für mich klang das schon immer, als würde man jemandem wünschen, dass er sich den Kopf am Asphalt stößt, dabei ist es eigentlich ein Reisesegen, sagt zumindest mein Vater.

Ich humple zu meinem Türmchen zurück und wünschte, ich hätte mir endlich den Lift zeigen lassen. Ich durchwühle meine Handtasche auf der Suche nach Mr Urquharts Brief. Die Telefonnummer steht auf dem Briefkopf. Ich hole mein Handy aus der Tasche. Die nächsten zehn Minuten verbringe ich damit, kreuz und quer durch das Türmchen zu rennen, mich flach auf den Boden zu legen, gegen die Fenster zu lehnen, mich sogar auf einen Stuhl zu stellen, aber die ersehnten Balken lassen sich nicht blicken. Kein Empfang.

Ich gehe rüber in den zweiten Stock des Haupthauses. Vielleicht ist in der Nähe des Vordachs Empfang. Ich versuche, eines der Fenster zu öffnen, und kann es gerade weit genug nach oben schieben, um Kopf und Arm ins Freie zu zwängen, als eine strenge Stimme mich erstarren lässt.

«Die Fenster sind aus Sicherheitsgründen verriegelt.» Mrs McGruther steht mitten auf dem Korridor, eine Ladung schmutziger Bettwäsche im Arm. Ich sage ihr, dass ich auf der Suche nach einem Handysignal bin.

«Heute ist Dienstag», antwortet sie. «Dienstags gibt es nie ein Signal.» Als ich wissen will, warum, zuckt sie nur die Achseln. «Benutzen Sie den Apparat unten in der Halle. Da liegt auch eine Nachricht für Sie. Ich wusste nicht, wo ich sie hintun soll.»

Es liegt mir auf der Zunge zu sagen, wie wär's denn, wenn Sie mir die Nachricht einfach raufgebracht hätten, anstatt sie für jedermann lesbar offen rumliegen zu lassen. Ich hoffe nur, dass Jake nichts allzu Persönliches hat ausrichten lassen.

«Ach, übrigens. Mir ist aufgefallen, dass Sie gestern Abend nicht abgesperrt haben. Als ich kam, waren alle Türen offen. Das ist keine gute Idee. Wir möchten die Dorfjugend auf keinen Fall dazu ermuntern, sich hier auf unsere Kosten zu vergnügen. Außerdem weiß man nie, wer nachts die Straße entlangspaziert. Sie hätten in Ihrem Bett ermordet werden können. Ich erwähne das nur zu Ihrem eigenen Schutz, ja? Mir persönlich ist es völlig schnuppe, was Sie mit Ihrem Hotel anstellen.»

Offensichtlich ist sie auf Streit aus. Aber darauf lasse ich mich bestimmt nicht ein. Ich bedanke mich höflich und gehe nach unten. Ich frage sie nicht mal nach dem Lift, obwohl ich spüre, dass mein Knie inzwischen ganz dick ist.

Trotz des schützenden Vordachs schlägt der Regen gegen die Fenster der Empfangshalle. Die Welt draußen versinkt in Regen, Nebel und noch mehr Regen. Wahrscheinlich sollte ich dankbar sein, dass es nicht schneit.

Die Nachricht auf dem Telefontischchen lautet:

*Mr Urquhart hat angerufen und lässt ausrichten,
er hätte Mr Sutherland Ihre Antwort zukommen lassen.
Mr Sutherland möchte sich dringend mit Ihnen treffen.
Er ist heute in der Gegend und kommt um 13:30 h
zum Mittagessen ins Hotel.*

Besser geht's doch gar nicht. Er hat offensichtlich immer noch Interesse, und er kommt zu mir.

Doch dann durchzuckt mich der Starrsinn. Die behandeln mich hier alle wie ein kleines Kind. Alle tun so, als hätten sie nur mein Bestes im Sinn, ohne mich zu fragen, was *ich* eigentlich will. Okay, ich möchte das Hotel verkaufen, aber wie können Urquhart, die McGruther und dieser Sutherland es wagen, anzunehmen, ich hätte das, was ich gestern gesagt habe, nicht ernst gemeint? Vermutlich denken sie, dass ich nach einer einzigen Nacht in dem Turm sowieso meine Meinung geändert hätte? Ich meine, ja, okay, ich habe meine Meinung geändert, aber dass diese Menschen, die mich kein bisschen kennen, das einfach voraussetzen, macht mich stinksauer.

Am Garderobenständer neben der Eingangstür hängt eine alte Wachsjacke. Ich nehme sie vom Haken, wickle mich, so gut es geht, in das zeltgroße Teil ein und öffne die Tür. Nach ein paar Schritten bin ich klitschnass, mir ist eiskalt, und ich kann mich kaum aufrecht halten. Die romantische Vorstellung vom meditativen Spaziergang in leichtem Nieselregen am Loch löst sich in Luft auf. Schemenhaft erkenne ich die Gestalt von Mrs McGruther in der Halle. Weil ich keine Lust habe, umzukehren und mich dem alten Griesgram noch einmal auszusetzen, kämpfe ich mich über den Parkplatz und beschließe, den Teil meines Erbes zu inspizieren, den ich noch nicht kenne: das Clootie Craw.

Entweder die Tür steht absichtlich offen, oder das Schloss hat dem heftigen Wind nicht standgehalten, jedenfalls stolpere ich hinein. Was ich sehe, macht mich sprachlos. Es ist schön hier. Wirklich schön. Meine Güte, es ist richtiggehend gemütlich. Eine lange, hölzerne, auf Hochglanz polierte Bar dominiert den Raum. Gläser glitzern im Lichtschein, und die Flaschen hinter der Bar sind ordentlich und ansprechend sortiert. Vor dem Tresen stehen hochbeinige, rot gepolsterte Barhocker, und der einladende Sitzbereich gegenüber der Bar besteht aus tiefen, ebenfalls rot gepolsterten Sesseln, die sich in kleine Nischen schmiegen. In der Mitte des Raums machen die Nischen ein paar Ohrensesseln Platz, die um eine riesige, offene Feuerstelle gruppiert sind, in der bereits ein Feuer brennt. Die Wände bestehen aus grob behauenen Steinen unterschiedlicher Größe und sind mit farbenfrohen Teppichen geschmückt, die allesamt Krähen zeigen; einsame Krähen, Krähen in Schwärmen, Krähen auf Bäumen und in der Luft und immer vor prächtiger Landschaft. Die drei Fenster, die auf den Parkplatz hinausgehen, sind kaum breiter als Schlitze. Als Lichtquellen dienen die Messinglampen über dem Tresen, die Kerzen auf den Tischen (die allerdings noch nicht brennen) sowie weitere auf seltsamen hängenden Kerzenleuchtern, die aussehen wie eine eigenartige Mischung aus Holz und Geweih.

Ein Mann erscheint hinter dem Tresen. «Ich war im Keller», sagt er und deutet hinter sich. Er ist nicht mehr ganz jung, kahlköpfig, trägt eine grüne Strickjacke und sieht eher aus wie ein Bibliothekar als wie ein Barkeeper. Außerdem spricht er mit kuriosem Akzent. Er redet ganz langsam, und die Worte schwimmen fließend ineinander. Es ist, als würde er ein Wort erst dann loslassen können, wenn das nächste schon da ist.

«Sie müssen Miss McIntosh sein. Ich bin Hamish, Ihr Wirt.

Wir hoffen hier alle sehr, dass Sie das Clootie Craw nicht schließen werden.»

«Um Gottes willen, warum sollte ich das tun! Ich liebe es!», sage ich aus tiefstem Herzen, und Hamish fängt an zu strahlen wie ein Honigkuchenpferd.

«Das freut mich sehr. Diese kleine Kneipe ist das Herz unserer Gemeinschaft, wissen Sie.»

Ich verspüre ein winziges Schuldgefühl angesichts meiner Entscheidung, doch dann erspart mir das röhrende Motorengeräusch auf dem Parkplatz eine Antwort. Hamish sieht mich erschrocken an. Ich gehe zur Tür, öffne und schaue hinaus. Mitten auf dem Parkplatz steht ein mir nur allzu vertrautes Cabriolet, natürlich mit geschlossenem Verdeck. Und dann steigt, den geöffneten Regenmantel locker über den Schultern eines teuer aussehenden Anzugs, mit attraktiven Gesichtszügen und finsterer Miene, dieser unverschämte Kerl aus der Great Western Road aus dem Wagen. Ich schlage mir den Jackenkragen hoch. Der Regen hat sich nun doch in leichtes Nieseln verwandelt, und ich stapfe mit dem guten Gefühl auf ihn zu, dass diesmal *ich* diejenige sein werde, die *ihn* davonscheucht. Als ich das Auto erreicht habe, liegt ein breites Grinsen auf meinem Gesicht. Was für ein Fest! Er dreht sich um und sieht mich an. Offensichtlich erkennt er mich nicht.

Dann sagt er: «Guten Abend. Ich bin auf der Suche nach Lucy McIntosh. Mein Name ist Graham Sutherland.»

11. Kapitel

«Sie!?»

Graham Sutherland zieht eine Augenbraue hoch, was ich unter anderen Umständen vermutlich ziemlich sexy finden würde. «Kennen wir uns?»

Plötzlich wird mir bewusst, dass ich aussehen muss wie eine Landstreicherin. Die riesige grüne Wachsjacke verschluckt mich quasi, und die Haare kleben mir klitschnass am Kopf. Jetzt, wo Sutherland aus dem Auto gestiegen ist, hat es natürlich aufgehört zu regnen. Sonst würde ja sein schicker Anzug nass.

«Great Western Road. Gestern», sage ich durch zusammengebissene Zähne.

Er mustert mich etwas genauer und gibt ein leises Glucksen von sich. «Oh. Das. Tut mir leid. Ich war ein bisschen in Eile und musste zum nächsten Meeting. Da standen ein paar Millionen auf dem Spiel, wissen Sie?» Er lächelt mich achselzuckend an.

«Sie hätten mich einfach bitten können.»

«Bitten? Worum?»

«Wegzufahren», sage ich.

Er sieht mich völlig perplex an. «Ja, okay. Sorry. Wie dem auch sei. Nichts für ungut. Können Sie Ihrer Chefin bitte sagen, dass ich da bin?»

«Ich *bin* Lucy McIntosh.»

Das ist der Augenblick, in dem sogar Sunnyboy Sutherland merkt, dass die Sache für ihn nicht allzu gut läuft.

«O weh!» Er lacht verlegen und gibt mir die Hand. Sie ist groß und warm, und meine verschwindet völlig in seinem festen Händedruck. Immerhin verzichtet er auf diese Machonummer, meine Hand einen Tick zu lange festzuhalten oder zu fest zu drücken. Dann beugt er sich zurück in den Wagen und holt seine Aktentasche. Ich höre, wie er der Fahrerin etwas zuflüstert, und erkenne am Steuer die rothaarige Schönheit von gestern.

Er schließt die Autotür. «Wollen wir in Ihr Hotel gehen, bevor es wieder anfängt zu regnen?»

Mein Hotel. Wie seltsam das klingt.

Ich mache kehrt und führe ihn zum Haupteingang. Das Cabriolet braust davon. Sutherland nimmt keine Notiz davon.

«Und? Wie finden Sie das Mormaer Inn?», fragt er mich.

«Groß», sage ich, öffne die Eingangstür und scheuche ihn hinein. Ich hänge das Zelt an seinen Haken und kehre zu meiner normalen Figur zurück. Meine Haare sind zwar tropfnass, aber ich fände es seltsam, ihn hier allein zu lassen, während ich zwei Stockwerke nach oben humple und verzweifelt versuche, in den Tiefen meines Koffers meinen Föhn zu finden.

«Haben Sie sich wehgetan?», fragt er mit Blick auf mein Bein.

«Ich bin gestolpert.»

«Ja, das ist das Problem mit diesen alten Kästen», sagt Sutherland süffisant. «Es gibt ständig was zu reparieren.»

Ich sehe auf die Uhr. Es ist Viertel vor eins. «Meine Köchin bereitet gerade das Mittagessen vor. Kommen Sie doch bitte mit in den Speisesaal», sage ich, so nonchalant ich kann. Gut, dass ich vorausgehe und er mein angestrengtes Gesicht nicht sehen kann, während ich versuche, mich in dem Gewirr von Fluren zurechtzufinden.

«Ziemlich düster hier, oder?», fragt Sutherland im Plauderton.

«Ich will ein paar von den alten Räumen neu öffnen. Diese Trennwände müssen raus», sage ich, ohne zu überlegen. Wie ein Geistesblitz durchzuckt mich die Vorstellung von einem Mormaer Inn, das seine großzügigen, altehrwürdigen Säle wiederhat. Das wäre entzückend.

«Aha», sagt Sutherland. Sein Tonfall verrät, dass er mir nicht glaubt.

Im Speisesaal ist auch heute wieder der Tisch am Fenster gedeckt, und wie eine Figur aus dem Märchen ist Mrs McGruther plötzlich erschienen und erwartet uns. Sie tritt auf uns zu, streckt Sutherland die Hand entgegen und lächelt. Das macht ihr sicher beträchtliche Mühe. Sie scheint mir keine besonders geübte Lächlerin zu sein.

«Darf ich Ihnen den Mantel abnehmen?»

Sutherland gibt ihr den Regenmantel und präsentiert seinen Seidenanzug in all seinem angeberischen Glanz. Sie rückt ihm einen Stuhl zurecht, doch zu meiner Überraschung ignoriert er die Geste und zieht seinerseits einen Stuhl für mich vom Tisch. Ich nehme mit aller Grazie Platz, die eine durchnässte Prinzessin aufbringen könnte.

«Scotch Broth, Krabbencocktail oder gebackener Camembert?», fragt Mrs McGruther ihn.

«Den Camembert für mich, bitte.»

«Hauptspeise Lachs, Hühnchensalat oder Highland Hotpot?»

«Highland Hotpot», sagt er lächelnd.

Sie nickt und verschwindet, ohne mich nach meinen Wünschen zu fragen. Sutherland zieht schon wieder die Augenbraue hoch. Es ist eine Allerweltsbewegung, doch aus unerfindlichen Gründen jagt sie mir einen Schauer über den Rücken und beschert mir ein Kribbeln im Bauch. Ich räuspere es weg. «Hat Mr Urquhart Ihnen meine Antwort nicht mitgeteilt?»

Sutherland lehnt sich zurück und mustert mich mit gefurchten Augenbrauen. «Doch. Und ich muss zugeben, als ich davon hörte, war mein erster Gedanke, Sie wollten mehr Geld.»

Ich schnaube. Es soll verächtlich klingen, aber peinlicherweise fabriziere ich ein paar schleimige Blubberblasen. Sutherland reicht mir ein Päckchen Taschentücher.

«Aber jetzt denke ich mir: Jemand, der meine lächerliche Geschichte auf der Great Western Road schluckt, wird wohl kaum besonders hinterhältig sein.» Er beugt sich vor. «Es sei denn, Sie wussten gestern schon, wer ich bin?» Die Frage kommt aus dem Nichts auf mich zugeschossen. Mir fällt auf, was für ungewöhnlich klare und durchdringende Augen er hat. Sie haben die Farbe des Himmels kurz vor dem Sturm.

«Ich hatte keine Ahnung, wer Sie sind», sage ich, ohne mit der Wimper zu zucken. «Ich dachte, Sie sind ein unverschämter Lackaffe, und wenn ich bis dahin nicht schon so einen Scheißtag hinter mir gehabt hätte, hätte ich Ihnen das auch mitten ins Gesicht gesagt.»

Sutherland lehnt sich entspannt wieder zurück. «Das dachte ich mir. Sie sind keine Geschäftsfrau.»

«Was fällt Ihnen ein? Ich bin eine erfolgreiche Datenanalystin in leitender Position!»

«Schon möglich, aber wenn man erfolgreich Geschäfte machen will, sollte man in der Lage sein, seine Emotionen zu beherrschen.»

In dem Moment taucht Mrs McGruther mit der Vorspeise auf. Ich lasse mich kurz zu der Vorstellung hinreißen, ihm den heißen Camembert ins Gesicht zu klatschen, aber der Käse sieht überraschend gut aus. Anstatt des klebrigen Gummiballs, den ich erwartet hatte, bekommen wir kleine, golden frittierte Taler serviert, mit einem dunkelroten Gelee als Dip und einem knackigen, mit frischen Kräutern und Limettendressing angemachten Salat. Ein bisschen altmodisch, eher achtziger Jahre als neues Jahrtausend, aber es schmeckt köstlich. Sutherland ist offensichtlich genauso überrascht wie ich, denn wir widmen uns beide schweigend und mit voller Aufmerksamkeit dem Essen. Dann taucht Mrs McGruther wieder auf und räumt mit der Diskretion eines Oberkellners die Teller ab.

«Das war sehr gut, Mrs McGruther», sagt Sutherland, und zu meinem Erstaunen zieht sich plötzlich eine feine Röte über ihre Wangen.

«Schön, dass es Ihnen geschmeckt hat, Mr Sutherland. Jeannie ist eine wunderbare Köchin.»

Als sie wieder gegangen ist, fragt Sutherland: «Haben Sie eine Ahnung, was in dem Highland Hotpot drin ist?»

Ich schüttle den Kopf. «Das haben Sie ausgesucht.»

«Wild oder Rind, wahrscheinlich. Vielleicht auch Kaninchen.»

«Kaninchen!», entfährt es mir fiepend, und ich muss an Flopsy-Mopsy denken, die ich als Kind schweren Herzens bei uns im Garten beerdigt habe. Niemand hätte im Traum daran gedacht, sie zu Eintopf zu verarbeiten.

Sutherland lächelt mich aufrichtig an, und seine Augen fangen an zu leuchten. «Wildes Kaninchen. Kein geliebtes Haustier!» Er schenkt mir etwas Wasser aus der Karaffe ein, die auf dem Tisch steht. «Was halten Sie davon, wenn wir angesichts dieses köstlichen Mahls das Geschäftliche bis zum Kaffee verschieben?»

«Einverstanden», sage ich so würdevoll, wie ich kann. Mir ist jedes Mittel recht, um dieses Gespräch noch ein bisschen hinauszuzögern.

«Also, was machen Sie beruflich?»

«Ich war Datenanalystin bei SkyBluePink.»

«Von denen habe ich schon gehört. Die sind nicht übel. Wieso war?»

«Ich habe gekündigt, um das Hotel zu übernehmen.»

«Ach so. Standen Sie und Ihr Onkel sich nahe?»

«Ich bin ihm nie begegnet.»

Sutherland hält inne, schluckt schließlich und sagt: «Sie sind ihm nie begegnet und waren vermutlich auch noch nie zuvor in Mormaer.»

«Richtig.»

«Verstehe. Und? Wie gefällt es Ihnen?»

Ich missverstehe ihn absichtlich. «Es ist wunderschön hier. Wenn die Sonne auf den Loch scheint, sehe ich beinahe die Kelpies aus dem Wasser steigen. Die Landschaft, durch die ich auf der Fahrt von Glasgow gekommen bin, ist atemberaubend. Aber so gut wie keine Industrie. Die Einheimischen sind vermutlich sehr auf den Tourismus angewiesen.»

«Hm. Der Tourismus ist wichtig, die meisten Leute hier haben ein halbes Dutzend Jobs, um sich das Jahr hindurch über Wasser zu halten. Ihnen ist sicher schon aufgefallen, dass sich das Wetter in Sekundenschnelle ändern kann.»

«Na ja, ohne Regen wär's auch nicht so schön grün», sage ich und lache verhalten.

«Leider haben die meisten Touristen dafür kein Verständnis. Und die vielen Stechmücken, die wir im Sommer haben, finden sie auch nicht so toll. Irgendeine mutierte Art, die uns die globale Erwärmung beschert hat. Riesengroß und ekelhaft.»

«Wir?»

«Was?»

Vor uns erscheinen zwei Teller Rindereintopf mit luftigen Käsekräuterklößen. Es duftet verführerisch, erdig und schwer. Schweigend genießen wir beide ein paar exzellente Löffel voll.

«Sie sagten, die Stechmücken, die ‹wir› im Sommer haben. Als würden Sie hier leben.»

«Meine Familie stammt aus diesem Dorf.»

«Leben Ihre Eltern immer noch hier?»

«Meine Eltern sind schon vor langer Zeit gestorben.»

«Oh. Das tut mir leid.»

Sutherland legt das Besteck weg und sieht einen Moment lang abwesend zum Fenster hinaus. «Als ich damals völlig unvorbereitet erbte, musste ich sämtlichen Grundbesitz verkaufen, um die Erbschaftssteuer zu bezahlen. Ich bin seit Jahren dabei, das Land zurückzukaufen. Ich möchte das Land meiner Ahnen wiederhaben. Mein Vater hätte es so gewollt.»

«Das Mormaer Inn ist aber nicht Teil dieses Grundbesitzes, oder?»

«Nein, aber sollte es Ihnen gelingen, das Haus wieder zurück auf die Spur zu bringen, kommen Sie damit dem Ferienresort in die Quere, das ich gerade baue.»

«Einen Campingplatz?»

«Nein, Luxusblockhütten im Wald. Familien- und haustierfreundlich und ein paar davon ganz abgeschieden, für Flitterwochen und Romantiker.» Er lächelt mich erstaunlich schüchtern an. «In den Highlands kann es sehr romantisch sein.»

«Ich glaube kaum, dass wir dieselbe Zielgruppe bedienen würden.»

Sutherland legt das Besteck auf dem leeren Teller ab und wischt sich mit der Serviette über die Lippen. Ich nehme erstaunt zur Kenntnis, dass die Servietten heute aus Stoff sind. «Darum geht es nicht. Ich habe Pläne für die Gegend, und dazu benötige ich dieses Grundstück.»

«Tja. Das kriegen Sie aber nicht.»

«Ich werde es bekommen. Seit ich Sie kennengelernt habe, bin ich mir dessen völlig sicher. Die Frage ist nur, ob Sie gleich verkaufen oder ob ich es später bei der Zwangsversteigerung von der Bank bekomme. Ich muss Ihnen wohl kaum erklären, dass Sie nur dann Geld zu sehen bekommen, wenn Sie direkt an mich verkaufen. Miss McIntosh, ich habe Ihnen wirklich ein sehr großzügiges Angebot gemacht.»

«Man kann mit Geld nicht alles kaufen», blaffe ich ihn an.

«Nein», sagt Sutherland. «Das habe ich auch niemals behauptet.» Sein ruhiger und vernünftiger Tonfall gibt mir das Gefühl, hysterisch und dumm zu sein. Das Blut pocht mir in den Ohren.

«Sie wissen ganz genau, was ich meine. Das ist genau dieselbe Taktik wie gestern auf der Great Western Road! Sie versuchen, mich zum Verkauf zu drängen, indem Sie mich einschüchtern. Sie verdrehen die Tatsachen und stellen es so hin, als hätte ich keine andere Wahl.»

«Miss McIntosh, die Art und Weise, wie wir uns kennengelernt haben, tut mir wirklich sehr leid. Ich hatte es tatsächlich eilig, und bei dem Meeting ging es um eine Menge Geld. Ich habe verzweifelt darauf gewartet, endlich abgeholt zu werden.»

«Das ist keine Entschuldigung.»

«Nein, Sie haben recht. Ich war unverzeihlich unhöflich zu Ihnen.»

«Sie haben mich angelogen.»

«Nein, gelogen habe ich nicht. Man darf auf den roten Linien wirklich nicht parken.»

«Aber alle tun es.»

Seine Schultern sacken in ihrer exzellent maßgeschneiderten Hülle leicht zusammen. «Ja, das stimmt, und mir ist klar, dass ich einen schlechten ersten Eindruck hinterlassen habe.»

«Einen schrecklich schlechten Eindruck.»

«Okay. Einen schrecklich schlechten ersten Eindruck, und trotzdem bin ich jetzt nicht darauf aus, Sie zu übervorteilen. Wie Mr Urquhart Ihnen sicher bereits gesagt hat, ist dieses Hotel ein Fass ohne Boden. Völlig hoffnungslos. Es konnte sich nur deshalb mit Mühe über Wasser halten, weil Ihr Onkel ein unglaublicher Charakterkopf und in dieser Gegend sehr beliebt war.»

«Kannten Sie ihn?»

«Sicher. Jeder hier kannte Calum», sagt Sutherland, und seine Mundwinkel kräuseln sich. «Er war – er war wirklich einmalig. Und definitiv kein Geschäftsmann. Immer, wenn wir alle dachten, jetzt wäre er endgültig am Ende, zog er irgendeinen exzentrischen Plan aus der Tasche, mit dem er sich wieder ein paar Jahre über Wasser hielt. Aber das ist jetzt vorbei, Lucy. Dieses Hotel war einst eine große viktorianische Dame, aber ihre Tage sind endgültig vorüber. Es ist Zeit, sie in Frieden ruhen zu lassen.»

«Und wer sagt, dass ich nicht auch einen exzentrischen Plan aus dem Hut zaubern kann, um die Dame wieder zum Leben zu erwecken?», will ich von ihm wissen, und ich merke, dass mir mal wieder Tränen in den Augen brennen. Dieses Gespräch ist für meinen Geschmack viel zu intensiv.

«Ganz ehrlich? Ich fände es toll, auch wenn das hieße, dass Sie mir einen Strich durch die Rechnung machen. Das Mormaer Inn ist mein ganzes Leben lang hier gewesen. Als Teenager habe ich heimlich im Clootie Craw mein erstes Pint getrunken, und Hamishs Vater hat dabei weggesehen, weil er wusste, wer mein Vater war. Aber selbst ich würde das finanzielle Risiko scheuen, dieses Haus wieder zum Leben zu erwecken.»

«Und das, wo Sie doch so reich und erfolgreich sind!»

«So habe ich das nicht gemeint.» Er sieht verletzt aus, aber das nehme ich ihm nicht ab.

«Tut mir leid. Ich habe mein ganzes Berufsleben im Marketing verbracht, ich rieche eine Verkaufstaktik hundert Meter gegen den Wind. Ich verkaufe nicht an Sie, und das ist mein letztes Wort.» Ich schiebe den Stuhl zurück und stehe auf. «Mr Sutherland, es hat mich gefreut, Sie kennenzulernen. Ich denke, es ist besser, Sie gehen jetzt.» Hoppla, da ist sie ja plötzlich, die eiskalte Geschäftsfrau! Verwirrt versuche ich, die ungewohnte Haltung nicht gleich wieder zu verlieren.

Sutherland hat sich ebenfalls erhoben, als Mrs McGruther mit einer riesigen Pavlova-Torte den Raum betritt. Sie erfasst augenblicklich die Spannung zwischen uns und erstarrt. Zu dritt verharren wir in einem pathetischen Standbild, bis Sutherland den Bann bricht und nach seiner Aktentasche greift.

«Verstehe», sagt er.

Mrs McGruther eilt auf uns zu und knallt die Baisertorte auf den Tisch. Die Hülle bricht auf, und die Sahnecreme sickert durch den Riss. «Nachspeise?», fragt sie flehentlich.

«Wie es aussieht, hat Ihre neue Chefin sich dagegen entschieden.»

«Oh, nein, Mr Sutherland! Ich bin mir ganz sicher, wenn Sie sich beide wieder setzen und ein Tellerchen Dessert und ein Tässchen Kaffee zu sich nehmen, wird sich ein Weg finden lassen.»

«Mrs McGruther!» Ich bin außer mir. Wie kann sie es wagen?

«Nun, ich fürchte, nein», sagt Sutherland. «Miss McIntosh ist absolut eisern.»

«Ja, das bin ich.»

Sutherland nickt uns beiden zu und verlässt den Speisesaal.

«Sie dummes, dämliches Mädchen!», schreit Mrs McGruther mich an. «Was haben Sie getan!» Dann bricht sie zu meinem großen Erstaunen in Tränen aus.

12. Kapitel

Ich würde gerne behaupten, ich wäre dageblieben und hätte sie getröstet. Dass ihr Kummer uns einander nähergebracht hätte. Aber ich floh augenblicklich in mein Türmchen wie eine verbellte Katze. Gut möglich, dass ich dabei sogar das passende Geräusch von mir gab. Das Ganze war mir absolut eine Nummer zu schräg.

Ich setze mich in Onkel Calums Lehnstuhl im Lesezimmer und frage mich, auf was zur Hölle ich mich da eingelassen habe. Ich glaube, das ist der Augenblick, in dem ich den Traum, Besitzerin eines eleganten, luxussanierten viktorianischen Hotels zu sein, endgültig begrabe. Tja, aber die Brücke zu Sutherland habe ich durch mein Verhalten wohl eindeutig hinter mir abgerissen. Ich habe mich selbst in die Enge getrieben.

Der Blick hinaus auf den vom Regen verwaschenen See schafft es trotzdem, mir ein Gefühl der Ruhe zu geben, wie ich es vom Leben in der Stadt nicht kenne. Eine Stille, eine angenehme Einsamkeit, die ich, glaube ich, noch nie in meinem ganzen Leben gefühlt habe. Mein Puls beruhigt sich. Der eiserne Griff meiner Hände löst sich von den Armlehnen. Ich entspanne.

Nein, das Hotel kann nicht wieder zum alten Glanz zurück. Ich muss es nach vorne bringen. Wetter hin oder her, dies ist verdammt noch mal einer der schönsten Flecken der Erde.

Touristen werden immer in die Highlands reisen. Ich muss nur dafür sorgen, dass sie hierher kommen, zu uns ins Mormaer Inn. Das Hotel wird mehr Geld benötigen, als ich habe – genauer gesagt als ich je gesehen habe – aber wenn ich einen echten Plan aufstelle, wenn es mir gelänge, dieses Haus ein halbes Jahr lang gut über Wasser zu halten, dann wird mir die Bank das Geld vielleicht – und nur vielleicht, seien wir realistisch – leihen. Ich kann mir eine Provinzbank suchen oder zumindest eine, die in die Highlands investiert.

Im Geiste gehe ich die Grundrisse der einzelnen Stockwerke durch. Das Haus ist zu groß. Was, wenn wir uns fürs Erste auf die Räume im ersten Stockwerk beschränken würden? Sobald wir anfingen, wirklich Geld zu verdienen, könnte ich in die drei verbliebenen Suiten investieren.

Hochzeiten!, fährt es mir durch den Kopf. Hochzeiten am Loch. Hochzeiten an einem so abgeschiedenen Traumort, dass sämtliche Gäste im Hotel übernachten müssen. Ich bin weiß Gott auf genug Hochzeiten gewesen. Solange das Brautpaar und die Mutter der Braut zufrieden sind, finden alle anderen sich mit der Unterkunft ab, so läuft das doch.

Ich klappe meinen Laptop auf und fange an zu tippen.

1. Zweites Stockwerk schließen. Resultat: Dort gebundenes Personal kann anderweitig eingesetzt werden.
2. Hotel einer Grundreinigung unterziehen.
3. Recherche bezüglich Erteilung einer Hochzeitslizenz für Außengelände und Hotel.
4. Gründliche Inspektion des Geländes, um zu sehen, wie viel Arbeit dort vonnöten ist. Auf schlichte Rasenflächen reduzieren. Rabiater Umgang mit Blumenbeeten etc., es sei denn, sie lassen sich als Schnittblumen für das Hotel verwenden.

5. Gemüsebeet? Sämtliches Gemüse auf der Karte aus eigenem Anbau? Aus Jeannie eine Celebrity-Köchin machen. Sie zum Great-British-Bake-Off-Wettbewerb schicken? Sie ist gut!!!
6. Einen der vorderen Salons wieder flottmachen und in ein Bistro/Café verwandeln. Einheimische mit preiswerter, guter Mittagskarte und eventuell auch Abendmenüs anlocken, um über die Wintermonate zu kommen.
7. Das Clootie Craw überregional ins Gespräch bringen. Bierspezialitäten? Tolle Bar, braucht dringend mehr Aufmerksamkeit.
8. Gibt es Vögel am See? Lassen sich Vogelexkursionen anbieten?
9. Unbedingt Kontakte zur örtlichen Wirtschaft knüpfen. Angeltouren. Anknüpfung an die lokale Tourismusbranche.
10. Mich mit den Dorfbewohnern anfreunden und zeigen, dass ich auf ihrer Seite bin.
11. Website bauen.
12. Mrs McGruther entlassen, sobald ich jemand Passenden gefunden habe. Sie ist nicht glücklich hier und wird nie für mich arbeiten. Olle Ziege.

Ich lehne mich zurück und betrachte den Bildschirm. Ich bin natürlich noch nirgendwo ins Detail gegangen, aber ich habe einen Plan.

Es fängt wieder an zu regnen, aber das stört mich nicht. Schließlich ist Januar. Im Tourismus der schwächste Monat, das habe ich kürzlich irgendwo gelesen. Ich kann ihn nutzen, um an meinen Plänen zu arbeiten und das Hotel auf sein Comeback vorzubereiten. Au ja! Ich eröffne das Bistro mit einem Special zum Valentinstag! Vielleicht für Singles auf Partnersuche? Oder kennen die sich hier oben alle schon? Das muss ich Jeannie fragen oder Hamish.

Ich muss diesen Plan ausarbeiten. Ich muss die Kosten kalkulieren. Vielleicht stoße ich beim Aufräumen ja auf ein paar wertvolle Antiquitäten, die sich zu Geld machen lassen, um neue Bettwäsche zu kaufen und ein bisschen in Deko zu investieren.

Gedankenverloren schaue ich aus dem Fenster. Tatsächlich kommt die Sonne gerade raus. Ein strahlender Regenbogen spannt sich über den See. Diamantklare Farben hängen in der Luft. Ich weiß genau, warum mein Onkel seinen Sessel gerade hier positioniert hat. Schon möglich, dass Calums Ideen exzentrisch waren, meine fühlen sich jedenfalls ziemlich vernünftig und realistisch an.

Ich will Jake anrufen und mit ihm darüber sprechen. Ich will mit ihm zu Abend essen, gemeinsam eine Flasche Wein leeren, lange Gespräche über die Zukunft des Mormaer Inn führen. Ich bin allerdings nicht scharf darauf, dieses Gespräch am Telefon in der Hotelhalle zu führen. Am besten behalte ich meine Ideen so lange für mich, bis ich ein Gespür dafür bekommen habe, welche davon wirklich Flügel kriegen, die tragen.

Plötzlich entdecke ich in der rechten oberen Bildschirmecke drei kleine Bögen. Das Internet funktioniert! Ich öffne die Infobox. «Forest Experience» heißt das Netz. Sutherlands Projekt. Zaghaft versuche ich, mich einzuloggen. Das Netz ist nicht gesichert. Schnell tippe ich eine Mail.

Von: lucy.mcintosh@gmail.com
An: Jake@SkyBluePink.com
Betreff: Highland-Erbschaft

Hallo Jake,
endlich angekommen. Das Hotel, Mormaer Inn heißt das Ding, ist riesig. Es muss früher wunderschön gewesen sein, ein Haus

für viktorianische Adelige, zylindertragende Herren und Damen in langen Gewändern. Wenn man die großen Säle betritt, lässt sich der Glanz vergangener Zeiten ganz deutlich erahnen. Man muss natürlich ein bisschen Arbeit reinstecken, und ich habe beschlossen, mich mit den Gästezimmern erst mal auf ein Stockwerk zu beschränken und hier alles wieder auf Vordermann zu bringen. Dafür braucht man ganz schön Schmalz, das sag ich dir. Glücklicherweise ist Januar, und wir haben nur ein paar Buchungen. Mitte Februar will ich so richtig Gas geben. Vielleicht kannst du ja zum Valentinstag raufkommen? Hier ist es atemberaubend schön.

Ich habe schon ein paar Eisen im Feuer. Ich bin mir sicher, dass ich diesen Ort innerhalb von einem halben Jahr ein ganzes Stück nach vorne bringen kann. Was auch immer wir dann entscheiden, das Hotel wird mit Sicherheit im Wert gestiegen sein. Mobilfunknetz und Wi-Fi sind leider beide ein bisschen unzuverlässig. Ich surfe gerade im Netz vom Nachbarn. Ich muss schleunigst mit einem Provider sprechen und mir für das Haus einen eigenen Internetanschluss zulegen. Irgendwelche Tipps? Du hast dich bei uns doch immer um den ganzen Technikkram gekümmert.

Wie wär's? Die Gunst der Wi-Fi-Götter vorausgesetzt, wollen wir's heute Abend mal mit Skypen versuchen? Sagen wir um 21:00 h? Wir könnten mit einem Glas Wein dem Bildschirm zuprosten und auf mein neues Unternehmen anstoßen.

Ich hoffe, in London läuft alles gut. Ich bin mir sicher, dass du die nächste Beförderung in der Tasche hast, wenn meine sechs Monate vorbei sind!

Ich vermisse dich!

Viel Liebe und viele Küsse,

Luce

Ich lese die Mail noch einmal durch. Ich erzähle ihm besser nichts von Sutherland. Jake würde mich bedrängen, augenblicklich zu unterschreiben. Und ich habe, na ja, ich habe ihn hier und da ein bisschen angelogen, zumindest durch Auslassung. Ich habe definitiv ein sehr rosiges Bild gezeichnet. Es ist das erste Mal, dass ich Jake nicht alles erzählt habe, aber ich will einfach nicht. Ich rede mir ein, dass die ganze Situation viel zu kompliziert und zu unklar ist, um sie einfach mal eben in einer Mail so gut zu erklären, dass Jake sich auch wirklich ein umfassendes Bild machen kann. Wenn er mich im Februar besuchen kommt, kann er sich selbst davon überzeugen, wie gut ich das alles hinkriege. Dann ist immer noch Zeit, ihm alles ausführlich zu erklären.

Mit einem winzigen Gewissensbiss drücke ich auf «senden». Der Wi-Fi-Bogen verschwindet und taucht wieder auf und dann, Wunder über Wunder, ist die Mail tatsächlich raus. Fast im selben Augenblick erscheint eine neue Nachricht in meinem Posteingang.

Von: Jake@SkyBluePink.com
An: lucy.mcintosh@gmail.com
Betreff: Re: Re: Re: Die alte Heimat

Hast du den Dosenöffner geschickt?
J.

Ich blinzle verwirrt. Dann lese ich die Betreffzeile. Die Nachricht ist uralt. Ich fange laut an zu lachen, weil er sich solche Sorgen um diesen dämlichen Dosenöffner macht. Und ich bin froh, dass er nicht mehr sauer ist. Meine Entschuldigungsmail hat offensichtlich funktioniert. Kurz spiele ich mit dem Gedanken, auch eine Mail an May zu schicken. Ich merke plötzlich, wie sehr sie mir fehlt. Aber für eine Versöhnungsmail habe ich jetzt keinen Kopf. Morgen, denke ich, gehe ins Schlafzimmer hoch und fange endlich an, mich um Onkel Calums Sachen zu kümmern.

Ich hole ein paar Müllsäcke aus der Küche und stecke Onkel Calums Anziehsachen hinein. Hier gibt es sicher irgendwo eine Altkleidersammlung. Oder wäre es taktvoller, einen Vormittag zu opfern und die Sachen nach Glasgow zu bringen? Nicht, dass die Leute hier mich am Ende noch für herzlos halten, weil ich seine Sachen entsorge.

Ich stopfe die Tüten vorerst unters Bett und stoße dort auf jede Menge Krempel. Eine Stunde später bin ich von oben bis unten voller Staub und habe sechs prallvolle Tüten unter das Bett bugsiert. Onkel Calum scheint ansonsten relativ ordentlich gewesen zu sein. Nirgends steht irgendwelcher Krimskrams rum. Es gibt nur sehr wenige persönliche Gegenstände. In einem alten Golfschuh habe ich 150 Pfund gefunden. Notgroschen. Ich schiebe mir die Scheine in die Tasche und fühle mich dabei nur ein winziges bisschen schuldig. Als ich die Taschen seiner Anziehsachen durchforstet habe, bin ich auf ein paar verblasste Fotos von einer jungen Frau gestoßen. Immer dieselbe, glaube ich. Ihr Gesicht ist leider nie ganz deutlich zu sehen. Fast als wären die Bilder heimlich aufgenommen worden. Die Abzüge sind alle sehr alt, mit ausgefransten Rändern. War das vielleicht seine große Liebe? Soweit ich weiß, war Calum nie verheiratet. Vielleicht weiß ja jemand aus dem Ort was darüber. Ganz kurz verspüre ich flüchtigen Schmerz in meiner Brust. Ich hoffe, das Mormaer Inn war für Calum kein Ort, an dem er Zuflucht suchte, um seine verlorene Liebe zu betrauern. Mir gefällt die Vorstellung nicht, wie er einsam in seinem Sessel am Fenster saß und seinen Whisky mit Tränen verdünnte.

Ich schüttle mich, und Staubwölkchen steigen um mich auf wie im Zeichentrickfilm. Das ist doch albern. Ich kannte den Mann überhaupt nicht. Es besteht kein Grund zu der Annahme, dass er hier nicht glücklich war. Warum sonst hätte er all die Jahre immer wieder versucht, das Inn am Laufen zu halten?

Mein Laptop piept. Ich laufe hinunter in die Küche und stolpere dabei über die versteckte Stufe. Eine Mail von Jake!

Von: Jake@SkyBluePink.com
An: lucy.mcintosh@gmail.com
Betreff: Re: Highland-Erbschaft

Ja, lass uns heute Abend skypen. 21 Uhr passt.
Benutze dein Handy als Wi-Fi-Hotspot.
Bis dann
J.
PS: Hast du eigentlich den Dosenöffner in die Wohnung geschickt? Nur weil die Agentur nachgefragt hat.

Ich starre entnervt auf den Bildschirm. Liest der Mann meine Mails eigentlich nicht? Das hat mich bei der Arbeit auch schon immer zur Weißglut getrieben. Ich mache mir Gedanken und verfasse eine gründliche Mail, nur um dann eine Antwort zu kriegen, in der man mir längst beantwortete Fragen stellt, weil keiner sich die Mühe macht, meine Mails ordentlich zu lesen.

Ich fange an, eine Antwort zu tippen, um ihm noch mal zu sagen, dass ich auch keinen Handyempfang habe. Doch dann lösche ich die Mail. Darüber werden wir später nur noch lachen. Es hat überhaupt keinen Sinn, wegen so etwas Streit anzufangen. Jake hat offensichtlich sehr viel zu tun. Aber die Sache mit dem Dosenöffner verwirrt mich ehrlich. Was soll das? Hat das was mit Revierverhalten zu tun? Besitzerstolz auf seine Wohnung? Der Wunsch, die Kontrolle über etwas zu behalten, was mal unser glückliches Zuhause war? Schließlich antworte ich ihm doch noch: Ja, noch am selben Tag geschickt, als ich dir aus Dunblane geschrieben habe. Freue mich auf heute Abend, Kuss, L.

Dadurch kann er sich nun wirklich nicht beleidigt fühlen. Und heute Abend können wir dann richtig reden. Ich darf nicht vergessen, mir aus der Bar eine Flasche Wein zu holen. Bei der Vorstellung, dass ich eine ganze Bar besitze, aus der ich mir einfach was aussuchen kann, muss ich kichern. Weil ich sowieso schon völlig verdreckt bin, beschließe ich, die Gunst der Stunde zu nutzen. Ich krempel die Ärmel hoch und mache mich auf den Weg, um mir den Raum vorzunehmen, den ich in ein Café verwandeln will. Mrs McGruther ist nirgendwo zu sehen, aber die eher oberflächliche Durchsicht der Wandschränke in den Fluren fördert bald den von der Reinigungsindustrie so heißgeliebten Henry Hoover zum Vorschein. Die beiden aufs Gehäuse gemalten Augen sind noch vorhanden, nur das Lächeln ist zur Hälfte verschwunden, was dem Staubsauger ein etwas mürrisches Aussehen verleiht. Doch als ich ihn einstöpsle, erwacht er brummend zum Leben und fängt willig an, sich den Staub einzuverleiben.

Die nächsten Stunden bin ich damit beschäftigt, Dreck und Staub von Jahren zu beseitigen. In einem der Schränke stoße ich auf Handschuhe, Reinigungsspray und Möbelpolitur. Damit rücke ich den kleinen Tischen und den hölzernen Armlehnen der altmodischen Salonstühle zu Leibe. Als ich fertig bin, ist Henry fast am Staub erstickt, und alles Holz im Raum glänzt. Das Siebziger-Jahre-Teppichmuster ist wieder deutlich zu erkennen. Was, wie ich mir eingestehen muss, nicht zwingend ein Vorteil ist. Ich ringe Henry gerade den übervollen Staubbeutel ab, als Mrs McGruther ins Zimmer kommt.

«Was tun Sie da?», herrscht sie mich an. «Diesen Raum habe ich erst gestern gemacht.»

Ich habe unsere letzte Begegnung noch nicht vergessen. Stumm halte ich den prallgefüllten Staubbeutel in die Höhe, und sie errötet leicht.

«Das Haus ist groß, und ich mach das ganz allein.»

«Und jetzt bin ich auch noch da», sage ich fröhlich. «Ich habe nichts dagegen, mit anzupacken, nur weil ich die Eigentümerin bin.» Ich lasse die letzten vier Worte ein bisschen in der Luft schweben. «Außerdem haben Sie völlig recht. Das Haus ist wirklich zu groß. Ich habe beschlossen, den zweiten Stock vorübergehend zu schließen. Ich bin mir sicher, dass es in einem Haus wie diesem irgendwo Tücher zum Abdecken der Möbel gibt. Wir ziehen die Betten ab und motten das ganze Stockwerk ein. Sobald das Geschäft besser läuft, können wir die Zimmer wieder in Betrieb nehmen, aber im Augenblick binden sie nur Zeit und Energie, die woanders besser aufgehoben sind.»

Ich kann eine ganze Bandbreite an Emotionen über Mrs McGruthers Gesicht spazieren gehen sehen, aber schließlich nickt sie. Vielleicht mag sie Hausarbeit genauso wenig wie ich.

«Also. Wo kommt der Staubbeutel hin?»

«In den Hinterhof. Geben Sie her.»

Ich reiche ihr den Staubsaugerbeutel in der Hoffnung, dass sie darin eine weiße Fahne erkennt, wenn auch eine sehr schmutzige. «Wissen Sie zufällig, was Jeannie für heute Abend kocht? Das Mittagessen war köstlich.»

«Ich habe ihr heute Abend freigegeben. Das hat sie sich nach der vertanen Liebesmüh nur allzu verdient.»

Mir liegt die spitze Bemerkung auf der Zunge, was ihr eigentlich einfällt, meinem Personal einfach freizugeben, aber dann erinnere ich mich daran, dass die beiden bis jetzt sehr gut ohne mich zurechtgekommen sind. Außerdem bin ich trotz ihrer unhöflichen Art auf Mrs McGruther angewiesen. Zumindest im Augenblick. Bis ich mich hier etwas besser auskenne.

«Ach so», sage ich. «Und was ist mit den Gästen?»

«Abgereist. Wollen Sie das Reservierungsbuch sehen?»

Sie sucht definitiv schon wieder Streit. Das haben manche Kunden bei SBP auch versucht. Vor allem, wenn man ihnen Zahlen präsentierte, die ihnen nicht gefielen.

Ich berufe mich auf das, was ich gelernt habe, und ignoriere ihre Frage. Manchmal ist die Sache einfach keinen Streit wert. «Schade», sage ich. «Ich habe eigentlich nicht schon wieder Lust auf eine von den Konserven aus Onkel Calums Vorratskammer.»

Mrs McGruther reißt mir fast den Staubsaugerbeutel aus der Hand. Ich habe Angst, dass er platzt und seinen Inhalt über den scheußlichen Teppich ergießt.

«Sie können ja im Clootie Craw Pastete essen gehen», sagt sie mit kaum unterdrückter Wut.

Ich bin es offenbar nicht wert, mich von den Vorräten meines Onkels zu bedienen. Sie stürmt davon, stößt mit der Hüfte die Tür auf und hält den Beutel mit ausgestrecktem Arm von sich wie einen Sack voller Hundescheiße.

Ob sie die Frau auf den Bildern ist?, schießt es mir angesichts ihrer ungestümen Reaktion durch den Kopf. Ich verabschiede den Gedanken sofort wieder. Ich kann mir ja nicht mal vorstellen, dass sie je jung war. Was natürlich nicht heißt, dass sie nicht in meinen Onkel verliebt gewesen sein kann. Sämtliche Strandlektüre, in der ich je geschwelgt habe, hat immer davor gewarnt, wie sehr unerwiderte Liebe eine Frau verbittern kann. Ich ziehe mich in mein Türmchen zurück, um mich mal wieder unter die Zwergendusche zu zwängen, mir eine Tasse Tee zu kochen und darüber nachzudenken, ob ich zum Abendessen nicht wirklich ins Clootie Craw rübergehen sollte. Das wäre doch eine gute Gelegenheit, erste Kontakte zu den Einheimischen zu knüpfen.

13. Kapitel

Das Feuer im Kamin des Clootie Craw prasselt und knistert. Im Raum ist es warm und ein bisschen stickig. Vor ein paar Jahren hätten hier wohl noch dicke Rauchschwaden in der Luft gehangen, aber inzwischen hat das Rauchverbot auch die Highlands erreicht. Das Lokal ist etwa zu drei Vierteln gefüllt, die meisten Gäste stecken in Wachsjacken, Einheimische vermutlich. Kappen liegen auf den Tischen, und einige Männer haben sich eine Selbstgedrehte hinters Ohr gesteckt, aber der unerbittliche Regen ist zurück und hält sie offensichtlich davon ab, zum Rauchen vor die Tür zu gehen. Der Raum ist erfüllt von leisem Stimmengewirr, das augenblicklich abbricht, als ich durch den Personaleingang hereinkomme. Ich ziehe die Tür hinter mir zu, und was als leises Klicken gemeint war, hallt wie ein Pistolenschuss durch die Bar. Ich schwöre, eine Sekunde lang ist alles erstarrt, wie in einem Horrorfilm. Verlegen bleibe ich hinter dem Tresen stehen.

Hamish, der gerade dabei war, Bier zu zapfen, erholt sich als Erster. Er stellt das halbvolle Glas ab und hebt für mich die Thekenklappe hoch, damit ich auf die andere Seite wechseln kann. Eine kleine Geste der Hilfsbereitschaft, aber mir ist klar, dass sie mich auch daran erinnern soll, auf welche Seite ich gehöre. Ich lächle ihn an, trete durch die Lücke und erklimme einen Barhocker. Allmählich werden hinter mir die Gespräche wieder aufgenommen. Hamish zapft das Pint fertig und reicht es einem wortkargen Mann, der mir einen finsteren Blick zuwirft, ehe er zu seinem Tisch zurückschlurft.

«Die gewöhnen sich schon noch an Sie», sagt Hamish. «Die Stimmung ist ein bisschen angespannt, weil die sich Gedanken darüber machen, ob Sie vorhaben, das Clootie Craw zu schließen. Wie gesagt, das beste kleine Pub im Ort.»

«Nein. Nein. Ganz und gar nicht!», antworte ich ein bisschen zu laut. «Das wäre wirklich dämlich, ein so beliebtes Pub zu schließen. Es ist bezaubernd.»

«Im Sommer», sagt Hamish, «wollte ich eigentlich schon immer ein paar Tische und Stühle ins Freie stellen, für die Touristen. Sie hätten eine großartige Aussicht auf den See. Janet hatte leider nie was dafür übrig. Sie findet das unordentlich.»

«Aber das ist doch eine wunderbare Idee!», sage ich und ziehe mein Tablet aus der Tasche, um mir eine Notiz zu machen. Hamish gibt ein Schnauben von sich. «Ich schreib's auf meine Liste», sage ich. «Hier muss man echt so einiges auf Trab bringen, aber ich habe schon ein paar ganz gute Ideen.»

Hamish sieht mich misstrauisch an, aber er sagt nur: «Was darf ich Ihnen bringen?»

«Ich hab gehört, hier gibt es was zu essen? Pasteten?», frage ich eifrig. «Ich sterbe vor Hunger. Ich habe mir heute einen der vorderen Salons vorgenommen.»

Wieder ernte ich einen ungläubigen Blick. «Es gibt Kalb und Schinken, Rind und Niere, Reh und irgendeine vegetarische Pampe.»

«Dann nehme ich das Reh», sage ich. «Was bekommen Sie?»

«Geht aufs Haus», sagt Hamish mit unbewegtem Gesicht. Ich weiß nicht, ob das ein Witz sein soll oder wieder ein Hinweis darauf, wer hier das Sagen hat.

«Okay», sage ich, «kann ich auch was zu trinken bekommen? Ich hätte gern...»

Hamish tritt an den Zapfhahn, macht sich zu schaffen und stellt mir ein dunkles Ale hin. «Das passt am besten zu Reh. Als Beilage gibt es Bratensoße, Püree und Bohnen.»

«Ah, ja», sage ich. «Klingt gut.»

«Das macht dann 3,20 für das Pint. Wir haben schließlich keinen Goldesel hinter dem Haus stehen.»

Völlig fassungslos gebe ich ihm das Geld und frage mich, ob das eine besonders schräge Art von Highlander-Humor ist. Dann verziehe ich mich an den einzigen freien Tisch an der Wand. Ich glaube nicht, dass meine Nerven einer Fortsetzung des Gesprächs mit Hamish gewachsen sind.

Das Bier schmeckt gleichzeitig bitter und nussig. Mein Sachverstand reicht, um zu erkennen, dass es ein gutes Ale sein muss, aber es schmeckt mir trotzdem nicht besonders. Leider fehlt mir der Mut, aufzustehen und es gegen das Glas Wein zu tauschen, das ich in Wirklichkeit gerne hätte. Also sitze ich in meiner eigenen Bar in der Ecke wie ein Angsthäschen und tue mir selber leid.

Allmählich hören die Leute auf, sich ständig nach mir umzudrehen, und wenden sich wieder ihrem Bier zu. Hamish bringt mir mein Abendessen an den Tisch. Das Gericht auf dem Teller sieht verräterisch nach Mikrowelle aus. Der Teig ist leicht aufgeweicht, und die Ränder der Bratensoße kleben in geronnenen Wellen am Geschirr, trotzdem schmeckt es überraschend gut. Ich vermute dahinter den Kochlöffel von Jeannie McGloin. Zum Essen getrunken, entwickelt sogar das bittere Ale eine neue Note. Hamish hatte recht. Das Bier harmoniert richtig gut mit der Pastete. Es unterstreicht den Wildgeschmack des Rehs und den fast erdigen Geschmack der

Füllung. Ich werde allmählich ruhiger. Ich war wohl etwas unterzuckert. Ich leere meinen Teller, und als Hamish kommt, um abzuräumen, bitte ich ihn darum, mir ein Glas Rotwein zu bringen. Er nickt höflich, verlangt diesmal kein Geld von mir, und ich bekomme meinen Wein.

Ich lasse mich in den bequemen Sessel zurücksinken. Mir tut der Rücken weh und die Schultern auch. Es ist lange her, seit ich zuletzt körperlich so schwer gearbeitet habe. Es ist gemütlich und warm hier, und das Ale war stärker, als ich erwartet hatte. Ich bin zufrieden, einfach nur dazusitzen und die Leute zu beobachten. Ich habe heute viel geleistet, ich habe Pläne geschmiedet und sogar schon mit der Umsetzung begonnen. Ich habe mir meinen Feierabend wirklich verdient. Ich trinke noch einen Schluck Wein. Dann spüre ich, wie mir die Augen zufallen.

«Sag mal, Mädel, willst du wirklich hier einpennen?», höre ich plötzlich eine freundliche Stimme. Ich schrecke hoch, schütte mir einen Schluck Rotwein über die Jeans und blicke in das Gesicht des attraktivsten Kerls, dem ich jemals begegnet bin. Ich schätze ihn auf Anfang dreißig. Er hat unglaubliche Augen. Sie sind blau wie ruhiges Wasser und gleichzeitig so durchdringend, dass mir der Atem stockt. Er hat ein kantiges, glattrasiertes Kinn, fast quadratisch, wie bei den Filmstars der dreißiger und vierziger Jahre. Seine Nase ist vollkommen gerade und die dunklen Augenbrauen sind so perfekt geschwungen, wie eine Frau es trotz stundenlanger Zupferei nicht hinbekommen würde. Sein voller und gleichzeitig sanfter Mund – und ja, ich besetze ihn in diesem Augenblick für die Hauptrolle meiner nächsten Strandlektüre – entblößt hinter leichtgeöffneten Lippen in Idealgröße ebenmäßige, strahlend weiße Zähne. Die dichten, honigblonden Haare sind im Nacken zusammengebunden. Das mag bei manchen Männern feminin wirken, bei diesem definitiv nicht. Ich verspüre den glühenden Wunsch, ihn im Kilt zu sehen.

«Hallo!», antworte ich ihm. «Gott, ja, ich bin wohl sehr müde. Das muss die Landluft sein!» Ich bin ziemlich stolz auf mich, weil ich die Worte fehlerfrei rausgebracht habe. Das Ale, das Hamish mir serviert hat, ist mörderisch.

Er lacht und lässt sich in den Sessel neben meinem gleiten. «Du bist sicher Lucy McIntosh. Mein Name ist Sean. Sean Scott. Ich lebe hier. Komm, ich hole dir noch einen.» Ohne eine Antwort abzuwarten, verschwindet er und ist kurz darauf mit einem frischen Glas Rotwein und einem Bier für sich zurück.

«Ich bin mir nicht sicher, ob ich das noch trinken sollte», sage ich. «Ich fühle mich wirklich ein bisschen schlapp. Vielen Dank, aber ...»

«Unsinn», sagt Sean. «Wir sind hier in den Highlands. Du musst dringend das Trinken lernen.»

«Hamish hat mir Ale serviert», sage ich. Der Raum fängt an zu verschwimmen.

«Bitter und nussig?»

Ich nicke sehr vorsichtig. Mein Kopf fühlt sich plötzlich furchtbar schwer an.

«Tja, eine Art Initiationsritual», sagt Sean. «Er hat dir ein Brain Mulcher vorgesetzt. Das kann den stärksten Mann aus den Latschen hauen.»

«Wie nett von ihm!», brumme ich.

«Ich wage zu behaupten, dass er es nicht böse gemeint hat. Dachte wahrscheinlich, ein Pint würde dir nicht schaden. Wenn er nicht hinterm Tresen steht, säuft er das Zeug selbst wie Wasser. Scheint bei ihm überhaupt keine Wirkung zu haben.»

«Bei mir schon.»

«Aber du hast das doch nicht auf leeren Magen getrunken, oder?»

Ich nicke unglücklich und frage mich, ob ich jemals wieder nüchtern werde.

«Augenblick!» Sean verschwindet und kommt kurz darauf mit einem Bierglas voll klarer Flüssigkeit und einer Packung Erdnüsse zurück.

«Wodka?» Offensichtlich will mich das Dorf mit einer Alkoholvergiftung außer Gefecht setzen.

Sean lacht. «Wasser! Trink das und iss ein paar Nüsschen.»

Ich glaube, es dauert eine halbe Stunde, ehe ich wieder einen klaren Gedanken fassen kann. Bis es so weit ist, unterhält Sean mich mit unbeschwerter Konversation, die von mir nichts weiter verlangt, als ab und zu ein «Ja» oder «Nein» beizusteuern. Er vergrault jeden, der sich uns zu nähern versucht, mit einem finsteren Blick und wirkt auf mich wie ein großer, freundlicher Wachhund. Er erzählt mir Dinge über das Dorf, über die ausbleibenden Touristen, die großen Hoffnungen, welche die Leute in Sutherlands Ferienresort setzen und darüber, dass die jungen Leute hier nichts zu tun haben. Er erzählt mir lang und breit von irgendeinem Pfadfinderleiter, der langsam zu alt wird, um seine Gruppen zu leiten und für den Sean offenbar große Zuneigung hegt.

«George Reeves, ein toller Mann!», sagt er. «Ich gestehe, ich war früher ein ziemlicher Rabauke. Habe meinen Eltern ganz schön Ärger gemacht. George hat mich trotzdem in seiner Gruppe aufgenommen, gegen den Widerstand der anderen Eltern. Er hat mich auf den richtigen Weg gebracht. Durch ihn bin ich auch zur Schauspielerei gekommen.»

«Du bist Schauspieler?», frage ich, und es fällt mir plötzlich gar nicht mehr schwer, die Worte in die richtige Reihenfolge zu kriegen. Wasser, Pastete und Nüssen gelingt es offensichtlich langsam, die Auswirkungen des Brain Mulcher zu tilgen.

«Ja. Allerdings.» Sean schenkt mir ein sehr fotogenes Lächeln.

«Hab ich dich schon mal irgendwo gesehen?»

«Ich mache ziemlich viel Repertoiretheater. Die Bühne ist meine große Leidenschaft, aber ich habe auch schon ein paar Filme auf meinem Konto. Zwar nichts, mit dem ich mich jetzt groß rühmen möchte, aber ich hatte definitiv meinen Anteil an Zeit auf der Leinwand.» Er senkt die Stimme. «Und ganz im Vertrauen: Mein Agent sagt, Hollywood hätte Interesse. Offensichtlich ist mein Look gerade angesagt. Ich bin mir allerdings nicht sicher, ob ich mich allzu lange von diesem Fleckchen Erde hier losreißen könnte. Außerdem sind da auch noch meine Eltern. Sie würden mir zwar nie im Weg stehen wollen, aber ich weiß, dass sie mich vermissen würden. Das ist im Grunde ein ziemliches Dilemma.»

«Aha. Wenn ich alt und grau bin, kann ich also sagen, dass ich Sean Scott schon kannte, ehe er in Hollywood groß rauskam?»

Er lacht. «Keine Ahnung. Wir werden sehen. Im Augenblick arbeite ich an meiner Bühnenkampfkunst. Fantasy ist gerade total in. Früher musste man wissen, wie man möglichst cool Motorrad fährt. Heute wird eher verlangt, möglichst kunstvoll das Schwert über dem Kopf kreisen zu lassen.»

«Und wie macht man das?»

«Ich arbeite momentan mit ein paar Reenactment-Darstellern. Leute, die historische Ereignisse nachstellen. Ziemlich schräges Volk, aber sehr nette Menschen. Sie stellen historische Schlachten nach und solche, die sie – na ja, die sie sich ausgedacht haben. Die Typen hantieren mit echten Schwertern und Speeren. Das ist viel gefährlicher, als man so meint. Im Augenblick reise ich kreuz und quer durch die Lande, bringe Gruppen zusammen, die ihre Fähigkeiten austauschen, und organisiere Workshops für Schauspieler. Was wirklich dringend nötig wäre, ist, irgendwo eine Tagung auf die Beine zu stellen. Sie alle zusammenzubringen. Wir könnten ein paar echt coole Vorführungen organisieren.» Er macht ein sehnsüchtiges Gesicht. «Würde sich auch in meiner Vita ganz gut machen. Ich wette, damit ließe sich auch die Filmindustrie an Land ziehen. Es wäre großartig, wenn Hollywood in Zukunft hier drehen würde anstatt in Irland.»

«Hey», unterbreche ich ihn. «Wieso hältst du deine Tagung nicht hier ab?»

Er sieht mich entgeistert an. «In Mormaer?»

«Im Mormaer Inn», sage ich. «Ich will das Hotel wieder ins Spiel bringen, und das wäre vielleicht genau der richtige Startschuss.» Ich bin augenblicklich Feuer und Flamme. «Die Publicity wäre für uns beide gut.»

Seans Augen blitzen noch blauer. «Das ist eine großartige Idee, Lucy», sagt er. «Wollen wir nicht rüber ins Hotel gehen, um in Ruhe darüber zu sprechen?»

Ich nicke. «Du hast recht. Ich glaube, es ist besser, wenn erst mal keiner was von unseren Plänen mitbekommt.»

Sobald ich aufgestanden bin, wird mir klar, dass mein Kopf sich zwar aus den Fängen des Brain Mulcher befreien konnte, ich den Rest meines Körpers aber noch nicht wieder unter Kontrolle habe. Ich schwanke und stolpere direkt in Seans wartende Arme.

Plötzlich weht ein kalter Windhauch durch den Raum. Die Eingangstür hat sich geöffnet, und wie aus dem Nichts steht Graham Sutherland vor uns. Er sieht mich an und fängt höhnisch an zu grinsen.

14. Kapitel

«Oje!», flüstert Sean mir ins Ohr. «Der enteignete Großgrundbesitzer!»

«Wie kann er es wagen, meinen Pub zu betreten?» Leider ist meine Stimme ein bisschen zu laut und ertönt in dem Augenblick, als Sutherland die Tür schließt und damit abrupt den Lärm von Wind und Wetter abschneidet.

«Nicht doch, Lucy!», sagt Sean und legt mir beschützend den Arm um die Taille. «Du willst doch hier keinen Showdown veranstalten. Das bringt gar nichts. Der Kerl hat immer noch ziemlich viele Freunde unter den Einheimischen. Gott weiß, warum.»

Sean nickt Hamish zu, und der öffnet den Tresendurchgang für uns. Wir streben eilig der Hintertür zu, die rüber ins Hotel führt. Sean lässt mich nicht eine Sekunde lang los. Ich meine, Sutherlands bohrenden Blick in meinem Rücken zu spüren, aber als ich mich noch einmal umsehe, sitzt er bereits an einem großen Tisch, jemand stellt ihm ein Pint Bier hin, und schon ist er von einer fröhlichen Menge umringt. Das ist doch wirklich unfair! Mich haben sie ignoriert oder finster angestarrt, und nur Sean hat sich die Mühe gemacht, mir Hallo zu sagen.

Ich kann mich einfach nicht zusammenreißen. «Ich weiß wirklich nicht, was ihr alle von dem wollt», sage ich laut. «*Er* ist doch derjenige, der hier alles niederreißen will. *Ich* versuche, den Laden zu retten.» Noch ehe jemand etwas antworten kann, bugsiert Sean mich durch die Tür und zieht sie hinter uns zu. Ohne mich loszulassen, dreht er mich zu sich um.

«Ich weiß genau, wie du dich fühlst, Lucy. Ich habe selbst schon oft genug versucht, ein bisschen modernes Leben in dieses Kaff zu bringen, aber die Leute hier sind nun mal, wie sie sind. Sich in einer Bar mit dem Mann anzulegen, den viele noch immer als ihren Gutsherrn betrachten, führt zu nichts.»

Mir ist so schummrig, dass ich mich an der Wand festhalten muss, und trotz meines erbärmlichen Zustands nimmt Sean mich in den Arm. Oh, ist der nett. Ich lehne mich an ihn, spüre seine Wärme, atme den Zitrusduft seines Rasierwassers ein und einen schwachen, wunderbaren Hauch Regen und Wald. Als ich mich schließlich löse, um Luft zu holen, sagt er: «Also. Wo gehen wir jetzt hin, um über unsere Pläne zu sprechen?»

Ich lächle ihn unsicher an. «Ich habe ein Türmchen.»

Sean antwortet mit einem blendenden Strahlen. «Stimmt ja.»

Ich nehme ihn bei der Hand und ziehe ihn in Richtung Treppe.

«Komm, wir nehmen den Lift», sagt er und öffnet die Tür zu einem Wandschrank. Das heißt, ich dachte, es sei die Tür zu einem Wandschrank. Doch dahinter verbirgt sich eine von diesen altmodischen Schiebegittertüren.

«Ist zwar ein bisschen alt, aber ich hätte nichts dagegen, mit dir in einem Aufzug festzustecken.» Sean grinst.

Ich steige, ohne zu zögern, ein. Knarzend und stöhnend setzt der Lift sich in Bewegung und bleibt plötzlich wieder stehen. Ich lache, nur Sean sieht ein bisschen beunruhigt aus. Dann fährt der Lift weiter. Die kurze Reise endet im nächsten Wandschrank, nur ein paar Schritte vom Eingang zu meinem Turm entfernt. Ich öffne die Wohnungstür.

«Du hast nicht abgeschlossen», sagt Sean.

Ich zucke die Achseln. «Hab keinen Schlüssel.»

«Hm. Du bist aber sehr vertrauensselig.» Wir betreten Calums kleine Küche. Sean sieht sich um. «Hat sich nicht verändert», sagt er.

«Warst du schon mal hier?»

«Calum und ich haben ab und zu mal ein Glas Whisky miteinander getrunken.»

«Oh, wow! Du musst mir alles über ihn erzählen! Ich habe ihn nie kennengelernt.» Plötzlich finde ich das furchtbar traurig. Zielstrebig öffnet Sean einen Schrank und nimmt eine Flasche Highland Park und zwei Gläser heraus.

«Wir trinken auf Calum», sagt er. «Wie der Onkel, so die Nichte.»

«Gute Idee», antworte ich, obwohl ich mir eigentlich nicht ganz sicher bin, ob ich tatsächlich schon wieder Alkohol zu mir nehmen sollte. «Mein Laptop steht hier drüben.» Ich gehe ins Wohnzimmer, aber Sean kommt nicht mit. Ich strecke den Kopf zurück in die Küche. Er macht ein verwirrtes Gesicht. «Meine Ideen? Zur Rettung des Hotels?»

«Ach so», sagt Sean mit einem Tonfall, den ich nicht ganz deuten kann.

«Ist sicher komisch für dich, anstatt Calum mich hier zu sehen», sage ich und lege ihm sanft die Hand auf den Arm. «Wart ihr gut befreundet?»

«Nicht sehr.» Sean macht es sich auf dem Sofa bequem. Ich schiebe den kleinen Tisch beiseite und setze mich neben ihn. Er schenkt uns beiden einen großzügigen Schluck ein.

«Auf Calum!», hebt er sein Glas und sieht mich weiter rätselhaft an.

Der Whisky kitzelt mir in der Nase. Ich nehme den Laptop

und öffne die Liste. «Das sind die Sachen, die ich mir bis jetzt überlegt habe.»

Ich ergänze die Liste um den Punkt «Reenactment-Tagung». «Es wäre toll, wenn wir die Tagung im Juni abhalten könnten. Dann hätten wir genug Zeit, alles vorzubereiten, und außerdem wäre es ein krönender Abschluss.»

«Krönender Abschluss?»

«Ach nichts, ich habe nur laut gedacht. Hilfe, ist der Whisky stark! Also, was hältst du von meinen Ideen?»

Sean beugt sich zu mir und liest. «Es ist ein Anfang», sagt er, «aber du hast recht, es müssen einfach mehr Gäste her. Du brauchst Einnahmen. Ich versuche mal, bei meinen Schauspielerkollegen ein bisschen Werbung zu machen. Vielleicht können wir ja ein paar Promis herlocken, die ein bisschen PR für uns machen.»

«Oh! Danke!» Vor Freude umarme ich ihn. Sean erwidert die Umarmung. Zärtlich gleiten seine Hände über meinen Rücken. Plötzlich habe ich ein Flashback. Die Wodkarutsche und der Abend, an dem das mit Jake und mir anfing. Jake! Sein Gesicht taucht vor meinem inneren Auge auf. Was zum Teufel mache ich hier?

So behutsam ich kann, löse ich mich von Sean. «Ich glaube, es wird Zeit fürs Bett.» Ich werde knallrot. «Nein. Ich meine, ich muss ins Bett. Ich meine, ich bin betrunken und muss dringend schlafen.»

Sean steht auf. «Klar.» Er beugt sich zu mir und küsst mich auf die Wange. «Vielleicht ein andermal.» Dann geht er.

Ich lege mich aufs Sofa und denke darüber nach, was für ein abscheulich verruchtes Individuum ich bin.

Mitten in der Nacht wache ich auf, frierend und mit pochenden Kopfschmerzen. Ich liege immer noch auf dem Sofa, und ohne Feuer ist es in dem Zimmer so kalt wie in einem Gefrierschrank. Mühsam richte ich mich auf. Die Erinnerung an den vergangenen Abend kehrt in kristallklarer Schärfe zurück. Ich habe schon immer dazu geneigt, in betrunkenem Zustand ein bisschen zu anschmiegsam zu sein. Ich bin dann einfach immer davon überzeugt, dass alle Menschen nett sind und wir uns dringend alle in den Arm nehmen sollten.

Was leider schon des Öfteren zu gravierenden Missverständnissen geführt hat. Meistens passiert Folgendes: Ich gebe irgendeinem armen Kerl ein vermeintlich eindeutiges Signal und spaziere dann davon und lasse ihn enttäuscht und verwirrt stehen. Früher auf den Studentenfeten ist May immer hinter mir hergelaufen, um mich rechtzeitig aus den heiklen Situationen zu retten, in die ich mich selbst bugsiert hatte.

Seans Gesicht taucht vor mir auf, die Szene, als ich ihm meinen Laptop zeige. Der arme Kerl dachte wahrscheinlich, den Laptop zeigen wäre die Entsprechung der modernen Frau für «Briefmarkensammlung».

Ich wanke in die Küche, um mir ein Glas Wasser zu holen. Mein Mund ist so trocken, als hätte ich mit der Zunge eine Sandburg gebaut. Ich drehe den Wasserhahn auf. Das Wasser ist eiskalt und leicht bräunlich. Gierig stürze ich es herunter. Ich trinke zwei Gläser, dann wird mir schlecht. Ich strecke die Hände aus, um mich abzustützen, und erblicke in dem kleinen Spiegel über dem Waschbecken mein Gesicht. Ich unterdrücke ein Kreischen. Erschreckende Ähnlichkeit mit dem berühmten Gemälde «Der Schrei». Nur dass ich Haare auf dem Kopf habe – Haare, die wild zu allen Seiten abstehen, als hätten Tauben sich darin ihr Nest gebaut – und mein Gesicht voller Wimperntusche ist. Ich kann gar nicht glauben, dass ein derart gut aussehender Mann wie Sean freiwillig mit mir ins Bett gehen wollte. Wäre ich nicht betrunken gewesen – hätte ich mich nicht an Jake erinnert –, dann wäre es vielleicht, na ja, nett gewesen. Okay, sagen wir, phantastisch.

Ich sollte jetzt wahrscheinlich erwähnen, dass ich noch nie in meinem Leben einen One-Night-Stand hatte. Ich habe mich immer dazu verpflichtet gefühlt, hinterher eine Beziehung einzugehen, wenn ich mit einem Mann im Bett war. May sagt, ich besitze ein außerordentliches Talent zur Selbstgeißelung. Oh, ich vermisse sie fürchterlich. In Situationen wie dieser saßen wir immer da, und sie lachte einfach, bis die Dinge wieder im Lot waren. So flatterhaft May auch ist, sie hat die Gabe, Menschen zu verstehen, und weiß immer das Richtige zu sagen oder zu tun, um verletzte Gefühle zu heilen. Auch wenn ihre Ratschläge für sie selbst nie zu gelten schienen, war May für mich immer eine wertvolle Gesprächspartnerin. Morgen muss ich ihr wirklich schreiben. Wir sind viel zu lange befreundet, um uns jetzt zu verkrachen. Außerdem will ich ihr dringend mein Hotel zeigen.

Dann fällt mir wieder ein, was ich in der Bar über Graham Sutherland gesagt habe. Stöhnend sinke ich zu Boden und begrabe das Gesicht in den Händen. Ich habe mich vor dem ganzen Dorf bis auf die Knochen blamiert. Auf Händen und Knien krieche ich die Treppe rauf. Ich ziehe mir die Bettdecke über den Kopf und hoffe, dass der Morgen niemals kommt.

Tut er natürlich trotzdem. Die Vögel vor meinem Fenster veranstalten leider ziemlich bald ein derart beeindruckendes Morgenkonzert, dass ich überzeugt bin, eine Hirnblutung zu erleiden.

Ich nehme eine eiskalte Dusche. Ich habe es nicht anders

verdient, und außerdem macht es den Kopf frei. Jeder Wassertropfen fühlt sich an wie ein auf die Schädeldecke prasselnder Kieselstein.

Irgendwie schaffe ich es nach unten in die Hotelküche. Jeannie steht bereits vor dem Aga in Position. Sobald sie mich sieht, kommt sie händeringend auf mich zu.

«Oh, Sie armes Ding. Ich habe schon gehört, dass Hamish Sie mit Brain Mulcher abgefüllt hat. Das war wirklich hundsgemein. Kommen Sie, setzen Sie sich hin. Was Sie jetzt brauchen, ist ein anständiges schottisches Frühstück. Und vorher meinen Anti-Kater-Spezialtrunk.» Sie drückt mir ein Glas in die Hand, und ich setze mich an den alten, blankgescheuerten Küchentisch. «In einem Satz runter damit.»

Die Flüssigkeit in dem Glas ist rot, und etwas Gelbes schwimmt darin. Aber ich habe keine Wahl. Mir tut der Kopf so weh, dass ich ihn mir eigenhändig abschlagen würde, falls mir jemand eine Axt reichte. Ich atme tief durch und leere das Glas in einem Zug.

Etwas Glibberiges rutscht mir die Kehle hinunter. Fühlt sich an wie Rotze.

«Was war das? Ein rohes Ei?», japse ich.

«Mein Geheimrezept.» Jeannie tippt sich mit dem Zeigefinger an die Nase. «Sie werden sehen. Gleich geht es Ihnen besser.»

Als Jeannie schließlich Bratwürstchen, Toast, Bohnen, Tattie Scones, Speck und gegrillte Tomaten vor mich auf den Tisch stellt, bin ich zumindest so weit wieder hergestellt, dass ich mich nicht augenblicklich auf den Teller übergebe.

Als ich mich zur Hälfte durch die Riesenportion gekämpft habe, bin ich mir schon fast sicher, den Morgen doch zu überleben. Jeannie strahlt. Sie kommt mit zwei Tassen Tee an den

Tisch und setzt sich zu mir. «Jetzt noch eine schöne Tasse starken süßen Tee, und Sie sind so gut wie neu.»

«Danke, Jeannie. Mir geht es schon viel besser.» Ich versuche, ihre Laune einzuschätzen, dann frage ich sie vorsichtig: «War das Ihr Ernst? Glauben Sie, Hamish hat das mit Absicht getan?»

Jeannie knetet ihre geblümte Küchenschürze. «Ach, er ist an das Zeug gewöhnt. Er vergisst manchmal, was für eine tödliche Wirkung es auf Neulinge haben kann. Das Clootie Craw ist sein Leben.»

«Hat er keine Familie?»

«Es gab mal eine Frau, und es gibt auch ein paar erwachsene Kinder in Glasgow, aber Hamish wollte in seinem ganzen Leben nie etwas anderes als diese Bar. Er ist hier aufgewachsen. Sprichwörtlich. Er hat unter dem Tresen seine Hausaufgaben gemacht. Sein Vater war vor ihm der Wirt. Jetzt verstehen Sie vielleicht, warum er ein bisschen besitzergreifend sein kann.» Sie seufzt. «Ich versuche nicht, ihn zu verteidigen. Aber die Menschen hier sind eben manchmal so. Tun sich schwer mit Veränderungen. Ich glaube, viele Leute im Dorf haben gehofft, sie würden das Hotel bekommen.»

«Hamish dachte, mein Onkel würde ihm das Hotel vermachen? Warum das denn?»

Jeannie schüttelt den Kopf. «Nein, ich meine, sie dachten, er würde es dem Dorf hinterlassen. Bitte nehmen Sie's mir nicht übel, aber es einer Nichte zu vererben, die nicht ein einziges Mal zu Besuch war? Das kam den Leuten eben seltsam vor. Einige fühlten sich dadurch vor den Kopf gestoßen.»

«Wie sollte er das Hotel denn dem Dorf vermachen?», frage ich verwirrt. «Ganz abgesehen davon, dass es, wie mir jeder hier ständig erzählt, nicht eben eine glanzvolle Erbschaft ist. Das Haus fällt in sich zusammen.»

«Wissen Sie, meine Liebe, es ist so, der Laird...»

«Heute Morgen sind neue Gäste eingetroffen», ertönt Mrs McGruthers Stimme hinter mir. «Sie sind die ganze Nacht gefahren. Hatten sich völlig verirrt. Sie würden gerne frühstücken.»

Jeannie springt auf. Sie wirkt fast komisch schuldbewusst. «Natürlich, Janet. Sofort.»

«Benötigen wir ein zusätzliches Gedeck für Mr Scott?», fragt Mrs McGruther. Als mir klar wird, was sie damit andeutet, fällt mir die Kinnlade runter.

«Nein. Sicher nicht.»

Mrs McGruther nickt. «Ich möchte nicht, dass es heißt, das Personal würde seine Pflichten Ihnen gegenüber vernachlässigen.» Sie macht abrupt auf dem Absatz kehrt und verlässt den Raum. Die schmalen Absätze klackern viel zu laut auf dem steinernen Küchenboden.

«Die hat vielleicht Nerven!», sage ich, aber Jeannie macht sich bereits wieder am Herd zu schaffen. Sie summt tonlos vor sich hin. Offensichtlich will sie nicht hören, was ich über die Unverfrorenheit ihrer Kollegin zu sagen habe.

«Ich wette, die Hexe hat bereits fleißig falsche Gerüchte gestreut», sage ich so laut, dass Jeannie es trotz der Summerei hören muss. Ich stürme aus der Küche und verschwinde wieder in Richtung Türmchen.

«Na warte! Denen werd ich's zeigen!», zische ich im Lift vor mich hin. In meinem Wohnzimmer angekommen, besitze ich gerade noch genug Verstand, um Feuer zu machen, ehe ich meinen Laptop hochfahre und mich daranmache, Mails zu schreiben.

15. Kapitel

Als mein Magen anfängt, knurrend nach seinem Mittagessen zu verlangen, habe ich einen Entwurf zur Wiederbelebung des Mormaer Inn skizziert, besagten Entwurf an die Bank geschickt und um ein formloses Treffen gebeten, um die Voraussetzungen für eine «für beide Seiten profitable Geschäftsbeziehung» abzuklopfen, eine Mail ans Standesamt geschrieben, um in Erfahrung zu bringen, was ich tun muss, um für das Hotel eine Trauungslizenz zu bekommen, eine Mail an den Königlichen Vogelschutzbund geschickt, um mit örtlichen Hobbyornithologen in Kontakt zu kommen, eine Alkohollizenz für das geplante Café/Bistro beantragt und schließlich eine kurze Pressemitteilung an sämtliche Lokalzeitungen geschickt, die ich ausfindig machen konnte, um mich als neue Eigentümerin des Mormaer Inn vorzustellen und mich für Interviews zur Verfügung zu stellen. All das habe ich heimlich über Sutherlands Wi-Fi-Verbindung gemacht, aber ich finde, so wie er sich gestern Abend an meine Kundschaft herangewanzt hat, ist er mir das schuldig.

Mein Posteingang meldet eine neue Nachricht von Jake. Ich schlage mir gegen die Stirn, eine Geste, die ich ausschließlich aus Filmen kenne. Es ist schmerzhafter, als ich dachte, aber ich habe nichts anderes verdient. Wir wollten gestern Abend skypen! Wie konnte ich das nur vergessen? Er fühlt sich mit Sicherheit vernachlässigt. Die E-Mail ist als wichtig markiert.

Von: Jake@SkyBluePink.com
An: lucy.mcintosh@gmail.com
Betreff: Dosenöffner

Hallo, Luce, bitte bestätige, dass du einen Dosenöffner an die Wohnung geschickt hast. Es ist dringend.

Ich starre den Bildschirm an. Ich hocke hier und habe Schuldgefühle, weil ich gestern ums Haar den attraktivsten Mann, dem ich je begegnet bin, abgeschleppt hätte, und Jake vermisst mich so schmerzlich, dass er sich immer noch in einen saudummen Dosenöffner reinsteigert. Ganz abgesehen davon, dass ich ihm den Versand des dämlichen Teils bereits bestätigt hatte. Fast wünschte ich, ich hätte alle Vernunft über Bord geworfen und Sean nach oben in meine Höhle geschleppt. Aber nur fast. Schließlich bin ich treu, mal von alkoholindizierten Zuneigungsausbrüchen abgesehen, und tief in mir hege ich immer noch die Hoffnung, dass Jake und ich für die Ewigkeit gemacht sind, aber mal ehrlich: Ist es wirklich zu viel verlangt, dass der Mann mir sagt, wie sehr er mich vermisst oder sich wenigstens mit einem Kuss verabschiedet? Diese Mail werde ich jetzt jedenfalls nicht beantworten. Kommt nicht in Frage, dass ich einen Dosenöffner als «wichtig» einstufe.

Ich lasse den Laptopdeckel zuschnappen und wende mich Stufe zwei meines Plans zu – echte, handfeste Aktion. Ich gehe hinunter in die Küche. Es duftet köstlich.

Jeannie sieht ausgesprochen mehlig aus. «Ich backe Brot», sagt sie und sieht mich besorgt an.

«Schon gut, Jeannie», sage ich. «Mir ist durchaus klar, dass Sie die Hotelköchin sind und nicht meine persönliche Leibköchin. Ich würde gerne ein paar Ideen mit Ihnen besprechen.»

Jetzt sieht sie noch nervöser aus. Sie besteht darauf, uns zuerst eine Tasse Tee zu kochen, und setzt sich dann mit mir an den Küchentisch.

«Erstens würde ich gerne wissen, ob Sie Lust hätten, am Great-British-Bake-Off-Wettbewerb teilzunehmen», sage ich.

Jeannies Gesicht hellt sich auf. «Davon träume ich seit Jahren! Ich habe keine Sendung verpasst.» Sie senkt die Stimme. «Diesen Bäcker-Burschen wollte ich schon immer mal kennenlernen. Der ist so knusprig!» Sie seufzt. «Aber Janet wollte nie was davon hören. Weil ich dann zu lange in der Küche fehlen würde.»

«Ich glaube, die regionalen Vorausscheidungen finden ziemlich früh im Jahr statt, wenn es hier noch ruhig ist, und außerdem könnten wir uns jederzeit eine Aushilfe holen. Oder Sie kochen vor und frieren ein, und wir tauen auf. Das würde sogar ich hinkriegen.»

«Hm. Also, ich weiß nicht recht.»

«Na los, bewerben Sie sich einfach. Von der Bewerbung bis ins Fernsehen ist es sowieso ein weiter Weg. Und ich helfe Ihnen gern.»

«Na gut. Könnte ich eigentlich machen.»

«Phantastisch. Ich möchte Sie um noch etwas bitten. Stellen Sie mir doch bitte eine kleine Speisekarte zusammen. Ich plane, einen der vorderen Salons in ein Café mit Bistrocharakter umzuwandeln. Die Alkohollizenz ist bereits beantragt», sage ich, auch wenn das in Wirklichkeit ein bisschen übertrieben ist.

«Haben Sie darüber schon mit Janet gesprochen?»

«Noch nicht, aber das kommt noch.»

«Dann werden wir aber mehr Leute brauchen, Servicepersonal. Oje, oje. Das wird Janet wirklich nicht gefallen.» Jeannie fängt an, sich die Finger zu reiben, als würde sie unsichtbaren Teig kneten.

Ich lege meine Hände auf ihre. «Machen Sie sich darum keine Sorgen. Ich spreche mit ihr. Wir müssen uns ohnehin über eine ganze Menge Dinge unterhalten. Ich weiß, dass es für Sie alle hier eine große Herausforderung ist, sich mit Veränderungen auseinanderzusetzen, aber wir müssen etwas unternehmen, um zu versuchen, das Haus profitabel zu machen.»

«Oje. Oje. Lucy ich glaube, Sie verstehen das nicht. Janet will ...»

«Janet arbeitet jetzt für mich», unterbreche ich sie bestimmt. «Ich möchte, dass Sie sich Gedanken darüber machen, was wir im Bistro auf die Karte setzen können. Ich denke da an ein paar wenige Gerichte, die man sowohl mittags als auch abends servieren kann. Abends größere Portionen, dazu selbstgebackenes Brot und eine Tagessuppe zur Vorspeise. Aber keine Pasteten. Ich will dem Clootie Craw keine Konkurrenz machen. Das Bistro soll eher für Pärchen sein, die abends nett zum Essen gehen möchten, oder für Freunde, die gemeinsam essen und ein Glas in einer Atmosphäre genießen möchten, die mehr, na ja, eben weniger wie im Clootie Craw ist.»

Jeannie nickt. «Ich verstehe schon, was Sie meinen.»

«Wunderbar.» Ich stehe auf. «Ich frage in ein paar Tagen noch mal nach, und dann können wir über Ihre Vorschläge sprechen.»

«Aber Janet ...»

«Ich gehe jetzt sofort zu ihr. Wo kann ich sie um diese Uhrzeit am besten finden?»

«Sie sitzt mit einem Teller Suppe im Büro. Zwei Türen hinter der Damentoilette im Erdgeschoss.»

Sogar mir ist klar, dass es nicht besonders geschickt ist, jemanden in der Mittagspause mit Plänen zu konfrontieren, die sein Leben auf den Kopf stellen werden. Ich wünschte von Herzen, ich hätte mich nicht schon wieder selbst ins Knie geschossen, indem ich behauptet hatte, Jeannies Kochkünste nicht für mich in Anspruch nehmen zu wollen. Ich schlurfe, den köstlichen Duft nach Linsensuppe und frischgebackenem Brot hinter mir lassend, hungrig in mein Türmchen zurück, um mir mal wieder einen Teller Baked Beans und Cracker zu Gemüte zu führen. Entweder ich muss unseren Lieferanten künftig meine Privatbestellung mit aufs Auge drücken oder dringend endlich den örtlichen Supermarkt finden. Die heutige Dose ist von einer derart dicken Staubschicht überzogen, dass ich mich gar nicht traue, einen Blick auf das Verfallsdatum zu werfen.

Dann nehme ich all meinen Mut zusammen und wage mich in die Höhle der Löwin. Ich schildere Mrs McGruther meine Pläne. Sie hört mir mit fest vor der Brust verschränkten Armen zu. Zwischen uns steht der Schreibtisch, und irgendwie komme ich mir vor wie bei einem Bewerbungsgespräch.

«Und? Was halten Sie davon?»

«Das ist völliger Blödsinn!»

«Es geht doch nichts über eine ehrliche Meinung», antworte ich lächelnd, aber in mir brodelt es.

«Da gibt es Fixkosten und Betriebskosten und jede Menge Dinge zu bedenken, von denen ein Mädel wie Sie überhaupt keine Ahnung hat.»

«Die kann ich mir verschaffen, sobald Sie mir die Buchhaltungsunterlagen aushändigen.»

«Was um alles in der Welt verstehen Sie schon von Buchhaltung? Sie müssen wissen, dass ich hier seit über zwanzig Jahren die Bücher führe.»

«Und ich bin professionelle Datenanalystin!», sage ich kühl. «Ich befasse mich mit nationalen und internationalen Zahlen. Mein Tagesgeschäft war Big Data», höre ich mich sagen und zucke innerlich zusammen. «Ich glaube also nicht, dass mich die Buchhaltung eines einzelnen Hotels, das außerdem so gut wie keinen Umsatz macht, überfordern wird.»

Janet McGruther windet sich, macht muh und mäh, aber ich bleibe standhaft. Schließlich steht sie auf und knallt einen ganzen Stapel prallgefüllter Ordner auf den Tisch.

«Gut», sage ich. «Ich schlage vor, Sie fangen schon mal damit an, das zweite Stockwerk einzumotten und alles einzusammeln, was sich anderswo verwenden lässt. Vor allen Dingen Bettwäsche. Bis Sie damit fertig sind, habe ich mir einen ersten Überblick verschafft, wo genau wir stehen. Und da wir für mich noch kein eigenes Büro eingerichtet haben, werde ich Ihres benutzen, solange Sie oben beschäftigt sind.»

Es wundert mich nicht, dass am Ende des Tages ein eigenes Büro im Erdgeschoss für mich vorbereitet worden ist. Es hat sogar ein Telefon. Widerwillig zeigt Mrs McGruther mir den Wäscheschrank, das Geschirrdepot und sämtliche anderen Lagerräume des Hotels. Den Lebensmittelbestand muss ich mit Jeannie durchgehen, aber ich bin noch nicht einmal zur Hälfte mit den Büchern fertig. Ich sehe mich schon die ganze Nacht lang Zahlenkolonnen in meinen Rechner tippen. Janets Buchhaltung ist überaus korrekt, aber in etliche Unterkonten aufgeteilt. Ich muss mir unbedingt einen groben Überblick verschaffen. Ich beschließe, das Clootie Craw im Augenblick außen vor zu lassen. Die Bar ist offensichtlich der einzige Geschäftsbereich, der wirklich floriert. Ich verbringe einen langen Abend mit kalten Baked Beans, Tee und einem Gutenachtgläschen Whisky, und als ich dann endlich irgendwann ins Bett sinke, habe ich zumindest eine etwas klarere Vorstellung davon, in welche Richtung ich weitermachen will.

16. Kapitel

Die folgenden Wochen in Mormaer sind mühsam und zäh. Es regnet jeden Tag. Die Frage ist bloß, ob es den ganzen Tag oder nur ab und zu regnet. Ich habe angefangen, diesbezüglich Wetten mit mir selbst abzuschließen. Liege ich daneben, gibt es zum Abendessen statt Pastete im Clootie Craw eine von Calums alten Konserven. Bis ich mir eines Abends am scharfen Rand des Deckels so tief in den Finger schneide, dass ich heulend am Waschbecken stehe und den blutenden Finger in den eiskalten Wasserstrahl halte. Es ist einer dieser Momente, wo einem klarwird, dass man sich selbst das Leben unnötig schwermacht, und ich gebe mir, wie es in den Selbsthilferubriken der Zeitschriften immer so schön heißt, die Erlaubnis, sämtliche alten Konservendosen in eine schwarze Mülltüte zu stopfen und sie direkt in der großen Tonne draußen im Hof zu entsorgen. Zurück in meinem Türmchen, geht es mir trotzdem nicht besser. Ich kann es nicht mehr leugnen: Ich fühle mich einsam. Jake lässt so gut wie gar nichts von sich hören, sein Handy ist ständig ausgeschaltet, und jedes Mal, wenn ich bei SBP in London anrufe, bekomme ich eine gewisse Tiffany ans Telefon, die mir «bei ihrem Leben» schwört, meine Nachrichten weiterzuleiten. May habe ich immer noch nicht geschrieben. Jeden Tag nehme ich es mir vor, und jeden Tag wird es schwerer, über meinen Schatten zu springen.

Dafür sind Sean und ich trotz des leicht verkorksten Starts Freunde geworden. Ich habe ihm von Jake erzählt, um weitere Missverständnisse zu vermeiden. Meistens leistet Sean mir beim Abendessen im Clootie Craw Gesellschaft. Und ganz allmählich macht er mich auch mit den Einheimischen bekannt.

«Und? Irgendwelche Neuigkeiten von der Dosenöffnerfront?», fragt Sean, als ich wenig später die Bar betrete, und stellt mir ein großes Glas Rotwein vor die Nase.

«Das ist nicht lustig, Sean! Jake ist zwar ein Control Freak, aber das ist sogar für seinen Maßstab zwanghaft.»

«Und du bist dir ganz sicher, dass es sich nicht um irgendeine schlüpfrige Anzüglichkeit handelt?» Er grinst mich so breit an, dass sich sein ganzes Gesicht verzerrt, aber sogar dabei sieht er noch unverschämt gut aus.

«Wenn es nur so wäre. Es ist viel zu lange her.»

«Du weißt ja, Lucy, falls du dich in dem Bereich doch mal umorientieren möchtest, dann stehe ich dir mit Freuden zur...»

Ich boxe ihn freundschaftlich in den Arm, und er zieht mich an sich. «Im Ernst, Lucy, ich weiß selbst, wie anstrengend eine Fernbeziehung sein kann. Wenn du reden willst, ich bin immer für dich da.»

Ich lehne mich an ihn. «Ach, Sean. Du bist ein echter Freund.»

Gleich mehrere Augenpaare beobachten uns von der Bar aus, und ich weiß genau, was die Leute denken. Janet McGruther ist felsenfest davon überzeugt, dass Sean jede Nacht in meinem Elfenbeinturm verbringt, nur weil wir einmal beide auf dem Sofa eingeschlafen sind und ich ihn am nächsten Morgen mit in die Küche genommen habe, um Jeannies phantastisches Frühstück zu probieren. Jeannie und ich feilen immer noch an der Speisekarte fürs Bistro, und ich frage mich, ob sich dort auch Frühstück anbieten ließe. Sean hat seins zwar bis auf den letzten Bissen vertilgt, jedoch zu bedenken gegeben, dass den meisten Leuten aus der Gegend schlicht die Zeit fehlen würde, in einem Bistro zu frühstücken, so köstlich es auch sein mochte.

Es wäre ein vergebener Kampf, die Leute davon überzeugen zu wollen, dass Sean und ich nichts miteinander haben. Vor allem, nachdem er mir gestanden hat, dass er einen gewissen Ruf genießt.

«Ich habe eine ziemlich lange Liste», war seine Wortwahl. «Das soll wirklich nicht eingebildet klingen, aber um für die richtigen Rollen vorsprechen zu können, muss ein Schauspieler nun mal wissen, wie attraktiv er ist, und ich gehöre eben zu den gut aussehenden.»

Als er mir das erzählte, lachte ich mich fast kaputt.

«Das ist nicht lustig, Luce», hatte er betrübt geantwortet. «Jede Menge Frauen fahren auf mein Äußeres ab. Aber sie interessieren sich nicht für mich als Mensch. Ich falle immer wieder drauf rein, aber sobald ich merke, dass sie sich nur für mein Aussehen und meine Schauspielkarriere interessieren, mache ich Schluss. Ich habe viel Zeit verschwendet, weil ich so naiv gewesen bin.»

«Genau wie ein Hollywoodsternchen», hatte ich gesagt, woraufhin er zwei Tage lang beleidigt war, bis ich ihn zu mir ins Türmchen einlud, um Calums ältesten Whisky zu verkosten, einen fünfundzwanzig Jahre alten Speyside.

Ich denke schon seit einer Weile, dass ich Jake endlich mal in einer Mail von Sean erzählen sollte, aber irgendwie komme ich nie dazu. Außerdem kommt Jake nächste Woche über den Valentinstag sowieso endlich zu Besuch. Der Tag ist rot in meinem Kalender eingekringelt. Es ist wirklich höchste Zeit, dass wir zwei uns aussprechen. Am gleichen Wochenende wird das Mormaer Bistro eröffnen, und ich habe uns bereits den schönsten Tisch am Fenster reserviert. Was hat es schließlich für einen Sinn, ein Hotel zu besitzen, wenn man sich nicht ab und zu ein paar Vorteile verschafft?

Sean hat sich selbstlos bereit erklärt, am Eröffnungsabend im Service zu helfen, und seit sich das herumgesprochen hat, sind auch die Reservierungen für den Mädelstisch reingekommen. Das war meine besondere Idee für den Valentinstag: Neben den Zweiertischen für Pärchen wird es einen reinen Mädelstisch und einen reinen Jungstisch geben. Der Plan ist, dass die Servicemitarbeiter – außer Sean habe ich noch ein hübsches junges Mädchen aus dem Dorf engagiert – kleine Nachrichten zwischen den Tischen überbringen. Wenn man ein Auge auf jemanden geworfen hat, kann man sich so auf einen Drink im Clootie Craw verabreden.

Das Geschäft im Hotel selbst zieht langsam an. Ich habe ein paar unschlagbar günstige Wochenendpakete zusammengestellt und Anzeigen in Online- und Printmedien geschaltet, um das Mormaer Inn ins Gespräch zu bringen. Ich achte penibel darauf, dass die Gästezimmer makellos sauber gehalten werden. Das Haus macht zwar im Großen und Ganzen noch nicht viel her, aber ich setze darauf, dass die Leute ein Nachsehen haben, solange die Zimmer sauber sind und die Küche so anstandslos. Außerdem gebe ich einen Rabatt, wenn jemand bei Abreise bereits fürs nächste Mal reserviert. Das Angebot wird erstaunlich oft von Wochenendausflüglern angenommen. Ich bin erst seit sechs Wochen hier, aber die Wochenend-Pakete haben uns bereits ein paar Gäste beschert und für April ist der erste Stock schon zur Hälfte ausgelastet. Und Jeannie hat sich endlich für die Vorauswahl des Great British Bake Off beworben.

Das Clootie Craw floriert. Die Hotelgäste halten sich abends gern in der Bar auf, und die Einheimischen sind nicht nur neugierig, sondern verwickeln die Touristen emsig in freundschaftliche Gespräche, um ganz nebenbei zu erwähnen, dass sie gegen eine kleine Aufwandsentschädigung gerne ihr Boot oder ihren Land Rover zur Verfügung stellen, für Angelausflüge oder Vogelexkursionen.

Neulich hat sich beim Einkaufen im Dorfladen die Besitzerin Mrs Cromarty tatsächlich nach meinem Befinden erkundigt, was sich in dieser Gegend durchaus damit vergleichen lässt, eine Willkommensparty für mich zu schmeißen. Ich schätze, ich bin auf dem besten Wege, akzeptiert zu werden.

Sean und ich sitzen gerade vor unserer Pilz-Rind-Pastete, als ein grauhaariger Mann an unseren Tisch tritt. Sean begrüßt ihn herzlich und bestellt bei Hamish ein Bier für ihn.

«Lucy, das ist George Reeves.»

George gibt mir die Hand. «Wie der echte Superman.»

«Du bist ja auch ein Superman, George», sagt Sean. «Ich habe dir schon von George erzählt. Er hat mich zur Schauspielerei gebracht.»

George setzt sich schwerfällig. «Ich werde alt, Sean.»

«Oh nein, nicht schon wieder diese Leier, George.» Sean schlägt ihm freundschaftlich auf die Schulter. «Du bist doch in den besten Jahren.»

«Ich kann nicht mehr mit den Jungen mithalten, so wie früher. Ich brauche dich, Sean. Die Pfadfinder brauchen dich. Du hast immer gesagt, die Truppe hätte dich gerettet. Jetzt ist es an der Zeit, was zurückzugeben.»

Sean streicht sich mit den Fingern durch die langen, dichten Haare. «Das stimmt auch, George. Das habe ich nie bestritten.»

Er dreht sich zu mir. «Meine Eltern hatten ihre eigenen Probleme, sie haben sich nicht besonders um mich gekümmert. Ich trieb mich mit einer ziemlich wilden Horde rum. Ich weiß nicht, wo ich heute ohne George und seine Pfadfindertruppe wäre.»

«Im Knast», sagt George grinsend.

Sean grinst zurück.

«Wissen Sie, Miss McIntosh», sagt George, «so schön es hier oben auch ist, für junge Leute gibt es hier kaum was zu tun, außer Blödsinn zu treiben. Einige Jungs haben sich mit den Motorradgangs eingelassen, die hier durchkommen. Da geht's um Drogen und Diebstahl. Um Vandalismus. Wir haben hier schon alles erlebt. Mag sein, dass die Pfadfinder in Edinburgh ein bisschen altmodisch wirken, aber hier oben bei uns geben wir den Kids damit echten Halt. Wir bilden die Jungs aus, in Erster Hilfe zum Beispiel. Die Mädchen natürlich auch. Wir gehen mit ihnen in die Berge, um ihnen beizubringen, wie man in freier Natur überlebt, und wenn sie gut sind, dürfen sie sogar zur Bergwacht. Wir versuchen, ihnen Erfahrungen zu vermitteln, die mindestens genauso spannend sind wie diese hirnlosen kriminellen Aktivitäten.»

«Das ist wunderbar!», sage ich aufrichtig. Ich bin inzwischen lange genug hier oben, um zu wissen, dass schon das betuliche Stirling im Vergleich zu Mormaer so aufregend ist wie Las Vegas.

«Tja. Aber damit wird es bald vorbei sein», seufzt George mit einem Blick auf Sean.

«Ach, so ein Quatsch!», sagt Sean verlegen. «Komm, trink dein Bier. Morgen früh sieht alles schon wieder ganz anders aus.»

«Willst du mir wirklich nicht helfen?», fragt George, und

ich bemerke erschrocken, dass dem alten Mann Tränen in den Augen stehen.

«Was für Unterstützung brauchen Sie denn genau?», will ich wissen.

«Sean muss mir mit der Truppe helfen. Ich schaffe das nicht mehr alleine. Das große Sommerzeltlager muss geplant werden, und wenn das dieses Jahr nicht zustande kommt, verliert die Truppe ihren Mittelpunkt. Das ist dann der Anfang vom Ende.»

«Oh ja, an das Zeltlager kann ich mich noch sehr gut erinnern», sagt Sean.

«Aber warum kannst du da nicht helfen?», frage ich.

Kurz flammt Ärger in Seans tiefblauen Augen auf, aber das ist sofort wieder vorbei, und ich bin mir nicht sicher, ob es vielleicht nur Einbildung war.

«George braucht keine Hilfe für sein Zeltlager. Er braucht langfristige Unterstützung. Jemanden, der auf lange Sicht die Truppe übernimmt.»

«Du hast doch selbst gesagt, es hat dich gerettet.»

«Lucy, Süße, ich bin Schauspieler. Ich muss ungebunden sein, die Möglichkeit haben, jederzeit und überall eine Rolle anzunehmen. Den Kids wäre sicher nicht damit geholfen, wenn ich jetzt Verantwortung übernehmen würde, nur um sie dann wieder im Stich zu lassen.»

«Du warst doch schon seit Ewigkeiten für keine Rolle mehr weg von hier», sagt George.

«Entschuldigt mich!», Sean steht abrupt auf und verschwindet in Richtung Toilette.

«Ups. Das hätte ich nicht sagen dürfen», raunt George mir zu. «Was seine Karriere betrifft, ist er ein bisschen empfindlich.»

«Sie haben doch eben gesagt, die Pfadfinder wären für Jungs und für Mädchen, oder?», frage ich.

«Natürlich.»

«Aber dann könnte ich Ihnen doch vielleicht helfen», schlage ich vor. «Ich weiß zwar nicht, ob ich wirklich eine große Hilfe wäre, aber ich kann ja erst mal mit zum Zeltlager fahren, und dann sehen wir weiter.»

«Sie bräuchten natürlich ein polizeiliches Führungszeugnis – aber sicher, das wäre tatsächlich eine Hilfe. Lucy, ja, das wäre ganz phantastisch.»

Ich strecke ihm die Hand hin. «Also dann, abgemacht.»

Sean kommt zurück an den Tisch. «Was ist abgemacht?»

«Ich helfe beim Zeltlager und werde vielleicht irgendwann sogar eine echte Truppenführerin.»

«Aha» ist alles, was Sean dazu zu sagen hat. Dann geht er an die Bar, um die nächste Runde zu holen. George entschuldigt sich und verlässt die Kneipe. Als Sean mir das nächste Glas Rotwein hinstellt, hat er entschieden schlechte Laune.

«Er benutzt dich, um an mich ranzukommen», grummelt er. «Er denkt, du könntest mich überreden.»

«Wieso kommst du nicht wenigstens mit ins Zeltlager?»

«Darf ich dann zu dir ins Zelt?»

«Oh, du bist unverbesserlich. Jetzt trink dein Bier.»

Am nächsten Morgen rufe ich bei SBP London an. Ich habe Jake noch immer nicht persönlich ans Telefon gekriegt. Dafür Tiffany umso öfter. Langsam beschleichen mich Zweifel, ob Jake tatsächlich kommt, er könnte doch wirklich mal Bescheid sagen.

«Tiffany, Assistentin von Jake», ertönt die schon vertraute Quietschstimme.

«Hallo, Tiffany, hier spricht Lucy McIntosh.»

«Oh, hallo, Lucy! Wie geht es Ihnen? Ich habe Jake Ihre Nachricht übermittelt, aber er steht im Augenblick wirklich sehr unter Strom. Er hat drei große Präsentationen vor sich. Der arme Kerl wohnt praktisch im Büro. Sie wissen ja, wie das ist.»

«Ja. Ich habe früher selbst bei SBP gearbeitet.»

«Richtig. Jake hat es mir erzählt. Als Sekretärin?»

«Senior Datenanalystin.»

«Nein!»

Es folgt eine Pause. Schließlich sage ich: «Also, Tiffany, kann ich ihn bitte sprechen? Irgendwas ist mit seinem Handy nicht in Ordnung. Da geht seit Wochen immer sofort die Mailbox dran.»

«Ja, Lucy, wie ich schon sagte, er ist im Augenblick sehr beschäftigt.»

Jetzt reißt mir der Geduldsfaden. «Weigern Sie sich etwa, mich durchzustellen?», keife ich.

«Für diesen Tonfall gibt es keinen Grund, Lucy. Jake ist im Augenblick gar nicht in seinem Büro. Ich sage ihm, dass Sie angerufen haben.»

Ich beiße mir auf die Zunge und spare mir zu erwähnen, dass sie mir die letzten zehnmal haargenau dasselbe erzählt hat. Langsam bekomme ich den Eindruck, dass Tiffany mich abblockt. Ich hatte es natürlich auf seinem Handy probiert, aber es ging immer die Mailbox ran. Ich muss wirklich endlich mit ihm persönlich sprechen. Was hat die Frau bloß für ein Problem? Steht Tiffany am Ende heimlich auf Jake und stellt mich deshalb nicht durch? Solche Probleme hat Jake schon öfter mit den Frauen im Büro gehabt. Normalerweise geht er dann irgendwann mit ihnen etwas trinken und erklärt die Sache zwischen ihm und mir. May hat mir immer vorgeworfen, naiv zu sein, was Jake und andere Frauen angeht. Sie hält Jake für einen notorischen Fremdgeher, aber ich weiß, dass Jake mich genauso wenig hintergeht wie ich ihn. Dafür, dass er attraktiv ist, kann er nun wirklich nichts, und ich weiß, dass er treu ist. Vielleicht hat Tiffany ja ein Einsehen, wenn ich ihr sage, dass Jake mich bald besuchen kommt.

«Hören Sie, ich möchte gerne ein paar Sachen mit ihm klären, wegen des Wochenendes.»

«Ach ja?» Jetzt klingt Tiffany überrascht.

«Ja», sage ich durch zusammengebissene Zähne. «Mein Verlobter kommt in die Highlands, um den Valentinstag mit mir zu verbringen.»

«Ihr V-V-Verlobter?» Na ja, okay, geschwindelt – aber es ist offensichtlich höchste Zeit, hier was klarzustellen. Ich muss dem Mädchen begreiflich machen, dass Jake und ich eine ernsthafte Beziehung führen.

«Schicken Sie mir die Adresse per Mail, und ich kümmere mich darum.»

«Ich kann die Mail doch genauso gut direkt an Jake schicken.»

«Ach, Sie wissen doch, wie er mit seinen Mails ist.»

Ich muss zugeben, dass sie nicht ganz unrecht hat. Jake liebt Präsentationen, er liebt Skype, er liebt alles, wo er von Angesicht zu Angesicht kommunizieren kann. Mit E-Mails hat er es nicht so. Er behauptet immer, ihm fehle da der «emotionale Bezug».

«Okay», sage ich. «Geben Sie mir Ihre Adresse?»

«Einfach nur Tiffany@SkyBluePink.com. Bei uns hier unten geht es eher locker zu. Ach. Und gratuliere.» Sie klingt nicht eben herzlich.

Sobald wir aufgelegt haben, suche ich auf der Londoner SBP-Website nach ihrem Profil. Ein Mädchen Anfang zwanzig, mit unnatürlich weißen Zähnen, langen blonden Locken und unanständig tiefem Ausschnitt lächelt mir von der Website entgegen. Als Hobbys nennt sie Clubbing, Städtereisen und Freundefinden. Sie beschreibt ihren Job als «Jakes Mädchen für alles» und verweist auf den Link zu seinem Profil.

Je schneller ich Jake in mein Türmchen bekomme, desto besser.

17. Kapitel

Heute ist Donnerstag vor dem Valentinswochenende. Als ich aufwache, strömt Sonnenlicht durchs Fenster. Ich muss mich zwicken. Doch ich träume nicht, draußen scheint tatsächlich die Sonne. Ich habe inzwischen gelernt, wie man den winzigen Herd in meiner Küche bedient, und gehe nach unten, um mir Rührei mit köstlichem Aga-Toast zu machen. In der kleinen Küche ist es warm und einladend. Langsam fühlt es sich hier nach einem echten Zuhause an. Ich hoffe sehr, dass Jake sich dieses Wochenende nicht nur in meinen Elfenbeinturm verliebt, sondern sich auch von der ihm innewohnenden tiefromantischen Atmosphäre inspirieren lässt. Hoffentlich mehr als einmal! Ich bin seit Wochen allein und beginne langsam, ernsthaft unter dem Mangel an körperlicher Intimität zu leiden. Auch wenn die Einheimischen inzwischen nicht mehr so feindselig sind, fühle ich mich immer noch wie eine Außenseiterin. Wenn Sean mich nicht ab und zu mal in den Arm nehmen würde, würde ich mich wahrscheinlich jeden Abend als heulendes Häuflein Elend ins Bett verkriechen.

Das Wochenendspezial zum Valentinstag inklusive Romantikdinner im Bistro ist ausgebucht. Ich habe in das Angebot viel Arbeit reingesteckt und eine Anzeige in zwei Tageszeitungen geschaltet – der Aufwand hat sich gelohnt. Anstatt sich mit mir zu freuen, hat Janet McGruther genörgelt, was das

Zeug hielt. Sie ist der ganzen Sache gegenüber so negativ eingestellt, dass ich langsam Angst vor einem Sabotageakt bekomme. Aber in dieser Phase jemand Neues einzustellen wäre keine gute Idee.

Als ich nach dem Frühstück nach unten ins Büro komme, telefoniere ich noch einmal die Aushilfen für Service und Hotel ab, die wir für das Wochenende organisiert haben, um sicherzugehen, dass sie auch kommen. Ihre zögerlichen Antworten verraten mir, dass sie nicht wirklich damit gerechnet haben, tatsächlich gebraucht zu werden, aber alle bestätigen ihren Einsatz.

Jeannie steht in der Küche und summt fröhlich vor sich hin. Sämtliche Ware ist geliefert, und sie hat wie üblich alles im Griff. Ausnahmsweise fühlt es sich an, als würde alles rundlaufen.

In der Lobby begegne ich Mrs McGruther, die einen hohen Stapel frischer Bettwäsche auf den Armen trägt. Sie nickt mir höflich zu. Ich schenke ihr ein strahlendes Lächeln. Ich könnte schwören, dass sie etwas vor sich hin murrt, aber ich bin zu weit weg, um sie zu verstehen. Im Großen und Ganzen bin ich sehr zufrieden mit mir.

Dann gehe ich ins Bistro. Ich habe einen von Hamishs Kumpels gebeten, den Raum zu streichen, und alles wirkt frisch und neu. Wir haben die schönsten Esstische aus dem Speisesaal herübergeholt und sogar passende Stühle gefunden. Vor lauter Aufregung wische ich ein bisschen mit dem Staubwedel herum und verrücke unnötigerweise ein paar Stühle.

Es gibt nichts mehr zu tun. Die Sonne scheint noch immer, und ich beschließe, endlich mal das Grundstück zu inspizieren. Ich hatte bis heute noch keine Gelegenheit, mich richtig umzusehen. Ich trage schon seit längerem die vage Idee mit mir herum, unseren Gästen im Sommer Picknick im Freien anzubieten. Ich weiß nämlich inzwischen, wie viel Profit man mit Essen und Trinken machen kann. Wahrscheinlich würden die Leute für ein richtig gutes Picknick sogar noch ein bisschen mehr zahlen als üblich. Die Kosten ließen sich gering halten. Bei Essen außer Haus gilt der reduzierte Steuersatz, außerdem brauche ich kein Servicepersonal. Wir könnten sogar Picknickdecken zur Verfügung stellen. Gegen Pfand – oder könnte man die ebenfalls vermieten?

Obwohl mir schon wieder jede Menge Ideen im Kopf herumschwirren, denke ich daran, den Regenmantel mitzunehmen. Meine Turnschuhe haben ein gutes Profil, das sollte für das Gras auf der Wiese eigentlich reichen. Der Parkplatz hat inzwischen noch mehr Schlaglöcher bekommen. Schlaglöcher voller Pfützen. Sobald ein paar Rücklagen gebildet sind, müsste der Parkplatz auch mal gemacht werden. Der erste Eindruck ist schließlich wichtig. Vorsichtig bahne ich mir einen Weg um die Schlaglöcher herum. Kann ich eigentlich verklagt werden, wenn hier jemand stolpert und sich den Fuß bricht?

Ich laufe über die Wiese. Mrs McGruther hat mir erzählt, dass ihr Mann sich bis zu seinem Tod um das Gelände gekümmert hat. Ich habe sie nicht gefragt, wie lange das her ist, aber so wie es hier aussieht, könnte man meinen, er wäre im Steinzeitalter gestorben. Der Garten ist ein einziger Verhau. Der Rasen ist völlig uneben, voller Huckel und Dellen. Nicht nur dass es hier keinen einzigen flachen Quadratmeter gibt, auf dem sich eine Picknickdecke ausbreiten ließe, hier lassen sich definitiv genauso gut ein paar Knöchel brechen wie auf dem Parkplatz.

Mitten in einem Haufen immergrüner Ranken lugt ein Stückchen Metall heraus. Ich teile das Blätterwerk und stoße auf eine alte, rostige Gartenbank. Blassblaue Farbe blättert von der Sitzfläche ab. Die Sitzbank endet in geschwungenen Armlehnen. Sofort habe ich eine viktorianische Dame vor Augen, die auf der Gartenbank sitzt und die großartige Aussicht auf den Loch genießt. Das geschichtsträchtige Gefühl ist so angenehm, dass ich mich einfach hinsetzen muss. Ich will sehen, was sie sah. Ich packe eine Handvoll Ranken und reiße daran. Mit einem satten Geräusch lösen sich die Efeufüßchen von der Bank. Mit Feuereifer mache ich mich an die Arbeit, die Bank vom Blattwerk zu befreien. Es läuft wie geschmiert, bis ich zu den letzten, etwas dickeren Stellen komme. Ich stemme mich gegen den abschüssigen Boden, packe die dicken Ranken mit beiden Händen und reiße mit aller Kraft daran.

«Was tun Sie denn da?», ruft plötzlich eine Stimme.

Mein allzeit bereites Schuldbewusstsein lässt mich erstarren, dann lasse ich los. Unglücklicherweise hatte ich mich weit nach hinten gelehnt, und als ich die Efeuranken loslasse, liefere ich mich dem unerbittlichen Gesetz der Schwerkraft aus. Meine Arme rudern durch die Luft wie bei einer Comicfigur. Ich falle rückwärts. Meine Füße geben nach. Ehe ich weiß, wie mir geschieht, purzle und rutsche ich den abschüssigen Hang in Richtung Loch hinunter. Ich lande schmerzhaft auf dem Rücken, dann fliege ich über eine Kante. Mehrere endlose Schrecksekunden lang segle ich durchs Nichts. Dann treffe ich auf eiskaltes Wasser. Es schlägt über meinem Kopf zusammen.

Ich schlage panisch um mich und bin gründlich durchnässt, ehe ich merke, dass das Wasser in Wirklichkeit flach genug ist, um mich aufzusetzen.

Also sitze ich im See wie ein begossener Pudel, das Wasser läuft mir aus den Haaren ins Gesicht, mir ist eiskalt, und ich fühle mich wie besudelt. Jämmerlich versuche ich mich aufzurichten, aber der Boden ist schlickig, ich falle gleich wieder hin.

Jemand läuft oben durch die Böschung auf mich zu.

Dann taucht Graham Sutherlands Gesicht über mir auf. «Oh Gott, Sie sind das!», sagt er. «Was zum Teufel tun Sie denn da?»

«Schwimmen!», fahre ich ihn an. «Was denken Sie denn? Ich bin die Böschung runtergefallen, weil irgendein Idiot mich angebrüllt hat.»

Leichte Röte überzieht seine Wangen.

«Waren Sie das etwa?», will ich wissen. Ich bin so wütend, mich würde nicht wundern, wenn das Wasser in Dampfwolken von mir aufstiege.

«Warten Sie», sagt Sutherland. «Ich hole was zum Festhalten.»

Sowenig ich mit dem Kerl auch etwas zu tun haben will, ich sehe selbst, dass ich hier nicht ohne Hilfe wieder rauskomme. Die Uferböschung ist schlammig und steil. Als er endlich mit einem dicken Ast zurückkommt, klappern meine Zähne, und ich zittere wie Espenlaub. Ich kann mich kaum an dem rettenden Ast festhalten. Wir benötigen mehrere Versuche, bis ich endlich die Uferböschung erklommen habe. Sobald ich wieder festen, wenn auch nicht trockenen Boden unter den Füßen habe, zieht Mr Sutherland seine Wachsjacke aus und hüllt mich hinein.

«Lassen Sie das!», knurre ich ihn an.

Aber meine Beine fühlen sich an wie Kaugummi. Ich kann kaum stehen. Er legt mir einen Arm um die Taille und schleppt mich zum Hotel zurück. Sobald wir durch die Tür sind, versuche ich, ihn loszuwerden, aber davon will er nichts wissen. Wenigstens kann ich ihn davon überzeugen, mich nicht in die Hotelküche, sondern zu mir nach oben zu bringen.

«Die haben viel zu viel mit den V-V-Vor-ber-bereitungen für Valentin zu t-tun, um sich um mich zu kü-kümmern», stottere ich. Außerdem möchte ich auf gar keinen Fall, dass meine Leute mich so sehen.

«Wenn Sie darauf bestehen, in Ihre Wohnung zu gehen, dann komme ich mit», sagt Mr Sutherland.

«Na schön!», grummle ich, und insgeheim bin ich wirklich erleichtert. Ich fühle mich plötzlich so schlecht, dass mir die Herausforderung, heil in meine Wohnung zu gelangen, wie die Besteigung des Mount Everest vorkommt. Ich werde mich in eine von Onkel Calums Wolldecken hüllen und mich ganz nah an den Aga setzen, bis ich genug Kraft habe, mir eine Badewanne einzulassen. «Wir nehmen den Lift. Ich habe keine Lust, die Gäste zu erschrecken.»

«Sie haben Gäste?» Sutherland zieht auf mir sehr unangenehme, äußerst erotische Weise die Augenbraue hoch. Schmetterlinge schwärmen in meinen Bauch, und ich senke verärgert den Blick. Das fehlt mir noch, diesen arroganten Möchtegern-Investor anziehend zu finden!

«Ja, stellen Sie sich vor!», schnaube ich ihn an, so gut das mit klappernden Zähnen geht. «Der erste Stock ist heute Nacht ausgebucht. Den zweiten habe ich vorerst geschlossen. Hat ja keinen Sinn, leerstehende Zimmer sauber zu halten. Ich habe Anzeigen geschaltet. Spezialangebote zum Va-Va-lentinswochenende.» Ich zittere wie verrückt.

Besorgnis spiegelt sich auf Graham Sutherlands Gesicht. Oben angekommen, hilft er mir in die Wohnung. Ich stolpere in die Küche und schmiege mich an meinen Aga. Sutherland geht ungefragt hinauf ins Schlafzimmer. Er kommt mit einem Armvoll Kleidungsstücken und ein paar Handtüchern zurück und legt die Sachen neben mich.

«Sie müssen sofort aus den nassen Klamotten raus. Ich gehe nach nebenan und mache Feuer.»

«Alles gut. Ich brauche nur ein heißes Bad, dann geht es mir wieder besser.»

«Wenn Sie jetzt ein heißes Bad nehmen, ist das wahrscheinlich Ihr Tod», sagt Mr Sutherland. «Zumindest würde es die Sache noch viel schlimmer machen. Ziehen Sie sich um. Oder brauchen Sie dazu etwa meine Hilfe?»

Diese Drohung bringt mich auf die Beine. Fairerweise muss gesagt werden, dass er sich nach nebenan verzieht, sobald ich Anstalten mache, den ersten Knopf zu öffnen. Als ich mich endlich von oben bis unten trocken gerubbelt und mir neue Sachen angezogen habe, bin ich zwar nicht mehr nass, aber immer noch ziemlich schmutzig. Noch mehr setzt mir allerdings die Tatsache zu, dass ich die Unterwäsche ausziehen musste. Ich bin zwar froh, dass Mr Sutherland nicht in meinen Dessous gewühlt hat, aber es ist mir furchtbar unangenehm, dass er sich nun denken kann, dass ich unter der Jogginghose keinen Slip trage. Ich wickle die nassen Sachen in ein Handtuch und stopfe das Knäuel vorerst in den Schrank unter der Spüle. Im Alter von siebenundzwanzig Jahren mein Höschen zu verstecken kommt mir plötzlich so lächerlich vor, dass ich hysterisch zu kichern anfange. Dann kuschle ich mich wieder an den Küchenherd.

«Sind Sie gesellschaftsfähig?», ruft Mr Sutherland aus dem Wohnzimmer rüber.

«Den Umständen entsprechend!», rufe ich zurück und lache mich über meinen eigenen Witz kaputt.

Er kommt mit finsterem Blick in die Küche zurück. Ich versuche erfolglos, mir eine von Schlamm und Seewasser stocksteife Haarsträhne hinters Ohr zu streichen und lächle, so gewinnend ich kann. Zwischen dem Pullover und meinem Rücken kann ich kleine Kieselsteinchen spüren.

«Meine Mutter würde einen Herzinfarkt kriegen. Stockdreckig in sauberen Klamotten!»

«Sie stehen kurz vor der Hypothermie», sagt Sutherland beiläufig. «Wenn Sie jetzt ein heißes Bad nehmen, sammelt sich Ihr Blut in den Hautschichten, und die Kerntemperatur sinkt noch weiter ab.» Ich blinzle ihn an. Er zieht mich auf die Füße. «Das Leben in den Highlands dreht sich nicht nur um Shortbread und Whisky», sagt er. «Es ist eine raue und gefährliche Gegend.»

«Stimmt. Überall Teestuben voller unfreundlicher Einheimischer, die mit gestrickten Teekannenhauben um sich schlagen.»

Er lacht herzlich. «Kommen Sie mit rüber. Ich habe Feuer gemacht. Ich bringe Ihnen eine Tasse Tee.»

«Keinen Whisky? Die Vorräte meines Onkels sind im Schrank oben links.»

«Definitiv keinen Whisky! Ich frage mich, wie Sie mit dieser Einstellung überhaupt so lange hier überleben konnten», murrt er.

Ich mache es mir auf dem Sofa bequem und kuschle mich unter die Decke, die Sutherland irgendwo gefunden hat. Sie riecht schwach nach Hund, und ich frage mich plötzlich, ob Onkel Calum eigentlich ein Haustier hatte. Wahrscheinlich ein riesengroßes wildes Biest, das an seiner Seite die Highlands durchstreifte. So groß wie ein Pferd, damit es ihn aus den Seen retten konnte, und er sich nicht auf mürrische Einheimische verlassen musste. Vielleicht sollte ich mir auch einen Hund zulegen.

Sutherland kommt mit einem Riesenbecher Tee zurück.

«Bäh! Ich trinke nur ungesüßten Tee!»

«Heute nicht.»

Ich probiere noch einen Schluck und verziehe das Gesicht. «Sind Sie sicher, dass Sie in Sachen Notfallmedizin nichts durcheinanderbringen? Ich dachte, heißer süßer Tee wäre gegen Schock.»

«Dann brauche ich ihn wahrscheinlich dringender als Sie.» Er nimmt mir die Tasse weg und trinkt selbst einen Schluck.

Plötzlich kommt mir die Situation unerträglich intim vor, wie er bei mir auf der Sofakante sitzt und sich aus meiner Tasse bedient.

«Ich habe einen Freund», sage ich ernst.

Er zuckt die Achseln. «Über Geschmack lässt sich nicht streiten.»

«Nur damit Sie's wissen.»

«Ich würde sagen, die Frage lautet eher, ob Sean das auch weiß.»

«Sean? Natürlich. Ich habe es ihm gesagt.»

«Na ja, auch eine Möglichkeit, ihn in den Griff zu kriegen.»

«Sie mögen sich wohl nicht besonders.»

«Ich kenne ihn schon ziemlich lang», sagt er. «Sean hat sich schon immer genommen, was er kriegen konnte.»

«Das ist aber nicht nett, so was zu sagen.»

«Wie meine alte Oma zu sagen pflegte: Ich sage, was ich denke.»

«Sean war sehr nett zu mir. Gastfreundlich. Was ich von gewissen anderen Leuten hier in der Gegend nicht behaupten kann.»

«Na, darauf wette ich!», sagt Sutherland höhnisch.

«Zwischen uns läuft nichts», sage ich mit mehr Verteidigung in der Stimme, als mir lieb ist.

«Sagten Sie nicht gerade, Sie hätten ihm erzählt, dass Sie in einer Beziehung sind?»

«Ja, aber...» Dann wird es mir klar. «... doch nicht mit ihm! Mit Jake, meinem Lebensgefährten aus Edin... London.»

«Edin-London?» Sutherland sieht mich spöttisch an.

«Wir sind schon seit Jahren zusammen. Wir haben in Edinburgh zusammengelebt. Er ist zur selben Zeit nach London versetzt worden, als ich das Hotel geerbt habe. Wir haben beschlossen, dass ich hier raufgehe und versuche, was draus zu machen, während er sich in London einrichtet.»

«Und wenn Sie es schaffen, dann kommt er auch rauf.»

«Das haben wir noch nicht besprochen», sage ich leise. Ich versuche wirklich, mir Jake hier vorzustellen. Jake, wie er in seinen schicken Anzügen und den handgemachten Schuhen um den See spaziert. «Sie tragen schließlich auch Seidenanzüge!», sage ich vorwurfsvoll und definitiv ein bisschen zusammenhanglos.

«Aber nicht wenn ich hier oben bin», antwortet Sutherland, der, wie ich jetzt erst merke, heute Jeans und einen Wollpullover trägt. Seine alte Wachsjacke liegt über einem Stuhl.

«Dann könnte es ja klappen», sage ich eher zu mir selbst.

«Lucy, ich möchte nicht, dass Sie glauben, ich würde Ihre momentane Situation ausnutzen, aber...»

Ich ziehe die Augenbrauen hoch. «Eine gute Freundin von mir sagt immer, alles vor dem *aber* ist Bockmist.»

Er zuckt die Achseln. «Aber dieses Hotel hat seine besten Tage wirklich hinter sich. Und das Leben in den Highlands ist hart. Ich weiß, wovon ich spreche. Meine Familie lebt seit unzähligen Generationen hier oben. Hier ist es schön, aber rau. Stimmt, auf unserer Hauptstraße gibt es niedliche kleine Geschäfte, aber die Wahrheit ist, dass sie kaum überlebensfähig sind. Die Gegend braucht dringend Geld. Sie braucht Tourismus in einer Größenordnung, wie es Ihr Hotel niemals leisten kann. Sie braucht einen Ansporn für junge Leute hierzubleiben. Und das Ganze muss von Hiesigen betrieben werden, Leuten, die sowohl das Land als auch das Wetter hier verstehen. Und nicht von völlig ahnungslosen Stadtmenschen.»

«Ach so, Hiesige», sage ich und sehe im Geiste die verschrobenen Charaktere aus *The League of Gentlemen* vor mir. «Wissen Sie, wie lächerlich sich das anhört? Wir sind hier doch nicht in der Arktis. Schon möglich, dass Ihre Familie hier früher mal den Laird stellte, aber die Zeiten sind vorbei. Und Sie haben ja gehört: Wir sind ausgebucht am Wochenende.»

Sutherlands Gesicht wird hart. «Sie werden merken, dass die Leute hier viel Wert auf Tradition legen.»

«Aha. So ist das also gelaufen, ja?», will ich wissen. «Haben Sie Ihre Privilegien benutzt, um die Einheimischen gegen mich aufzuhetzen?»

«So etwas würde ich nie tun.»

«Ich habe Sie doch im Clootie Craw gesehen! In *meiner* Bar! Wie Sie die Leute gegen mich aufgehetzt haben!»

«Dazu brauchen die meine Hilfe überhaupt nicht.»

Ich setze mich auf und stoße die Decke von mir. «Dann würde ich gerne wissen, was die gegen mich haben! Schon möglich, dass Sie irgendwo im Wald ein Ferienresort bauen, aber ich bringe jetzt und hier Geld und Arbeit ins Dorf.» Ich schnappe mir den Laptop vom Couchtisch und öffne meine Ideensammlung. «Hier! Das sind meine Pläne, und ich bin noch nicht mal zur Hälfte damit durch. Die Trauungslizenz müsste bald kommen, das Bistro eröffnet morgen, und dank der Anzeigenkampagne sind wir trotz der Jahreszeit in diesem Monat zu 75 Prozent belegt. Ich bewege hier was.»

Sutherland nimmt mir den Laptop weg und scrollt durch meine Ideen. «Da sind tatsächlich ein paar ganz gute Sachen dabei», sagt er schließlich.

Ich verspüre ärgerlicherweise eine unglaubliche Befriedigung über seine Anerkennung.

«Ich kriege das hin.»

Sutherland sieht mich mit seinen unglaublich klaren, grauen Augen an, und irgendwie kommt es mir vor, als würden wir uns zum ersten Mal sehen.

«Sie werden trotzdem scheitern», sagt er knapp.

Was ich für einen Augenblick des Einvernehmens gehalten hatte, bricht in sich zusammen. Als würde ein selbstgefälliger Idiot wie er mich jemals verstehen. Und ich habe ihm auch noch meine Pläne gezeigt! Jetzt weiß er genau, wie er mich sabotieren kann. Ich reiße ihm meinen Rechner aus den Händen.

«Kommen Sie schon, Lucy. Wissen Sie eigentlich, wie Sie aussehen? Sie haben furchtbar abgenommen. Fünf Kilo, seit Sie hergekommen sind? Sie machen sich kaputt. Das ist es doch nicht wert. Sie haben kein Personal, und Sie haben kein Geld.» Nach einer kurzen Pause sagt er sanft: «Mein Angebot steht immer noch.»

«Das ist es sehr wohl wert!» Tränen der Wut laufen mir übers Gesicht. Ärgerlich wische ich sie mit dem Handrücken weg. «Mein Onkel hat mir das Mormaer Inn vermacht. Ich weiß zwar nicht, warum, aber er hat es nun mal getan, und er hat in seinem Testament ausdrücklich den Wunsch festgehalten, dass ich das Hotel weiterführe. Er wollte nicht, dass ich es irgendeinem zwielichtigen Immobilienhai in den Rachen werfe. Mein Onkel hat diesen Ort geliebt, und wissen Sie was? Diese Liebe ist mir jetzt schon in Fleisch und Blut übergegangen. Ich sitze oft in seinem Lieblingssessel, schaue auf den See hinunter und beobachte die Bäume, die sich stolz an die Hügel klammern, und die schroffen Gesichter der hohen Berge, die über alles Wacht halten. Und das kleine Dörflein auf der anderen Seeseite, das von hier aus wie Riesenspielzeug aussieht. Ganz egal, ob es stürmt oder schneit oder ob ausnahmsweise mal die Sonne scheint, dieser Ort ist wunderschön. Die Natur mag hier groß und rau sein, und na gut, es herrscht nicht ständig schönes Wetter, aber finden Sie etwa nicht, dass es uns ab und zu ganz guttut, daran erinnert zu werden, dass der Mensch eben nicht allein auf der Welt ist? Wir leben in unseren Städten so sehr von der Natur abgeschnitten, dass wir angefangen haben zu glauben, Fernsehshows und Klamotten und Kaffeebars und der ganze andere Blödsinn wären wichtig. Aber hier draußen ist man auf sich selbst zurückgeworfen. Hier gibt es nur einen selbst und eine manchmal unerbittliche Landschaft, aber die ist real, und sie macht einen selbst ebenfalls real.» Ich hole tief Luft. Wow! Ich wusste selbst nicht, dass so viel Leidenschaft für Mormaer in mir steckt.

Sutherland sieht mich nur eindringlich an.

Ich atme noch mal tief ein und rede weiter. «Was gibt es denn Schöneres, als hier zu leben? Ich werde der Welt zeigen, wie wunderbar es hier ist, und damit werde ich Erfolg haben. Ich werde den Menschen die Augen für die unglaubliche Schönheit von Mormaer öffnen. Und ich werde ihnen auch zeigen, wie schön dieses Hotel sein kann. Besäßen Sie nur einen Funken Vorstellungskraft, dann würde ein einziger Blick genügen, um zu erkennen, wie unglaublich romantisch dieser Ort ist. Ich werde diese schrecklichen Trennwände wieder rausreißen und die alten Räume zu neuem Leben erwecken. Die Leute werden spüren, wie glanzvoll dieser viktorianische Rückzugsort einst war und wieder sein wird. Ich bewohne ein Türmchen, Herrgott noch mal! Besser kann das Leben doch gar nicht mehr werden!»

«Haben Sie schon mit der Bank gesprochen?»

«Oh. Der nüchterne, eiskalte Blick des Geschäftsmannes holt die Traumtänzerin zurück auf den Boden der Tatsachen.»

«Und? Haben Sie?»

«Nein, leider noch nicht. Aber ich habe dem Mann von der Bank einen Entwurf mit meinen Plänen gemailt.»

«Und wie hat er darauf reagiert?»

«Noch gar nicht.»

«Wenn Sie nur die Hälfte von dem hier umsetzen wollen», er deutet auf den an meine Brust gepressten Rechner, «dann brauchen Sie Geld.» Er sieht sich in meinem Türmchen um und seufzt. «Ich würde es Ihnen jedenfalls nicht geben.»

«Sie hat auch keiner gefragt!», fahre ich ihn an.

«Lucy. Ich liebe diese Gegend. Ich bin hier aufgewachsen. Meine Familie lebte über Generationen auf diesem Land. Glauben Sie mir, ich bin hier nicht freiwillig weggegangen. Und wie es nun mal so ist, war mir nie klar, wie gut ich es hatte, bis mir alles genommen wurde. Je mehr Zeit ich wieder hier oben verbringe – je mehr Sie mich dazu zwingen, Zeit hier oben zu verbringen –, desto klarer wird mir, wie sehr ich meine Heimat vermisst habe. *The Forest Experience*» – er betont jedes einzelne Wort – «ist mein Weg, der Gemeinschaft, für die meine Ahnen jahrhundertelang die Verantwortung hatten, etwas zurückzugeben. Und je länger ich hier bin, desto klarer wird mir, dass in meinen Adern Highland-Blut fließt, mag Glasgow auch noch so schön sein. Meine Liebe zu diesem Land ist mein Erbe, aber die Gefühle, die ich für es empfinde, sind mein Geburtsrecht.»

Seine Worte hängen zwischen uns in der Luft. Seine Augen leuchten, und er sieht mich eindringlich an.

«Geht es eigentlich noch pompöser?», explodiere ich plötzlich. «Eines sage ich Ihnen! Mein Hotel ist weder Teil Ihres Erbes noch Ihres Geburtsrechts!»

18. Kapitel

Wir werfen uns noch ein paar weitere nicht besonders nette Dinge an den Kopf, und schließlich stürmt Sutherland hinaus. Das ist mit Sicherheit nicht meine glanzvollste Stunde gewesen, aber er hat sich auch nicht gerade mit Ruhm bekleckert. Ich verkrieche mich nach oben und lasse mir die Badewanne ein. Als ich mich hinterher wieder an den Kamin setze, fühle ich mich ernstlich unwohl. Sehnsüchtig denke ich an May. Früher hätte ich sie in so einer Situation sofort angerufen, und sie wäre mit Medikamenten, Taschentüchern und einem Stapel DVDs aufgekreuzt. Gott, bin ich einsam. Schniefend vor Selbstmitleid raffe ich mich auf und schlurfe in die Küche zurück. Zu meiner Überraschung stoße ich in den Tiefen eines der Schränke auf einen gut ausgestatteten Erste-Hilfe-Kasten. Darin finde ich zwar kein Wunderheilmittel gegen Erkältung, aber wenigstens eine Packung Paracetamol. Ich nehme eine Tablette und beschließe, für den Rest des Tages ins Bett zu gehen.

∞

Als ich am Freitag aufwache und auf die Uhr sehe, ist es bereits zehn Uhr vormittags. Heilige Scheiße! Gut möglich, dass die ersten Wochenendgäste bereits angereist sind. Schnell setze ich mich auf. Das Zimmer fängt an zu schwanken. Der Kopf tut mir weh, und mein Hals kratzt so sehr, als hätte ich im Schlaf eine Handvoll Rasierklingen verschluckt. Ich niese dreimal laut. Dann stehe ich auf und wanke ins Bad. Aus dem Spiegel blickt mir eine rotäugige, rotnasige, bleiche Kreatur entgegen. Ausgerechnet heute. Ich breche auf dem Badezimmerfußboden zu einem Häuflein Elend zusammen und jammere ein bisschen vor mich hin.

Eine Stunde später habe ich es irgendwie geschafft, zu duschen und mich anzuziehen. Ich fühle mich, als hätte ich einen militärischen Hindernisparcours absolviert. Auf zittrigen Beinen stolpere ich runter in die Hotelküche. Jeannie erfasst meinen Zustand mit einem einzigen Blick, lässt alles stehen und liegen und bereitet mir eine Heiße Zitrone mit Honig zu. Sie schickt eine der Aushilfen ins Dorf, um mir eins von diesen Erkältungsdopingmitteln zu besorgen, die mit dem Versprechen werben, einen im Handumdrehen wieder auf Zack zu bringen, auch wenn man sich so fühlt, als wäre der richtige Zeitpunkt für den Anruf beim Bestatter gekommen.

«Ich finde, Sie gehören ins Bett, Herzchen», sagt sie dann mit ernster Miene.

«Und das Romantikwochenende?»

«Janet und die Mädchen haben alles im Griff. Wenn Sie sich jetzt noch mal hinlegen und sich richtig schonen, können Sie heute Abend vielleicht wenigstens bei der Eröffnung des Bistros dabei sein.»

«Oh nein!», sage ich jammernd. «Dann passiert doch genau das, was Janet mir immer vorwirft. Ich verursache einen Haufen Arbeit und mache selbst keinen Finger krumm.»

«Guter Gott, Lucy! Jeder, der halbwegs bei Verstand ist, kann sehen, dass Sie sich hier halb zu Tode schuften. Überlassen Sie Janet und die anderen ruhig mir. Ich mache mit jedem, der es wagt, ein böses Wort über Sie zu verlieren, kurzen Prozess!»

Diese Ansprache ist so untypisch Jeannie, dass ich einen Augenblick lang völlig vergesse, mich krank zu fühlen. «Das würden Sie für mich tun?»

Jeannie schlägt spielerisch mit dem Geschirrtuch nach mir. «Und jetzt ab mit Ihnen! Ich schicke Ihnen zum Mittag einen Teller meiner Spezialsuppe rauf. Wenn Sie Glück haben, fühlen Sie sich sogar in der Lage, sie zu essen. Bis dahin trinken Sie viel Tee und halten Sie sich warm.»

Ich fühle mich viel zu schlapp, um zu protestieren. Schwankend schleppe ich mich zum Lift und trete den traurigen, einsamen Rückzug in mein Türmchen an. Die Energie reicht kaum noch, um mir die Schuhe auszuziehen, dann falle ich ins Bett und schlafe auf der Stelle tief und fest ein.

Jeannie steht zu ihrem Wort. Um zwei Uhr nachmittags werde ich von einem Klopfen geweckt, und Shona, eines der Mädchen aus dem Dorf, betritt mit einem Tablett meine Wohnung. Ich bitte sie, es im Wohnzimmer abzustellen. Ich werde auf gar keinen Fall das Risiko eingehen, ausgerechnet an dem Tag, wo Jake endlich kommt, die Bettwäsche mit Hühnerbrühe zu bekleckern. Ich nehme mein Erkältungsmittel und trinke die Brühe. Langsam fühle ich mich wieder etwas normaler. Shona war außerdem so lieb, mir eine Riesenschachtel Taschentücher auf den Tisch zu legen. Als ich mit der Brühe fertig bin, ist das Wohnzimmer trotz exzessiven Gebrauchs von Nasenspray großzügig mit Rotzfahnen dekoriert. Ich gehe ins Bad und quetsche mich, die Knie unters Kinn geklemmt, in meine Miniwanne, aber meine Muskeln bedanken sich trotzdem für das fast siedend heiße Wasser. Danach lege ich mich im Bademantel ins Bett und schlafe über dem Gedanken, ob ich doch noch die rote Bettwäsche aufziehen soll, die ich zur Feier der Wiedervereinigung bestellt habe, aus Versehen direkt wieder ein.

Als ich aufwache, wird es draußen langsam dunkel. Ich schlüpfe in das für heute Abend sorgfältig ausgesuchte Kleid. Es ist scharlachrot, schräg geschnitten und mit modischem, asymmetrischem Saum. Es betont meine Taille und meine langen Beine. Ich verbiege mich mühsam vor dem kleinen Spiegel im Bad und bin entsetzt. Weil ich mit feuchten Haaren eingeschlafen bin, trage ich nun eine zerknitterte Großmutterkrause auf dem Kopf spazieren. Würde man mich so auf ein Feld stellen, ich würde im Umkreis von Kilometern die Vögel verscheuchen. Aber viel schlimmer als das: Mein schönes Kleid hängt an mir runter wie ein Kartoffelsack. Ich fand mich immer schon eher stämmig, aber jetzt starrt mich aus dem Spiegel ein Gerippe an, das so dürr ist wie ein Model. Mein Kopf wirkt dagegen wie aufgeblasen. Sutherland hatte recht! Das Hotel von oben bis unten gründlich zu schrubben anstatt wie Mrs McGruther nur mal eben schnell mit dem Staubwedel darüberzugehen, dazu unzählige ausgelassene Mahlzeiten, während ich über der Buchhaltung oder der Korrespondenz mit Behörden gebrütet habe, haben definitiv ihren Tribut verlangt. Das ist nicht gut. Gar nicht gut.

Eine halbe Stunde später ist das Licht draußen von Hellblau zu Mauve gewechselt, mit einer Tendenz zu Lila. Ich habe im Schrank zum Glück noch ein kleines Schwarzes gefunden, das mir eigentlich immer zu eng war. Außerdem habe ich mir die Haare geglättet. Die Omakrause ist weg, dafür sehen meine Haare deprimierend strähnig aus. Mit dem Rouge auf den Wangen wirke ich zwar, als hätte ich Fieber, aber ohne sah ich aus, als wäre ich letzte Woche gestorben. Und dunkler Lidschatten mag ja momentan der letzte Schrei sein, aber meine Augen liegen dadurch nur noch tiefer in den Höhlen. Mich noch mal völlig neu zu schminken würde jetzt allerdings zu lange dauern. Ich will nicht noch später nach unten gehen. Also beschließe ich notgedrungen, mein abenteuerliches Aussehen mit Fassung und wie auf dem Laufsteg zu tragen. Ich stopfe mir ein paar Kosmetiktücher in die Ärmel, atme tief durch und mache mich auf den Weg.

Als Erstes werfe ich einen Blick ins Bistro. Ich muss zugeben, dass meine Leute sehr gut ohne mich zurechtgekommen sind. Der Raum wirkt wunderbar. Auf den Tischen stehen frische rote Rosen, die tiefen, langgestreckten Fensterbretter sind mit kleinen Duftkerzen geschmückt, und auf jedem Tisch stehen große, runde Bienenwachskerzen. Es duftet herrlich. Sie haben sich an meine Anweisungen gehalten und weiße Stoffservietten und die alten roten Damasttischdecken benutzt, die ich in einem der Wandschränke im Salon gefunden habe. Sechs Tische für Paare stehen verteilt vor den großen Erkerfenstern, durch die man die baumbestandene dunkle Straße sehen kann, die sich geheimnisvoll in der Ferne verliert. Die beiden langen Single-Tafeln stehen einander gegenüber etwas weiter hinten im Raum. Die indirekte Beleuchtung ist gedämpft, das schreckliche Teppichmuster fällt überhaupt nicht ins Auge. Es ist perfekt.

«Das erste Pärchen wird jeden Moment hier sein», sagt Mrs McGruther plötzlich hinter mir. Sie ist lautlos im Raum aufgetaucht. «Es sieht entzückend aus, nicht wahr?» Ihr Tonfall macht deutlich, dass dieses Lob an sie selbst und nicht etwa an mich gerichtet ist.

«Ja, das tut es. Das haben Sie alle sehr gut gemacht.» Ich höre mich an wie die schwindsüchtige Patriarchin aus einer Vorabendserie. Dann niese ich dreimal hintereinander. Und zwar heftig.

Mrs McGruther macht alarmiert einen Satz rückwärts. «Also, hier im Bistro können Sie in diesem Zustand auf gar keinen Fall bleiben», sagt sie. «Dann muss ich wohl für Sie die Gäste begrüßen.» Auf ihrem Gesicht macht sich Selbstgefälligkeit breit. Mein erster ernstgemeinter Versuch, den Leuten vom Ort zu zeigen, was ich mit dem Mormaer Inn vorhabe, und sie heimst die Lorbeeren ein!

Die Tür öffnet sich, und die ersten Besucher betreten mit erwartungsvollen Gesichtern das Bistro. Mrs McGruther scheucht mich in Richtung Rezeptionshalle hinaus. «Ich lasse Sie wissen, wie es läuft. Und kommen Sie ja nicht auf den Gedanken, mit dieser Erkältung die Küche zu betreten!» Ich komme mir vor wie ein gescholtenes Schulkind und verziehe mich in mein Büro.

Kurz darauf kommt Jeannie netterweise mit einer kräftigen Tasse Tee für mich vorbei. Als sie wieder in die Küche zurückeilt, sehe ich auf die Uhr. Es ist zwanzig nach sieben. Jake wollte um sieben hier sein. Unser Tisch ist für acht Uhr reserviert. Sich zu verspäten sieht ihm eigentlich nicht ähnlich, aber Mormaer ist schließlich nicht ganz einfach zu finden. Ich frage mich, ob Tiffany wirklich die richtigen Koordinaten ins Navi eingetippt hat. Oder hat sie ihn am Ende stattdessen nach Aberdeen geschickt?

In der Stille des Büros merke ich, wie aufgeregt ich bin. Seit acht Wochen haben wir uns nicht gesehen. Wie ihm das Hotel wohl gefallen wird?

Um Punkt zwanzig Uhr höre ich Jakes Stimme in der Lobby. Ich habe inzwischen sämtliche Taschentücher verbraucht und langsam angefangen, mich zu langweilen. Ich eile nach vorne, und dann steht er vor mir, den Koffer in der Hand. Ich werfe ihm die Arme um den Hals.

«Vorsicht, Luce!», lacht er. «Du wirfst mich ja um!» Mit einem Arm befreit er sich. «Bitte entschuldigen Sie, Mrs McGruther», sagt er. «Wir haben uns eine ganze Weile nicht gesehen.»

Mrs McGruther steht zwischen uns und dem Eingang zum Bistro. «Ich habe Ihrem Freund schon erzählt, dass Sie leider zu krank sind, um im Bistro zu essen.»

«Himmel noch mal, Sie können mich doch nicht aus meinem eigenen Hotel verbannen», sage ich. «Viele Gäste kommen selbst mit einer Erkältung ins Haus. Dass Sie nicht wollen, dass ich serviere oder in der Küche bin, kann ich ja noch verstehen, aber ...»

Jake legt mir die Hand auf den Arm. «Beruhig dich wieder, Luce. Mrs McGruther meint es doch nur gut mit dir.»

Dieser Verrat versetzt mir einen schmerzhaften Stich. «Jake, du bist den ganzen weiten Weg gekommen ...»

«Und wir haben das ganze Wochenende vor uns. Warum gehst du nicht einfach wieder ins Bett? Ehrlich gesagt, Liebling, du siehst gar nicht gut aus.»

Na, herzlichen Dank! «Aber heute ist der erste Abend! Ich möchte sehen, wie es läuft», versuche ich es erneut.

«Wenn ich einen Vorschlag machen dürfte, Mr Harvey», sagt Mrs McGruther und lächelt Jake schmeichelnd an. «Der Tisch für Sie und Miss McIntosh ist ja reserviert. Sie könnten bei uns essen und ihr hinterher ausführlich und ganz unvoreingenommen berichten, wie der Abend verlaufen ist.»

«Wie ein echter Restaurantkritiker!» Jake grinst. Ich weiß genau, dass ihm die Vorstellung gefällt.

«Aber heute ist Valentinstag», sage ich tieftraurig.

Jake wirft mir seinen Jetzt-mach-kein-Theater-Blick zu.

«Ich finde die Idee großartig. Du gehst wieder ins Bett, Lucy, und ich komme später nach.»

«Wir haben oben auch noch ein Zimmer frei, falls Sie Miss McIntosh lieber nicht stören möchten», sagt die alte Schlange.

Ich fasse es nicht!

Jake geht immerhin nicht darauf ein. «Ich freue mich schon so!», sagt er und gibt mir einen Kuss auf die Wange. «Ich bin am Verhungern!» Aha. Er freut sich nicht auf unser Zusammensein, sondern aufs Abendessen.

Verletzt und beschämt beschließe ich, dass mir nur noch der Rückzug bleibt, als schon die nächsten beiden Gäste durch die Tür treten. Ausgerechnet Graham Sutherland und, in einem Hauch von Kleid, seine Glamour-Chauffeuse aus Glasgow.

Mir fällt die Kinnlade runter. Wie kann er es wagen? Noch ehe ich etwas sagen kann, eilt Mrs McGruther auf ihn zu und nimmt seine Hand.

«Mr Sutherland, ich freue mich sehr, Sie zu sehen. Ich bin mir ganz sicher, Sie werden den Abend bei uns heute genießen.»

Er sieht mich über ihren Kopf hinweg an. Sein Gesicht verfinstert sich, und er sagt etwas, aber ich kann nicht verstehen, was. Ich kann mich beim besten Willen nicht daran erinnern, eine Reservierung von Mr Sutherland gesehen zu haben. Mrs McGruther hält ihm die Tür zum Bistro auf und scheucht ihn, seine Glamour-Begleitung und Jake hinein. Mich lassen sie in der Lobby stehen. Unwillkürlich stampfe ich mit dem Fuß auf. Ich erwäge, ihnen einfach nachzugehen, aber das würde nur in einer dieser Szenen enden, die ich nicht mal dann im Griff habe, wenn ich gut drauf bin. Also gestehe ich mir frustriert meine Niederlage ein und verkrümele mich mit eingezogenem Schwanz in mein Türmchen.

19. Kapitel

Ich schaffe es gerade noch, die Satinbettwäsche aufzuziehen, aber dann bin ich so am Ende, dass ich mich ins Bad schleppe, mich abschminke und mir ein langes seidenes Nachthemd anziehe. Natürlich ist es ausgerechnet heute Abend so kalt wie noch nie, seit ich hier bin, und binnen zehn Minuten mache ich quasi einen Hechtsprung, um mein verführerisches Outfit unter meinem Fleecebademantel zu verstecken. Ich habe weder Lust noch Kraft, im Kamin rumzustochern und das Feuer wieder anzumachen, und setze mich lieber, so nah es geht, an den Aga in der Küche. Im Kühlschrank steht eine Flasche Blubberzeug, aber ich schaffe nur Tee.

Jemand klopft schüchtern an die Tür, und mein Herz macht einen Hüpfer. Jake?

Aber es ist nur eine der Aushilfen. Jeannie hat mir mein Valentinsmenü raufgeschickt, und jetzt soll ich es allein in meinem Rapunzelturm verspeisen. Ich bedanke mich, als das Mädchen das Tablett vor mich hinstellt, und sie geht wieder. Es gelingt mir kaum, die Tränen zurückzuhalten. Ich putze mir geräuschvoll die Nase und rede mir ein, dass ich nur wegen meiner Erkältung so weinerlich bin. Das Gefühl, Jake hätte mich hintergangen, versuche ich zu verdrängen. Er tut nur das, was für mich am besten ist.

Das Essen ist phantastisch. Ich hatte mich für die «Exotischen Extravaganzen» entschieden. Gemüsetempura mit Chilisauce an mit einem Hauch Limettendressing besprühten, federleichten Salat gefolgt von einer Thaipfanne und zum Abschluss ein Fruchtsorbet. Kleine Schokoherzen runden das Mahl ab. Außerdem gab es das «Traditionelle Menü» mit Maronensuppe, Beef Wellington und Limetten-Ingwer-Käsekuchen. Das hat Jake sicher genommen. Wie es ihm wohl schmeckt? Gewärmt und gesättigt kehren meine Lebensgeister langsam zurück. Jeannie hat in der Küche wahre Wunder vollbracht, aber es waren meine Idee, mein Elan und mein höchstpersönlicher Einsatz an der Putzfront, die das Bistro zum Leben erweckt haben. Ich hoffe, dass unten an den Tischen nur glückliche Gäste sitzen. Ich weiß, dass heute ein Restaurantkritiker kommen wollte und morgen noch einer. Das Mormaer Inn feiert sein Comeback. Ich bin auf dem richtigen Weg.

Gegen dreiundzwanzig Uhr flaut mein Enthusiasmus langsam wieder ab. Wo bleibt Jake? Kurz nach Mitternacht kommt er endlich durch die Tür gestolpert.

Mit ungläubigem Gesicht schwankt er in die Küche. «Ich dachte, Graham hätte einen Witz gemacht. Du wohnst ja tatsächlich in einem Türmchen.» Seine Worte fließen verräterisch ineinander. Und wieso, bitte schön, ist er mit Sutherland per Du?

Ich kann mir den vorwurfsvollen Blick nicht verkneifen. «Du bist betrunken!»

«Komm schon, Luce, jetzt sei doch nicht so», sagt er und lässt sich neben mich auf einen Küchenstuhl plumpsen. «Ich habe dem Personal lediglich den Rücken gestärkt.»

«Graham Sutherland gehört nicht zu meinem Personal!»

«Nein, sicher nicht. Toller Typ. Hat wirklich gute Ideen. Warum hast du noch nicht an ihn verkauft?»

«Wie bitte? Jake, hast du meine Mails nicht gelesen? Ich liebe dieses Hotel! Glaubst du vielleicht, ich hätte die ganze Arbeit nur zum Spaß hier reingesteckt?»

«Du hast einen tollen Job gemacht, Luce. Sein Angebot muss er definitiv nach oben korrigieren. Das habe ich ihm auch genau so gesagt.»

«Ich will nicht, dass er sein Angebot korrigiert!» Ich muss mich sehr zusammenreißen, um nicht zu schreien. «Ich habe nicht vor, das Mormaer Inn aufzugeben!»

Jake tätschelt meinen Arm. «Sei nicht albern, Luce. Dieses Hotel ist das größte Geldgrab, das ich je gesehen habe. Und jetzt zeig mir dein Schlafzimmer.» Er kommt schwankend auf die Beine.

Ich stehe auf und schiebe ihn in Richtung Wohnzimmer. «Du schläfst auf dem Sofa!», grolle ich, drehe mich um, stampfe die Treppe rauf und knalle die Schlafzimmertür hinter mir zu.

Zu meiner Überraschung schlafe ich tief und gut. Als ich aufwache, scheint mir die Sonne warm ins Gesicht. Es fühlt sich an wie eine Liebkosung. Lächelnd schlage ich die Augen auf. Dann kehrt auf einen Schlag der gestrige Abend in mein Gedächtnis zurück. In mir zieht sich alles zusammen. Jake wird keine gute Laune haben. Mir wird schlecht bei dem Gedanken an den Streit, der unten auf mich wartet. Ich hatte so sehr auf eine romantische Wiedervereinigung gehofft.

Ich dusche, binde mir die Haare zurück und ziehe mir einen frischen Pullover und eine Jeans an. Zum ersten Mal fällt mir auf, wie sehr die Hose an mir runterhängt. Ich dachte, sie wäre einfach ausgebeult vom Tragen, aber es liegt an mir. Ich habe wirklich mindestens fünf Kilo abgenommen. Kein Wunder, dass mir mein rotes Kleid nicht passte!

Als ich ins Wohnzimmer komme, liegt Jake immer noch auf dem Sofa und schläft. Sein Mund steht offen, und er schnarcht laut. Aber was am schlimmsten ist: Er stinkt nach altem Alkohol. Zum allerersten Mal bin ich froh, dass er nicht in meinem Bett geschlafen hat.

Ich koche ihm eine Tasse Tee, schenke ein Glas Wasser ein und krame ein paar Kopfschmerztabletten raus. Ich stelle die Sachen im Wohnzimmer auf den kleinen Tisch, bringe es aber nicht über mich, ihn zu wecken. Stattdessen mache ich mich am Kamin zu schaffen und hoffe, dass der Lärm ihn weckt. Aber er macht keinen Mucks.

Also gehe ich in die Küche zurück und brate Rührei mit Speck. Wenn der Geruch Jake nicht aufweckt, ist er gestorben. Und natürlich kommt Jake in dem Augenblick, als ich den Speck in der Pfanne wende, in die Küche geschlurft.

«Mein Tee ist kalt», sagt er und hält mir die Tasse hin.

«Als ich ihn gemacht habe, war er heiß», sage ich schnippisch. Ich kann seine Tasse nicht entgegennehmen, ich bin mit der Pfanne beschäftigt. Ich war noch nie so sauer auf ihn. Mir zittern die Hände. Jake sieht mich schockiert an.

«Stell sie da hin», sage ich etwas freundlicher und deute zum Tisch.

Jake setzt sich an den Küchentisch. Er rührt keinen Finger. «Wenn heute Morgen jemand das Recht hätte, sauer zu sein, dann ja wohl ich, Luce», sagt er.

«Was bringt dich denn zu der Meinung?» Ich verteile das Rührei auf zwei Teller, lege den Speck dazu und trage alles an den winzigen Tisch.

Jake schenkt mir einen vorwurfsvollen Blick. «Du hast meine Mail wegen dem Dosenöffner nie beantwortet.»

«Ich hatte dir bereits geantwortet. Außerdem hast du mich nicht ein einziges Mal angerufen.»

«Telefone funktionieren in beide Richtungen, Lucy.»

«Ach was. Du warst ja nie erreichbar. Ich habe dir tonnenweise Nachrichten hinterlassen.»

Jake setzt ein erstauntes Gesicht auf.

«Bei Tiffany. Deiner Assistentin.»

Er schüttelt den Kopf. «Das glaube ich nicht. Tiff ist wirklich sehr zuverlässig.»

Jetzt bin ich an der Reihe, schockiert zu sein. «Glaubst du ihr etwa mehr als mir? Was soll ich jetzt tun? Einen Einzelverbindungsnachweis anfordern, um es dir zu beweisen?»

«Sie hat doch keinen Grund, mich anzulügen.»

«Und ich auch nicht.» Einen Augenblick lang habe ich das Gefühl, mich übergeben zu müssen. «Jake, wir sind seit Jahren zusammen. Du weißt, dass ich alles tun würde, was in meiner Macht steht, um unsere Beziehung am Laufen zu halten. Aber du musst auch deinen Teil dazu beitragen.»

Jake schaufelt sich das Ei in den Mund und kaut. Dann schiebt er den Teller von sich, legt den Kopf schief und sieht mich an. Was auch immer er denkt, der Blick gefällt mir nicht. Er fühlt sich seltsam an. Er fühlt sich nicht nach uns an.

«Hör mal, es tut mir leid, dass ich mich wegen dem Dosenöffner nicht noch mal gemeldet habe», rudere ich panisch zurück. «Du hast recht, ich hatte es vergessen. Aber dich habe ich doch nicht vergessen. Ich habe jeden einzelnen Tag an dich gedacht.»

«Ja klar. Vor allem abends, wenn du mit dem Dorfhengst beim Essen warst? Ich weiß Bescheid.»

Dieser miese Sutherland! Es reicht ihm offensichtlich nicht, die Dorfgemeinschaft gegen mich aufzuhetzen, jetzt versucht er auch noch, meine Beziehung zu zerstören. «Sean und ich sind Freunde. Und zwar nur Freunde.»

«Na klar!», schnaubt Jake höhnisch. «Typen wie der kleben ja auch wie Kleister an Mädchen, die keinen an sich ranlassen.»

«Wo sind wir denn hier, Jake? Im Kindergarten? An sich ranlassen? Ich habe, wie du dich ausdrückst, keinen an mich rangelassen, seit ich hier oben bin. Ich habe Tag und Nacht gearbeitet, um dieses Hotel wieder ins richtige Fahrwasser zu bringen!» Ich zittere am ganzen Körper. «Jake, du hättest mich doch auch mal anrufen können!»

«Himmel noch mal, Lucy, ich hatte zu tun. In der Branche herrscht gerade eine kleine Flaute. Wenn meine Performance nicht stimmt, bin ich schneller raus, als ich schauen kann, so wie alle anderen. So wie du zum Beispiel, Lucy.»

«Ach. Und was glaubst du, habe ich inzwischen getan?»

«Mit deiner Puppenstube gespielt? Luftschlösser gebaut? Keine Ahnung, verdammt noch mal! Es braucht doch nur einen einzigen Blick, um zu sehen, dass dieses Loch seine Tage hinter sich hat!»

So aggressiv habe ich Jake selten erlebt. Ich muss das dringend stoppen. «Jake, ich will nicht mit dir streiten.»

Er steht abrupt auf und fällt mir ins Wort. «Ich gehe frische Luft schnappen.»

«Vielleicht solltest du vorher duschen.»

«Kann sein», sagt er und sieht mich mit eisigem Blick an. «Ich schlage vor, du nutzt die Zeit, um dir darüber klarzuwerden, was unsere Beziehung dir bedeutet, Lucy. Ich kann nicht mit einer Frau zusammenbleiben, die es sich in den Kopf gesetzt hat, meine Karriere zu sabotieren.»

Jetzt platzt mir der Kragen. «Wie bitte? Ich habe dich doch immer unterstützt. Was ich von dir nicht behaupten kann.»

Ich lasse ihn stehen und verlasse die Wohnung. Wenn Jake so drauf ist, kann man sowieso nicht mit ihm reden. Er scheint ja gewaltig unter Druck zu stehen. Aber verdammt noch mal, alles dreht sich immer nur um ihn.

Ich stapfe nach draußen in den Garten und blicke auf den See, bis ich langsam wieder ruhiger atmen kann. Als mir kalt wird, drehe ich mich energisch um und begebe mich zu meinem Lieblingszufluchtsort in die Küche, um Jeannie zu beglückwünschen.

«Au weia, ich sage Ihnen, ich hatte wegen gestern Abend ganz schön Bammel», empfängt sie mich. «Ich weiß gar nicht, wann ich zum letzten Mal für so viele Leute kochen musste. Aber es ist doch gut gelaufen, nicht wahr?»

«Sie waren der Star des Abends.»

Jeannie strahlt. «Hat es Ihrem Mann geschmeckt?»

«Und wie!» Plötzlich fällt mir auf, dass Jake kein einziges Wort über das Bistro verloren hat.

«Er ist wirklich reizend. Janet hat erzählt, die Mädchen von dem Single-Tisch hätten ihm jede Menge Zettelchen geschickt, als sie merkten, dass er alleine war.»

Ich lächle, aber meine Gesichtsmuskulatur fühlt sich dabei ganz starr an.

«Ich will damit natürlich nicht sagen, dass er die Situation ausgenutzt hat», sagt Jeannie schnell. «Ich glaube, er war hinterher noch ziemlich lange mit Graham Sutherland im Clootie Craw. Es ist schön zu sehen, dass er sich für die Leute hier im Ort interessiert. Es wird sicher leichter für Sie werden, wenn er erst mal hergezogen ist! So ein charmanter junger Mann. Kommt er bald?»

Jeannies Wortschwall öffnet mir unverhofft die Augen. Mal abgesehen von dem hässlichen Streit eben – was gibt es eigentlich für eine Perspektive für Jake und mich? Jake würde niemals in die Highlands ziehen. Er würde sich nicht wohl fühlen hier. Und ich? Ich senke den Blick auf meine stumpfen Fingernägel, ein Anblick, der mich früher hysterisch ins nächste Nagelstudio getrieben hätte, und mir wird bewusst, dass ich mich verändert habe. Ich vermisse das Leben in der Stadt nicht so wie erwartet. Eigentlich kein bisschen. Was soll ich in London an Jakes Seite, wenn er sowieso nur arbeitet?

«Wir sollten uns eine richtige Kaffeemaschine anschaffen», sage ich.

«Oh, meinen Sie diese Dinger, die dampfen und zischen und tausend verschiedene Kaffeesorten zubereiten? Wie aufregend!»

Ich nicke. «Wir könnten sie ins Bistro stellen. Wir bringen Janet bei, wie man sie bedient.» Bei der Vorstellung fangen wir beide an zu kichern.

«Lucy, meine Liebe, ich wollte sowieso schon mit Ihnen sprechen.» Und Jeannie windet plötzlich die Hände wieder in ihrer Schürze. «Brauchen Sie mich denn eigentlich noch? Ich meine, ich bin schließlich nicht die einzige Köchin in der Gegend.»

Das stimmt. Jeannie wird nicht jünger, und eines Tages wird sie tatsächlich in Rente gehen müssen. «Wie habe ich Sie eben genannt? Einen Star? Und genau das sind Sie. Im Augenblick sind Sie das Herz des Mormaer Inn. Machen Sie sich keine Sorgen. Wenn wir erst jeden Tag einen vollen Speisesaal und ein ausgebuchtes Bistro haben, stelle ich Unterstützung für Sie ein. Leute, die Sie anlernen können. Ich verspreche Ihnen, man wird meilenweit über Ihre Küche sprechen. Und man wird dann auch nicht vom Mormaer Bistro sprechen, sondern von Jeannie McGloins Lokal. Und das wird sich dann natürlich auch in Ihrem Gehalt widerspiegeln.»

Jeannie lächelt, doch es ist ein trauriges Lächeln.

Prüfend sehe ich sie an. «Sie scheinen von der Vorstellung nicht eben begeistert zu sein. Ich dachte, das würde Sie freuen.»

«Ich muss mich jetzt leider ums Mittagessen kümmern», winkt sie ab. «Wir sind schließlich fast ausgebucht.»

Irgendwas habe ich verpasst, aber ich habe keine Ahnung, was. Nun, ich lasse sie in Frieden. Wir haben fürs Wochenende genügend Unterstützung aus dem Dorf organisiert, und es gibt im Grunde nichts für mich zu tun. Ich könnte mich natürlich an der Rezeption rumtreiben, um die Gäste zu begrüßen, aber dann würde Mrs McGruther nur wieder das Gefühl kriegen, ich wollte ihr auf die Zehen treten, also halte ich mich lieber etwas zurück. Außerdem bin ich noch nicht wieder ganz auf dem Damm. Und – um ehrlich zu sein – ich habe hier zwar bereits einiges in Bewegung gesetzt, aber es fühlt sich immer noch nicht an wie «mein Hotel». Jake ist sicher inzwischen zum Frischluftschnappen abgedampft, also verziehe ich mich in mein Büro und verbringe die nächsten paar Stunden damit, mir einen Überblick über die Einnahmen der letzten zwei und die zu erwartenden Einnahmen der kommenden beiden Monate zu verschaffen. Ich muss dringend bald zur Bank. Ich mache inzwischen einen bescheidenen Gewinn, etwas, das ich noch vor ein paar Wochen nicht für möglich gehalten hätte, aber auf der anderen Seite sind die Unterhaltskosten noch höher als in meinen schlimmsten Albträumen. Ich bin weit davon entfernt, mir selbst ein Gehalt zahlen zu können, und noch weiter davon, den zweiten Stock wieder zu öffnen. Um den Dachstuhl muss ich mich auch dringend kümmern.

Ich träume schon von verrotteten Balken und schimmelnden Dachsparren. Trotzdem beschließe ich spontan, im Netz nach einem Großhändler zu suchen, um mir eine phantastische Gastronomiekaffeemaschine liefern zu lassen. Auf dem Konto ist noch genug Geld dafür übrig, und solange das Bistro gut läuft, wird sich wenigstens der Bereich finanziell die Waage halten. Mir schwebt vor, das Bistro auch nachmittags zu Kaffee und Kuchen zu öffnen. Die Leute sollen regelmäßig zu uns kommen. Ich möchte, dass ein Besuch im Mormaer Inn kein Ereignis ist, sondern für alle in bequemer Reichweite ganz normal wird. Ich möchte, dass es für die Nachbarn im Dorf selbstverständlich wird, ein paarmal in der Woche bei uns reinzuschauen.

Jake lässt sich nicht blicken. Ich beschließe, einen kleinen Spaziergang um den See zu machen. Wenn ich ihm dabei zufällig über den Weg laufe, dann soll es so sein. Ich gehe nach oben, ziehe mich warm an und denke sogar an vernünftiges Schuhwerk. Die Sonne strahlt, und es ist warm, trotzdem liegt diese ganz bestimmte Schwere in der Luft, die neue Regenwolken ankündigt, die sich dann völlig unvermittelt über einem ausschütten – oder auch nicht.

Ich gehe runter an den kleinen Kiesstrand. Das Wasser ist heute samtig blau. Zwei kleine Fischerboote gleiten sanft über den Loch und ziehen silbrig glänzende Fischernetze hinter sich her. In weiter Ferne sehe ich zwei Kanus, die langsam verschwinden. Ich entdecke einen leicht bemoosten Felsen und setze mich. Mein Atem beruhigt sich. Trotz des harten Untergrunds merke ich, wie mein ganzer Körper sich entspannt. Ich verbringe eine Weile damit, die teils kahlen, teils immergrünen Bäume am anderen Ufer zu betrachten, die sich dicht an dicht über die Hügel ziehen.

«Das ist ein ursprünglicher Wald», sagt plötzlich eine Stimme hinter mir. Ich drehe mich um und entdecke Graham Sutherland. Er trägt seine Wachsjacke und dazu erstaunlich unmodische Gummistiefel. Seine sonst akkurat geglätteten Haare locken sich im Wind. Er sieht im Vergleich zu unserer Begegnung auf der Great Western Road ziemlich anders aus. Echter irgendwie.

«Ursprünglich, inwiefern?», frage ich zurück.

«Der Großteil der schottischen Wälder wurde für die Marine abgeholzt. Schottland war einst überzogen mit riesigen Wäldern, voll von Wölfen, Bären und Rotwild. Irgendwann haben wir damit begonnen, Schiffe zu bauen, um die Weltmeere zu bereisen, und dafür nach und nach unsere Hügel und Berge kahl geschlagen. Naturschutzorganisationen haben später dann nach Plan wieder begonnen aufzuforsten, aber hauptsächlich Nadelbäume. Was Sie auf der anderen Seite des Sees bewundern, ist einer der alten Mischwälder. Eine riesige Mischung verschiedenster Baumarten auf einem Gelände, das seit Hunderten von Jahren ununterbrochen bewaldet war.»

«Aber ohne Bären und Wölfe, oder?»

«Stimmt», sagt Sutherland lächelnd. «Es gibt zwar Leute, die sie gern wieder in den Highlands ansiedeln würden, aber das Thema wird sehr kontrovers diskutiert.»

«Dass es romantisch wäre, hier draußen Bären und Wölfe zu haben, leuchtet mir ein. Aber gleichzeitig würden Camping und Landwirtschaft dadurch doch sicher ziemlich – äh – abenteuerlich werden, oder?»

«Wölfe greifen keine Menschen an», sagt Sutherland. «Aber ich glaube, ich würde nach Einbruch der Dunkelheit auch nur ungern mit einem Bären Bekanntschaft machen.»

Er setzt sich auf einen Fels neben mich. Eine Weile lang

schweigen wir einvernehmlich, und ausnahmsweise fühle ich mich dabei kein bisschen unwohl. Es ist, als würde zwischen uns die stillschweigende Abmachung herrschen, unsere letzte Begegnung nicht zu erwähnen. Dieser Ort ist viel zu schön, um zu streiten.

«Ihnen gefällt es hier, stimmt's?», fragt er schließlich.

Ich zucke die Achseln. «Das geht doch gar nicht anders.» Dann hole ich tief Luft und sage: «Ich liebe diese Gegend. Ich war noch nie an einem vergleichbaren Ort.»

«Es gibt viele Orte, die sich mit nichts vergleichen lassen», sagt Sutherland und zwinkert mir zu. «Die Arktis, die Sahara, der Grand Canyon ...»

Ich nehme einen Stein vom Boden und tue so, als würde ich damit nach ihm werfen wollen.

Er duckt sich weg. «Ich war mir nicht sicher, ob Sie's ernst meinen.»

«Nee. Sie würden mich sowieso nur verklagen.»

Er sieht mich an und nimmt mir den Stein aus der Hand. «Das ist ein super Flitzer.»

«Ein was?»

«Kommen Sie.» Er steht auf und geht ans Wasser runter. Dann dreht er sich seitlich, geht leicht in die Knie, holt Schwung und schleudert den Stein übers Wasser. Er streift die Oberfläche und hüpft vier Mal auf, ehe er untergeht.

«He! Mein Streichelstein!»

«Was? Sie wollten Ihren Streichelstein nach mir werfen? Ihren Angriffsstein, wollten Sie wohl sagen.»

Ich beschatte meine Augen mit einer Hand gegen die Sonne und tue so, als würde ich die Wasseroberfläche nach dem Stein absuchen. «O nein. Dass er aber im Schwimmunterricht auch nie aufgepasst hat.»

Sutherland steht jetzt dicht neben mir. «Das tut mir leid, Ma'am», sagt er. «Ich wusste nicht, dass Ihr Stein nicht schwimmen kann. Ich dachte wirklich, das wäre inzwischen Standard bei den modernen Steinen.»

Ich kann sein Aftershave riechen, so nahe ist er mir. Warm, frisch und leicht holzig. Plötzlich streckt er die Hand aus und sagt: «Hallo. Ich bin Graham. Ich glaube, wir haben auf dem falschen Fuß angefangen.»

«Angefangen? Weitergemacht, würde ich eher sagen.» Ich gebe ihm die Hand. «Also gut. Fangen wir noch mal ganz von vorne an. Ich bin Lucy.»

«Ich bewundere deine Entschlossenheit, Lucy. Was du in der kurzen Zeit aus dem Mormaer Inn gemacht hast, kommt einem Wunder nahe.» Er sieht aus, als wollte er noch etwas hinzufügen, tut es aber nicht.

Ich seufze. «Ich weiß. Danke. Trotzdem ist es zu groß. Es wird Jahre, vielleicht sogar Jahrzehnte dauern, bis ich finanziell in der Lage sein werde, es völlig zu modernisieren.»

«Willst du wirklich den Rest deines Lebens hier oben verbringen?»

Ich wende mich ab und lasse den Blick über den See schweifen. Weit oben im azurblauen Himmel umkreisen sich die dunklen Silhouetten zweier Raubvögel.

«Ja», antworte ich. «Ich könnte für immer hier leben.»

«Das habe ich auch mal geglaubt.»

«Was ist passiert?», frage ich ihn.

«Mein Zuhause ist abgebrannt. Ich habe mein Land an die Erbschaftsteuer verloren. Und das, was mir blieb, war zu sehr mit schlimmen Erinnerungen belastet.»

«Das ist ja schrecklich!», entfährt es mir. «Sind ... sind bei dem Brand auch Menschen ums Leben gekommen?»

«Meine Eltern und mein Großvater.»

«Oh Gott, das tut mir leid! Wie bist du selbst…?»

«Entkommen? Ich war nicht zu Hause. Ich war damals sechzehn. Unterwegs beim Zelten mit meinen Freunden. Da drüben.» Er deutet ans andere Ufer hinüber. «Wir haben das riesige Feuer natürlich gesehen. Ich eilte zurück, so schnell ich konnte, aber als ich ankam, war alles vorbei. Es gab nichts mehr zu retten.»

Ich halte den Blick gesenkt. Ich weiß nicht, was ich sagen soll. Meine Eltern und ich sind zwar nicht immer auf derselben Wellenlänge, aber ich weiß, wie es mir ginge, wenn sie plötzlich sterben würden. Ich kann mir nicht vorstellen, wie es für ihn gewesen sein muss, vom anderen Ufer aus zusehen zu müssen, wie sein Zuhause, seine Familie in Flammen aufgeht.

«Ich glaube, das ist der Grund, weshalb ich keine Altbauten mag», sagt er. «Es lag an der Elektrik. Unser Haus war eine alte Turmvilla, fast wie ein Schloss. Über die Jahre wurde immer wieder angebaut und erweitert. Meine Familie lebte über Jahrhunderte dort. Ich liebte es, aber meine Eltern wollten eigentlich verkaufen. Sie fanden, dass die Zeiten sich geändert hatten und niemand mehr einen riesigen Landsitz brauchte. Mein Großvater und ich flehten sie an, es zu behalten. Es sei doch mein Erbe, ihr Vermächtnis an mich, sagte ich immer, und irgendwann gaben sie den Plan auf wegzuziehen. Was ich natürlich damals nicht wusste, war, dass es keinen einzigen Monat ohne horrende Instandhaltungsrechnungen gab. Das Dach brauchte neue Schindeln. Das Sonnenzimmer hatte Schwamm in den Wänden. Morsche Bäume mussten gefällt werden, damit sie nicht aufs Haus stürzten. Meine Eltern hatten so viel damit zu tun, immer wieder genug Geld für die offensichtlich fälligen Reparaturen aufzutreiben, dass sie gar nicht auf die Idee kamen, auch mal die Dinge zu überprüfen, die nicht offensichtlich waren.»

«Wie die Elektrik», sage ich leise.

Graham nickt. Sein Blick ist durch mich hindurch auf die Vergangenheit gerichtet. «Die Elektrik», wiederholt er. «Die Feuerwehr meinte, wahrscheinlich hätten Mäuse beim Nestbau die Kabel angefressen. Die Verkabelung war uralt. Das Feuer brach um zwei Uhr morgens aus. Sie lagen wohl alle im Bett.»

«Oh Gott!» Die Vorstellung ist überwältigend schrecklich.

«Das Erste, was ich tue, sobald ich eine Immobilie übernehme, ist, die Elektrik überprüfen zu lassen.»

Ich versuche, irgendwas zu sagen, mein Mitgefühl zum Ausdruck zu bringen, aber alle Phrasen, die mir in den Kopf kommen, klingen völlig unpassend. Außerdem mache ich mir augenblicklich Sorgen um die Elektrik im Hotel. Ob Onkel Calum sich jemals darum gekümmert hat? Hatte er je genug Geld, sie modernisieren zu lassen?

Graham hebt die Hand und stupst sanft meine Schulter an. «Mach nicht so ein Gesicht. Das ist lange her. Erstaunlich, was der Mensch überleben kann, wenn er muss. Ich bin dann mit meiner Großmutter nach Glasgow gezogen. Sie war bei Freunden zu Besuch, als es brannte. Sie war sehr lieb zu mir und unglaublich stark, und ich lernte, die Stadt zu lieben. Für einen Teenager oder jungen Mann ist das Stadtleben natürlich sowieso viel aufregender. Ich ging an die Uni und studierte Architektur. Wenn ich hiergeblieben wäre, hätte ich irgendwann einfach das Gut übernommen. So aber habe ich noch ein Ingenieursdiplom drangehängt und genug Lebenserfahrung gesammelt, um zu merken, wenn jemand mich verarschen will. Ich verkaufte die Hälfte des verbleibenden Grundbesitzes und fing an, mir mein Immobilienportfolio zusammenzustellen. Und das ist bis jetzt nicht schlecht gelaufen.»

«Und deine Großmutter?»

«Sie ist vor zwei Jahren gestorben, aber sie hat die Trauer gut überwunden und schließlich noch ein paar glückliche Jahre gehabt. Sie hat noch einmal geheiratet und ein sehr kosmopolitisches Leben geführt. Jede Menge Städtereisen ins europäische Ausland. Sie hat meinen Großvater sehr geliebt, aber sie erzählte mir auch, dass das Leben auf dem Gut manchmal so langweilig war, dass sie fast verrückt geworden wäre.»

«Das kann ich mir gar nicht vorstellen.»

«Nein, ich mir auch nicht. Aber nicht jeder ist fürs Landleben geschaffen. Man muss sich zum Beispiel gut in die Gemeinde integrieren können. Wenn hier oben was passiert, muss man sich im Notfall auf seine Nachbarn verlassen können.»

«Ist das an mich gerichtet?»

«Ich bin hier aufgewachsen. Ich weiß, wie die Leute hier ticken. Die heißen keine Fremden einfach so in ihrer Mitte willkommen. Es sei denn, sie sind Touristen.»

«Ach, komm schon!», sage ich. «Es werden doch öfter mal irgendwelche neuen Leute in die Highlands ziehen.»

«Nicht so viele, wie du vielleicht glaubst. Die Städte wachsen, aber die Landbevölkerung schrumpft eher.»

Mein Kopf fängt an zu pochen. Das wird mir alles plötzlich viel zu ernst. «Ich sollte mal langsam zurück», sage ich. «Vielen Dank für das Gespräch.»

Graham steht auf und räuspert sich. «Lucy, eins noch. Jake und ich haben uns gestern ziemlich lange unterhalten. Hat er das erwähnt?»

«Ansatzweise», sage ich. «Worüber habt ihr denn gesprochen?»

Ein Hauch von Röte überzieht sein Gesicht. «Das solltest du ihn vielleicht besser selbst fragen.»

«Habt ihr zwei etwa Intrigen gegen mich geschmiedet?», frage ich und zwinge mich zu einem Lachen.

«Gestern kam es mir nicht so vor», antwortet Graham. «Aber jetzt bin ich mir da nicht mehr so sicher.»

«Was meinst du damit?»

«Mir war nicht klar, wie ernst es dir damit ist, das Hotel zu behalten.»

«Tja. Jetzt weißt du es ja.» Ich bemühe mich um einen leichten Tonfall. «Schwamm drüber!» Ich strecke ihm meine Hand hin.

Graham zögert kurz, dann schüttelt er sie. «Lucy. Ich wünsche dir wirklich alles Gute.»

«Das klingt aber nicht sehr optimistisch.»

Graham zuckt die Achseln. «Mir scheint, es gibt noch viel zu klären. In Bezug auf das Hotel und in Bezug auf Jake.» Er schüttelt sich, fast wie ein Hund, der mit nassem Fell aus dem Wasser kommt. «Bitte entschuldige. Das geht mich wirklich nichts an. Aber hey, möchtest du wissen, wie man einen Stein flitzen lässt? Wir könnten ein paar Kundschafter rausschicken, nachschauen, wie es deinem Liebling geht.»

20. Kapitel

Wir verbringen noch eine ganze Stunde damit, Steine flitzen zu lassen und Unsinn zu reden. Als ich mich schließlich auf den Rückweg mache, ist mir so leicht ums Herz wie schon lange nicht mehr. Graham hat in seinem Leben unglaubliche Schwierigkeiten gemeistert, warum sollte ich das nicht auch schaffen? Außerdem habe ich das Gefühl, dass sich zwischen ihm und mir Etwas entspannt hat. Er ist der Einzige, der wirklich anerkennt, was ich in der kurzen Zeit schon alles erreicht habe im Mormaer Inn.

Ich sehe kurz bei Jeannie und Mrs McGruther vorbei, die weiterhin alles bestens im Griff haben. Auf dem Weg nach oben laufe ich der Rothaarigen aus Glasgow über den Weg, die von mir wissen will, wo Graham steckt.

«Der ist unten am Loch», sage ich, um einen kumpelhaften Tonfall bemüht. «Haben Sie beide für heute Abend wieder einen Tisch im Bistro reserviert?»

«Nein. Wir essen heute Abend in unserer Suite», antwortet sie eisig. Sie hat stechend blaue Augen, die irgendwie unecht wirken.

«Oh, wunderbar», sage ich. «Tolle Aussicht.»

Sie gibt eine Mischung aus Prusten und Hohngelächter von sich und verschwindet ins Freie.

Leise Enttäuschung macht sich in mir breit, weil Graham

nicht mehr Verstand hat. Von den scharlachroten Krallen bis runter zu den Zehnzentimeterabsätzen wird Redhead niemals ein Landmädel werden.

Im Lift atme ich tief durch. Ich habe keine Ahnung, in welcher Stimmung Jake mich jetzt erwarten mag. Seinen Wagen habe ich auf dem Parkplatz gesehen, und so weiß ich wenigstens, dass er nicht stocksauer nach London abgedüst ist. Ich hoffe, er war spazieren und hat mit eigenen Augen gesehen, wie unglaublich schön es hier oben ist. Ich hoffe, er wird verstehen, wie sehr ich es hier liebe. Ich gehe nicht so weit zu hoffen, dass er schon selbst dem Charme des Loch erlegen ist.

Auf dem Küchentisch in meinem Türmchen liegt eine Nachricht für mich.

Liebste Lucy, mach dich heute Abend besonders schön. Gehe spazieren – wir sehen uns zum Essen. Kuss, Jake.

Mir fällt ein riesiger Stein vom Herzen. Er scheint sich schon ein wenig beruhigt zu haben. Beim Essen reden wir in Ruhe über alles. Wir werden einen Weg finden. Einen Kompromiss.

Ich versuche, ein ausgiebiges entspannendes Bad zu nehmen. Ich stelle meine Lieblingsduftkerzen von zu Hause ins Bad und gieße einen verschwenderischen Schwall meines lächerlich teuren Frangipani-Orchideen-Badeöls ins Wasser. Aber leider, sosehr ich es auch versuche – mit den Knien unter dem Kinn in der Wanne zu hocken ist und bleibt nun mal nicht entspannend. Nach einer halben Stunde gebe ich mit steifem Nacken auf. Ich gehe ins Schlafzimmer rüber, nehme mir die Zeit, mir sorgfältig die Haare zu föhnen, damit sie trotz meiner Naturkrause so seidenglatt fallen, wie Jake es mag. Sexy Unterwäsche ist nicht das Problem, aber ein passendes Kleid zu finden ist eine Herausforderung. Ich habe so abgenommen, dass mir eigentlich alles viel zu groß geworden ist. Schließlich entscheide ich mich für eine einst hauteng Seidenhose und ein Spitzentop mit tiefem Ausschnitt. Wenigstens mein Busen ist noch immer wohlgeformt. Ich sprühe mir Parfüm auf die Handgelenke und erfreue mich gerade an meinem ausnahmsweise geglückten Augen-Make-up, als ich höre, wie Jake nach mir ruft. Er muss zurückgekommen sein, als ich im Bad war.

Ich gehe nach unten. «Ich bin hier», ruft Jake aus dem Wohnzimmer. Dort sehe ich, dass er die Sofas zusammengeschoben hat, um rund um den Esstisch mehr Platz zu schaffen. Kerzen stehen im Raum verteilt, und im Kamin brennt ein kleines Feuer. Es duftet nach Rosen und Lavendel. Jake rückt mir den Stuhl zurecht. Er ist in voller Highlander-Montur, inklusive Kilt. Die dunkle Jacke mit den Silberknöpfen steht ihm gut, und das gekräuselte Hemd gibt ihm einen leicht piratenmäßigen Look, was ziemlich sexy aussieht. Der Tisch ist für zwei gedeckt. Neben zwei schlanken Kerzen steht eine Handvoll abgedeckter Schüsseln. Und neben meinem Teller liegt ein schmales, längliches Lederetui.

«Dein Valentinsgeschenk», sagt Jake.

«Oh!», rufe ich. «Deins sollte eigentlich das Essen gestern Abend sein! Jetzt habe ich gar nichts für dich!»

«Ich habe auch nichts verdient. Ich war ziemlich gemein zu dir, und das nach allem, was du hier durchgemacht hast.»

Ich öffne die Schachtel. Darin liegt ein wunderschönes Rivière-Diamantarmband.

«Ich kann dir zwar nicht die Welt zu Füßen legen», sagt Jake, «aber ein Band aus Sternen ums Handgelenk.»

Ich sehe lächelnd zu ihm auf, und er küsst mich fest auf den Mund.

«Schatz, es ist wunderschön.»

«Nicht so schön wie du», antwortet Jake.

Dann serviert er mir die erlesensten Gerichte von unserer Bistro-Karte. Er ist höflich, zuvorkommend und aufmerksam. Er erwähnt nicht ein einziges Mal seine Arbeit oder das Hotel. Wir schmieden Urlaubspläne. Jake sagt, jetzt, wo er mehr verdient, könnten wir auch ruhig mal über Fernreisen nachdenken, und will wissen, was ich von Thailand halte. Wir unterhalten uns über unsere alten Freunde in Edinburgh. Jake erzählt, dass er für ein paar Tage zurück in die alte Filiale gerufen wurde, um sich mit ein paar losen Enden zu beschäftigen und die Zeit genutzt hat, um sich mit ein paar Leuten zu treffen.

«Ich habe sogar May gesehen», sagt er. «Und wir haben nicht gestritten. Sie fühlt sich schrecklich, weil ihr euch im Streit getrennt habt.»

May. Ich habe mich bis heute nicht getraut, mich bei ihr zu melden, die geplante Mail immer wieder aufgeschoben. Das ist die schönste Neuigkeit seit langem. «Ich schreibe ihr sofort eine Mail und lade sie ein.»

«Das ist eine sehr gute Idee», sagt Jake.

«Ich dachte, du findest, sie hätte schlechten Einfluss auf mich.»

«Ach, das ist doch ewig her. Wir sind inzwischen alle erwachsen geworden.» Ich komme seinem Stimmungsumschwung zwar kaum hinterher, aber ich bin viel zu froh, um uns den Abend mit Zweifeln zu verderben.

Nach dem Essen wechseln wir aufs Sofa vor dem Kamin und trinken Malt Whisky. Jake spricht einen Toast auf unsere Zukunft aus. Dann sagt er mir, wie sehr er mich vermisst hat, und schließlich führt Eines zum Anderen. Ich finde raus, was er unter seinem Schottenrock trägt bzw. nicht trägt, und eine Weile später liegen wir nackt unter einer alten Decke und sehen durch das große Fenster zu den Sternen hinaus. Ich kuschle mich in seine Arme und schwelge in der wohligen Intimität von Haut auf Haut. Ich halte mein neues Armband gegen den Nachthimmel, und die Diamanten funkeln im Kerzenschein wie kleine Sterne. Jake döst ein wenig ein, und ich liege da und fühle mich geliebt.

Eine halbe Stunde später reißt ihn ein besonders lauter Schnarcher aus dem Schlaf. «Oh Gott, tut mir leid, Luce. Es ist so lange her. Das war phantastisch! Wie war's für dich?»

«Ich bin froh, dass zwischen uns alles wieder gut ist», sage ich und küsse ihn.

Jake drückt mich an sich. «So sollen wir sein, Luce. Zusammen. Sag mal ... Hast du eigentlich Sutherland heute gesehen?»

Ein innerer Instinkt versetzt mich in Alarmbereitschaft. Ich richte mich auf und hülle mich in die Decke. Jake hat Mühe, sich zu bedecken.

«Ja. Ich bin ihm auf der Suche nach dir zufällig am See über den Weg gelaufen.»

«Hat er irgendwas gesagt?»

«Er hat gesagt, ihr wärt noch zusammen im Clootie Craw gewesen.»

«Hat er dir nicht gesagt, worüber wir gesprochen haben?»

Ich schüttle den Kopf. Mir fällt ein, dass Graham eine Andeutung über Jake gemacht hat. Über Dinge, die ich mit ihm zu klären hätte?

Jake steht auf und zieht sich den Kilt wieder an. Er grinst mich an und nimmt einen Umschlag vom Beistelltisch. «Lucy, ich will nicht, dass du jetzt ausflippst. Ich will, dass du der Sache eine Chance gibst. Ich habe mich gestern lange mit Sutherland unterhalten. Ich habe ihm genau erklärt, was du inzwischen im Hotel alles auf die Beine gestellt hast. Dass du es von einem Geldgrab in ein Unternehmen mit Perspektive verwandelt hast.» Also hatte er es doch gemerkt. Trotzdem stehen mir die Haare zu Berge angesichts des Umschlags in seiner Hand. «Ich habe ihm erklärt, dass er das Hotel auf gar keinen Fall zu dem Preis bekommt, den er dir angeboten hat. Und ich habe ihn dazu gebracht nachzulegen. Und zwar ordentlich.» Jake hält mir den Umschlag hin. «Das reicht sogar als Eigenkapital für die Finanzierung einer Wohnung in London für uns beide. Wir könnten sofort zusammenziehen. Ich habe schon genau das Richtige entdeckt. Du wirst es lieben.»

Mein Mund wird ganz trocken. «Jake. Ich liebe es *hier*.»

Seine Miene verdüstert sich. «Himmel noch mal, Luce! Er bietet dir ein Vermögen. Viel mehr, als der alte Kasten wert ist. Er will so dringend kaufen. Wir hätten sogar noch genug übrig, um nach Thailand zu fliegen. Jetzt schau dir den Vertrag doch wenigstens mal an.»

Ich nehme ihm den Umschlag aus der Hand und werfe ihn ins Feuer.

21. Kapitel

Jake verlässt mich.

Jake verlässt mich, und diesmal weiß ich, dass es endgültig ist. Er bleibt gerade noch lange genug, um sich anzuziehen und seinen Kram in seinen Koffer zu knallen. Während der Vertrag in Flammen aufging, haben wir gekeift, geschrien und einander wüst beschimpft. Ich weiß gar nicht mehr genau, was ich alles zu ihm gesagt habe. Ich weiß allerdings, dass er irgendwann sein Armband zurück wollte. Er hat es nicht bekommen. Mir sind Worte aus dem Mund gekommen, vor denen ich mich selbst erschreckt habe, so schlimm waren sie.

Ich sagte: «Du bist ein egoistisches, arrogantes Arschloch. Du willst, dass alle nach deiner Pfeife tanzen. Was ich will, schert dich einen Dreck!» Und erst als ich es aussprach, wurde mir klar, dass das die Wahrheit war. Es war schon immer so gewesen, und ich war zu blind, zu bedürftig, zu klammernd gewesen, um es zu merken. Ich habe immer geglaubt, solange Jake glücklich ist, bin ich es auch. Aber Jake ist nun mal der Typ Mann, der immer auf der Suche nach dem nächsten großen Ding ist, dem nächsten Trend, dem nächsten Kick, und wenig überraschend bleibt das Glück dabei immer auf der Strecke. Mir dafür die Schuld in die Schuhe zu schieben war natürlich einfach. Ständig anzudeuten, manchmal sogar laut auszusprechen, dass ohne mich alles viel besser wäre. Und ich? Ich wollte ihm verzweifelt meinen Wert beweisen, meine Loyalität, ihm immerzu zeigen, dass ich alles tun würde, um ihn und seinen Lifestyle zu unterstützen. Ich war wütend auf ihn und auf mich selbst, weil ich geglaubt hatte, wenn ich ihn glücklich mache, würde er mir den Gefallen automatisch erwidern.

Ich sage nicht, dass es keine Tränen gibt, als er in die Nacht verschwindet. Ich habe Angst. Ich habe einen regelrechten Horror davor, niemanden mehr an meiner Seite zu haben, neben mir, aber noch während ich im tiefen Abschiedsschmerz gefangen bin, fange ich an zu begreifen, dass Jake im Grunde noch nie an einer anderen als seiner eigenen Seite stand.

Der nächste Tag dämmert unglaublich intensiv und ungewöhnlich warm herauf. Im Hotel wird es noch den ganzen Tag über rundgehen, ehe die Wochenendgäste am Abend wieder abreisen. Wir haben sogar noch ein paar abendliche Tischreservierungen im Bistro. Ich mache mich fertig, gehe nach unten und verschaffe mir in aller Ruhe einen gründlichen Überblick über den Tag.

Mrs McGruther sträubt sich natürlich, als ich ihr erläutere, was ich mir überlegt habe. «Das ist jetzt wirklich schlecht. Ich habe unglaublich viel zu tun. Wir können uns doch morgen besprechen.»

Ich schüttle den Kopf. «Ich habe mitbekommen, wie sehr Sie an diesem Wochenende unter Druck gestanden haben, und ich habe beschlossen, mich ab sofort mehr ins Tagesgeschäft einzubringen. Natürlich möchte ich jetzt nicht gleich mitten reinspringen und alles durcheinanderbringen, aber ich kann mich ganz bestimmt heute Abend ums Bistro kümmern.»

«Aber Lucy...», fängt Janet McGruther an, doch dann zögert sie. Ich halte ihrem Blick stand. Ich kann mich nicht daran erinnern, ihr jemals angeboten zu haben, mich Lucy zu nennen. Das ausgerechnet jetzt zu diskutieren wäre kleinlich und kindisch und würde zu nichts führen, aber ganz definitiv kann ich ihr zeigen, dass sie hier nicht mehr die Königin über ihr Reich ist.

«Selbstverständlich», knickt sie schließlich ein. Sie zittert beinahe vor Anstrengung, die Fassung zu wahren. «Dann zeige ich Ihnen heute Abend schnell, wie das Reservierungssystem funktioniert.»

«Danke sehr.» Ich strahle sie an und bekomme ein ziemlich verkniffenes Lächeln zurück.

Leider habe ich trotzdem noch den ganzen freien Tag vor mir. Appetit habe ich keinen. Wäre ich jetzt in der Stadt, würde ich mich wahrscheinlich in ein kleines Café setzen. Vielleicht hätte ich mir auch irgendwo eine Pediküre gegönnt. An dem Café arbeite ich ja schon, aber ich bezweifle, dass es hier irgendwen gibt, der mir den zweiten Wunsch spontan erfüllen würde. Der Gedanke treibt mich zurück in mein Büro. Ich surfe auf der Suche nach mobilen Kosmetikerinnen im Netz und mache mich daran, ein Wochenend-Beauty-Paket in den Highlands zu kalkulieren. Außerdem recherchiere ich endlich, wie ich möglichst bald an meinen eigenen Internetanschluss komme. Ich brauche dringend meine eigene Website, den Gästen muss WLAN angeboten werden, und außerdem wird Sutherland irgendwann merken, dass ich ständig in seinem Netz wildere.

Graham Sutherland. Dem möchte ich nicht so schnell wieder über den Weg laufen. Das bisschen Verstand, das ich noch habe, sagt mir, dass ihm unten am Strand klargeworden sein muss, dass Jake ohne meine Zustimmung mit ihm verhandelt hat. Tatsache ist jedoch, dass Jake und er sogar so weit gegangen sind, irgendeinen armen Juristen aufzutreiben, der sich am Wochenende hinhockt, um ihren Plan in Vertragsform zu bringen. Sutherland hält mich offensichtlich für ein armes kleines Mäuschen, das ohne seinen Mann keine Entscheidungen treffen kann. Oder hat mich dafür gehalten. Zugegeben, ich habe lange nach Jakes Pfeife getanzt. Aber trotzdem bin ich enttäuscht von Graham, dass er eine solche Meinung von mir hat. Noch schlimmer finde ich allerdings, dass er bei unserem Gespräch am Strand nicht den Mut hatte, mir zu sagen, was im Busch ist.

Ich stelle für das Hotel ein Beauty-Paket zusammen, mit Betonung auf Entspannung und Erholung, mit Maniküre und Pediküre als luxuriösen Extras. Das werde ich später Jeannie vorstellen. Wenn ich sie davon überzeugen kann, besteht durchaus die Chance, mein Paket nicht nur an ausgebrannte Workaholics aus der Stadt, sondern auch an die Leute aus der Gegend zu verkaufen. Dann erfrage ich bei verschiedenen Kosmetikerinnen ein Angebot und schalte Anzeigen in diversen Tageszeitungen. Und schon ist das «Frühlingserwachen-Beauty-Wochenende» offiziell am Start. Irgendwie kommt es mir viel zu einfach vor, diese Dinge ins Rollen zu bringen. Ich schicke Jeannie und Mrs McGruther eine Mail mit Informationen zu unserem neuen Produkt, mache einen Ausdruck für die Rezeption, falls telefonische Anfragen kommen, und als ich auf die Uhr sehe, ist es noch nicht einmal Mittag. Ich habe langsam das Gefühl, in der Hotelbranche geht es in erster Linie darum, den Stier einfach bei den Hörnern zu packen und loszulegen. Und zum allerersten Mal habe ich wirklich das Gefühl, als wäre das Mormaer Inn mein Hotel.

Getragen von diesem Gefühl beschließe ich, mir am Nachmittag mein Türmchen vorzunehmen. Es wird höchste Zeit, es richtig in Besitz zu nehmen. Ich putze und poliere die beiden Stockwerke, hole den Staub und Schmutz von Jahren noch aus den hintersten Winkeln. Ich entsorge das Altpapier mehrerer Zeitungsjahrgänge und packe endlich richtig aus. Ich verteile meine Duftkerzen auf alle Räume. Verschiebe die Wohnzimmereinrichtung wieder. Klopfe den Staub eines ganzen Jahrzehnts aus Teppichen und Kissen. Und so werden das Türmchen und ich Freunde. Ich akzeptiere es endgültig als mein neues Zuhause.

Das Bad hasse ich allerdings immer noch. Natürlich traue ich mich nicht, mein allerletztes bitter Erspartes für eine Renovierung auszugeben, aber ich schwöre mir, in dem Augenblick, wo das Hotel echten Gewinn abwirft, hole ich mir einen Innenarchitekten und mache hier alles neu. Selbst wenn das heißt, dass ich in Zukunft auf eine Badewanne verzichten muss.

Und dann halte ich kurz inne, hole tief Luft, setze mich hin und schreibe endlich die Mail an May. Ich entschuldige mich bei ihr und sage ihr, wie sehr ich sie vermisse. Und dann lasse ich mich lang und breit darüber aus, wie sehr sie in Sachen Jake recht hatte. Ich schildere ihr unsere Trennung in sämtlichen Einzelheiten. Gott, das tut gut. Danach zeichne ich ein amüsantes Bild von meinem Leben hier oben in den Highlands und lade sie ein, mich jederzeit und solange sie möchte besuchen zu kommen.

Als ich hinuntergehe, um das Bistro aufzuschließen, habe ich riesigen Hunger. Ich gehe in die Küche, um Jeannie nach der Tageskarte zu fragen und ein paar Kostproben zu schnabulieren, und finde sie in ihrem Suppentopf weinend.

«Jeannie! Was um alles in der Welt ist passiert?» Ich eile zu ihr, lege ihr den Arm um die Schultern und führe sie zum Küchentisch.

«Zwiebeln.»

«Quatsch. Sie schneiden doch gar keine Zwiebeln.»

«Habe ich aber eben gemacht.»

«Die Suppe ist doch schon fast fertig.»

Jeannie sinkt niedergeschlagen auf einen Stuhl. «Janet ist furchtbar sauer auf mich. Wir sind seit der Schulzeit befreundet. Unsere Kinder sind zusammen aufgewachsen. Unsere Ehemänner starben beide früh, und wir haben einander immer beigestanden. Unsere Kinder sind alle weggezogen. Jetzt gibt es nur noch uns beide. Wir brauchen einander. Im Grunde glaube ich gar nicht, dass wir besonders gut zusammenpassen, aber die Umstände haben uns eben zusammengeführt. Lucy, Sie müssen das verstehen!», sagt sie und greift plötzlich quer über den Tisch nach meiner Hand. «Sie müssen verstehen, dass wir hier oben loyal zueinander sind. Müssen wir sein. Das kann lebenswichtig werden.»

«So was Ähnliches hat Graham Sutherland auch gesagt.»

«Dann verstehen Sie es also?»

«Ich glaube schon», sage ich. «Ich habe eine Freundin, für die würde ich durchs Feuer gehen, ganz egal, wie wir uns manchmal streiten oder ob wir verschiedener Meinung sind.»

Jeannie lächelt mich traurig an. «Ja. Aber wir sollten jetzt vielleicht lieber über etwas Erfreulicheres sprechen. Über Ihren Freund zum Beispiel. Ein wirklich furchtbar gutaussehender Mann.» Ihr Lächeln hellt sich auf.

«Das ist vorbei.»

«Was? Was ist passiert?», fragt sie erschrocken.

«Nichts, was er nicht verdient hätte. Ich habe ihn zum Teufel gejagt. Das war längst überfällig.»

«Oh nein!» Jeannie fängt wieder an zu weinen. «Das hätten Sie nicht tun dürfen. Was wollen Sie denn jetzt machen?»

«Das Mormaer Inn leiten.»

«Ja. Das habe ich befürchtet.» Zwei dicke Tränen laufen über Jeannies Wangen. «Oh nein. Was für eine Katastrophe!»

Hätte Janet McGruther das gesagt, ich hätte sie wahrscheinlich gar nicht beachtet, aber Jeannie ist immer so nett und herzlich, beinahe mütterlich im Umgang mit mir. Ich verbringe zwanzig Minuten, die wir eigentlich beide nicht übrig haben, damit, ihr meine Pläne darzulegen in dem Versuch, sie zu beruhigen. Ich halte ihre Hand und sage ihr, wie unschätzbar wichtig ihr Beitrag für mich ist. Ich preise Mormaer in den Himmel und versichere ihr, dass ich fest entschlossen bin, mich hier zu integrieren, und ich sage ihr, wie sehr ich das Mormaer Inn und die Umgebung in mein Herz geschlossen habe.

Nichts von alledem erzielt den gewünschten Effekt. Jeannie seufzt und seufzt und sagt ständig nur «O Gott, o Gott.» Schließlich bleibt mir nichts, als ihr zu versprechen, dass wir uns bald in Ruhe und ausführlich austauschen und dass ich jederzeit ein offenes Ohr für ihre Bedenken habe.

Emotional erschöpft und immer noch hungrig, mache ich mich auf den Weg ins Bistro. Kaum hat Mrs McGruther mir muffelnd das Reservierungssystem erläutert und sich verabschiedet, geht auch schon die Eingangstür auf. Ich setze mein allerschönstes Begrüßungsgesicht auf und widme mich meinen Gästen.

Es macht mir mehr Freude, als ich mir das je hätte träumen lassen. Ich habe keine Sekunde Zeit, an Jake zu denken. Stattdessen bin ich damit beschäftigt, Mäntel aufzuhängen und Stühle zurechtzurücken. Die Tageskarte bietet heute eine Mischung aus traditionellen schottischen Gerichten und moderner, leichter Küche. Was Cullenskink ist, muss ich niemandem erläutern, aber unser Süppchen aus Roter Bete und Preiselbeeren wird ausgiebig bestaunt. Jeannie und ich haben entschieden, uns bei der Zusammenstellung der Tageskarte immer am Angebot frischer Ware zu orientieren. Ihr gefiel die Herausforderung, neue Gerichte auf die Karte zu nehmen, und auch die einheimischen Gäste wirken durchaus offen für die modernen Varianten, auch wenn die meisten von ihnen trotzdem mit mindestens einem Gang auf Nummer sicher gehen und das traditionellere Angebot wählen.

Die Gäste des heutigen Abends freuen sich offensichtlich darüber, dass es in Mormaer etwas Neues gibt. Sie sind alle ausnehmend freundlich zu mir, und die älteren Männer erachten einen galanten Flirt offensichtlich als obligatorisch. Als sich das Abendgeschäft langsam dem Ende zuneigt, geht die Tür noch einmal auf, und Graham Sutherland kommt herein.

«Du hast nicht zufällig noch einen Einzeltisch für mich frei, oder?»

Das Bistro hat sich inzwischen beinahe geleert. Zwei Paare sitzen noch beim Kaffee.

Ich lasse den Finger über das Reservierungsbuch gleiten. «Du hast doch für zwei reserviert.»

«Ach so?» Graham wirkt überrascht. Er trägt inzwischen wieder Anzug, und die Haare sind akkurat zurückfrisiert. «Das muss Candy gewesen sein. Sie ist schon wieder nach Glasgow gefahren.»

«*Candy?*» Das Wort ist mir unwillkürlich über die Lippen geschlüpft.

Er zuckt entschuldigend die Achseln. «Amerikanerin.»

«Ja dann», sage ich. «Also, dein Tisch ist da drüben am Fenster.»

Er nickt, geht auf den Tisch zu, bleibt stehen und dreht sich um. «Wie wär's...», lädt er mich ein, und sein charmanter Blick jagt mir einen Schauer über den Rücken, den ich erfolglos versuche zu ignorieren. Mein Magen knurrt vernehmlich. Zum Teufel, was soll's? Mal sehen, was er zu seiner Verteidigung zu sagen hat.

«Warum eigentlich nicht? Ich habe den ganzen Tag noch nichts gegessen.»

Graham rückt mir den Stuhl zurecht. «Das muss sich dringend ändern, Lucy. Du bist nur noch Haut und Knochen.»

«Ich dachte, so müssten Frauen heutzutage aussehen.» Ich bemühe mich um einen leichten Tonfall. Ich war noch nie in meinem ganzen Leben so dünn.

«Size Zero? Dämliche Idee. Frauen brauchen Kurven.»

«Ja, das ist genau dein Typ, oder?» Ich bemühe mich sehr, nicht ironisch zu klingen. Ich habe Candy schließlich gesehen.

Graham ignoriert die Bemerkung gekonnt mit einem Blick in die Karte. «Also. Was kannst du empfehlen?»

«Alles», sage ich ehrlich.

Wir entscheiden uns beide für das traditionelle Menü. Ich muss die Bestellung in die Küche bringen und die letzten Gäste abkassieren, und dann sind wir allein. Das Kerzenlicht flackert zwischen uns. Die Raumbeleuchtung ist gedimmt. Automatisch senken wir die Stimmen.

Durch die dunklen Fenster sind schemenhaft die Umrisse der Bäume zu erkennen. Eine Gruppe Menschen geht auf dem Weg ins Clootie Craw lachend und plaudernd vorüber.

«Die Bar wird immer laufen», sagt Graham. Dann lacht er leise. «Du hattest mich gerade völlig vergessen, stimmt's? Schmiedest du schon wieder Pläne?»

«Nein.» Ich lächle verlegen. «Ich habe die Silhouetten der

Bäume im Mondschein betrachtet. Sie wiegen sich im Wind, als würden sie jeden Moment die Wurzeln vom Boden heben und tanzend in die Nacht verschwinden.» Ich lache unbeholfen. «Ich wette, es gibt Stammgäste aus dem Clootie Craw, die sie schon haben laufen sehen.»

«Tz, tz, tz! Du weißt doch, dass man an offensichtlich Betrunkene keinen Alkohol mehr ausschenken darf! Das steht im Gesetz.»

«Sogar in den Highlands?»

«Na ja, wir sind hier in der Auslegung vielleicht nicht ganz so streng.»

Wir verstummen, aber es ist ein freundschaftliches, kein feindseliges Schweigen. Wir sehen zum Fenster raus und betrachten beide eine Weile die nächtliche Landschaft, jeder in seine eigenen Gedanken versunken. Dann serviert Shona uns das Essen. Mein Magen ist unglaublich dankbar für Jeannies wunderbare Kochkünste. Ein Gefühl von Frieden und Erfüllung macht sich in mir breit.

«Und wo steckt Jake?»

Das Gefühl bricht in sich zusammen. «Weg.»

«Oh. Ich hatte auf ein Gespräch gehofft.»

«Ich meine, endgültig weg. Wir haben uns getrennt. Er hatte zu keiner Zeit mein Einverständnis, einen solchen Vertrag auszuhandeln.»

Graham sieht ein bisschen verlegen aus. «Ich hatte ehrlich gesagt schon meine Zweifel daran, aber er war unglaublich hartnäckig.»

«Tja. So ist Jake.»

«Das ist aber nicht der Grund für die Trennung gewesen, oder?» Er wirkt ehrlich besorgt.

«Der Tropfen, der das Fass zum Überlaufen brachte.»

«Oh. Das tut mir leid.»

«Das hättest du mir sagen müssen. Gestern, unten am See. Du hättest mir erzählen müssen, was ihr beide ausgeheckt habt.»

«Ich habe es überlegt, aber ich hatte das Gefühl, mich damit zu sehr bei euch einzumischen. Ich meine, du und Jake, ihr seid ein Paar ...» Er verstummt. Es ist ihm sichtlich unangenehm.

«Wir *waren* ein Paar. Geschäftspartner waren wir allerdings nie.»

«Verstehe.»

«Er wollte das Geld, um damit eine Wohnung in London zu finanzieren.»

«Er wollte, dass du das Hotel verkaufst, damit er sich eine Wohnung kaufen kann?» Graham ist fassungslos.

«Er hat mir angeboten, mich zu unterstützen, während ich mir einen neuen Job suche.»

«Was für ein ...» Graham hüstelt. «Aber das geht mich nichts an.»

«Nein, das stimmt, aber du hast absolut recht. Ich habe viel zu lange die Augen davor verschlossen.»

«Wart ihr denn lange zusammen?»

«Fünf Jahre. Seit ich bei SBP angefangen habe. Wir sind auf der Weihnachtsfeier im Büro zusammengekommen.»

«Hinter den Aktenschränken?», fragt Graham grinsend.

«Nein. Unter der Wodkarutsche.»

«Es ist sicher nicht einfach, plötzlich Single zu sein. Ich meine, nach so langer Zeit.»

«Ich glaube, ich beschäftige mich einfach.»

«Lucy, ich weiß, du willst das Hotel unbedingt halten, und ich will es kaufen. Ich baue das Ferienresort, und wir werden in

Zukunft in direkter Konkurrenz zueinander stehen. Aber ich möchte dich bitten, das rein geschäftlich zu betrachten. Das ist nichts Persönliches zwischen uns. Das mit Jake tut mir sehr leid. Ich hätte wissen müssen, dass er gegen deinen Willen gehandelt hat. Ich war viel zu scharf drauf, das Grundstück endlich in die Finger zu kriegen. Ich schätze, ich wollte glauben, dass du deine Meinung geändert hast. Aber das stimmt nicht, oder?»

«Nein.» Ich trinke einen großen Schluck Wein. Langsam stelle ich das Glas ab und sehe ihm in die Augen. «Nein. Habe ich nicht.»

Graham seufzt. «Ich will das Mormaer Inn, aber nicht um den Preis, dich bankrottgehen zu sehen.»

«Vielleicht kann ich das Ruder ja tatsächlich rumreißen», sage ich eindringlich.

Graham leert sein Glas. «Ich hätte nie gedacht, dass ich das mal sagen würde, aber das könntest du tatsächlich. Ich sehe nur eine Gefahr, Lucy. Falls irgendetwas Unerwartetes passiert, ein verrottetes Dach oder Schwamm in den Wänden oder irgendeine unvorhergesehene Rechnung, dann hast du überhaupt keine Rücklagen dafür, oder?»

«Nein», gebe ich zu. «So was sollte besser nicht passieren.»

«Das ist aber keine gute Geschäftsgrundlage.»

Ich muss lachen. «Glaubst du, das weiß ich nicht? Ich bin meinem Onkel Calum offensichtlich ziemlich ähnlich, ich halte mich über Wasser, indem ich von einem verrückten Plan zum nächsten stolpere.»

Graham sieht sich um. «Das Bistro ist eine gute Idee gewesen. Und deine Wochenendangebote auch. Dadurch kommt Geld rein.»

«Das klingt ja fast, als würdest du mir den Erfolg gönnen.»

«Sagen wir, ich will dich nicht gegen die Wand krachen sehen.»

Mich schaudert. «Ich auch nicht.»

«Lucy, ich mache dir einen Vorschlag. Lass uns einen Waffenstillstand beschließen. Ich akzeptiere, dass du nicht verkaufst, und dafür versprichst du mir, zu mir zu kommen, ehe dir das Wasser bis zum Hals steht, damit ich dir eventuell helfen kann.» Er hebt schnell abwehrend die Hand. «Ich meine nicht, indem ich dich aufkaufe. Ich habe selbst einige Erfahrung auf dem Gebiet. Mir gehören ein paar kleinere Hotels.»

Ich versuche, mir meine Überraschung nicht anmerken zu lassen. Dass er reich ist, hatte ich geahnt, aber definitiv nicht auf diesem Niveau.

«Ich will deine Hilfe nicht», sage ich. «Aber einen Waffenstillstand akzeptiere ich mit Freuden.»

«Dann ist ja ein Anfang gemacht.» Graham hält mir lächelnd die Hand hin. Ich schlage ein.

22. Kapitel

Ich will eigentlich im Bistro aufräumen, aber Graham schlägt vor, noch auf einen Absacker ins Clootie Craw rüberzugehen, und ich denke, wozu Boss sein, wenn nicht mal so was drin ist? Mit leichten Schuldgefühlen verlasse ich also das Bistro und überlasse es Janet McGruther, den Raum für den nächsten Tag vorzubereiten. Doch dann reiße ich mich zusammen. Schließlich wird sie im Gegensatz zu mir für ihre Arbeit bezahlt. Ich spüre ihren stechenden Blick im Rücken, als wir das Bistro verlassen. Die Stelle zwischen meinen Schulterblättern fängt definitiv an zu jucken.

«Wie kommt es eigentlich, dass du bei der alten Hexe so einen Stein im Brett hast?», frage ich Graham, während wir über den dunklen Parkplatz zum Haupteingang der Bar gehen.

Fluchend stolpert Graham über ein Schlagloch. «Das musst du dringend in Ordnung bringen. Sonst hast du bald eine Klage am Hals.»

«Die Einheimischen betrachten den Parkplatz offensichtlich als Bestandteil eines Initiationsrituals. Wer es, ohne sich den Hals zu brechen, in die Bar schafft, ist dort herzlich willkommen.»

«Mag ja sein», sagt Graham. Er steht auf einem Bein und reibt sich den Knöchel. «Aber deine Gäste, vor allem die Touristen, auf die du so scharf bist, sehen das sicher anders.»

«Stimmt.» Ich seufze. «Ich glaube nicht, dass die Zahlen es hergeben, den Hof neu zu pflastern. Aber ich könnte für Beleuchtung sorgen und einen Warnhinweis anbringen.»

«Gut. Das ist die richtige Herangehensweise.»

«Ich habe eben nicht nur einen hübschen Kopf auf den Schultern», sage ich zum Scherz.

«Nicht nur. Aber auch», sagt Graham und hält mir die Tür auf.

Ich erröte heftig und tue so, als hätte ich ihn nicht gehört. Mag ja sein, dass zwischen uns Waffenstillstand herrscht, aber da ist schließlich immer noch Candy. Außerdem bin ich mir nicht sicher, ob er jetzt vielleicht einfach auf diese Weise versucht, doch noch an mein Hotel ranzukommen. Überhaupt: Ich glaube nicht, dass ich nach der Sache mit Jake so schnell wieder einem Mann vertrauen kann.

In der Bar ist es warm und mollig und so gemütlich wie immer. Ich entdecke ein paar Gäste aus dem Bistro und spüre zarten Stolz in mir aufglimmen. Graham lächelt dem Paar zu, das am Nebentisch saß. Dann führt er mich zur letzten freien Nische und besorgt mir ein Glas Rotwein, ohne zu fragen, was ich möchte. Irgendwie nervt es mich, dass er ins Schwarze getroffen hat.

«Warst du schon hinter der Bar?», will er wissen.

«Ich glaube nicht, dass Hamish besonders viel dafür übrighätte.»

Graham stöhnt. «Himmel noch mal, wann zeigst du den Leuten endlich, wer hier die Hosen anhat?»

«Ich will niemandem auf die Zehen treten.»

«Das tust du sowieso. Wird sich auch nicht ändern lassen. Die einzige Möglichkeit, den Leuten zu beweisen, dass du es ernst meinst, ist, die Sache offensiv anzugehen. Menschen sind wie Hunde im Rudel. Du musst ihnen zeigen, wer das Alphatier ist.»

Ich rutsche unbehaglich auf meinem Sessel herum. «Äh ... Was ist das denn jetzt für eine Testosteronkiste?»

«Wenn du es so nennen willst, dann hat Janet McGruther mehr Eier unter ihrem Tweedrock als die meisten Typen in dieser Bar.»

«Hilfe.»

«Du weißt genau, was ich meine.»

«Ich mag keine herrischen Tyrannen.»

Graham seufzt. «Nein. Du bist ein Mädchen, das von allen geliebt werden will.»

«Was ist denn daran verkehrt?»

«Nichts, es sei denn, man versucht, ein Geschäft zu führen.»

«Glaubst du nicht, dass sich ein Geschäft auch mit Wohlwollen führen lässt?»

«Klar. Ich verlasse mich auch auf Wohlwollen.»

Ich schüttle den Kopf. «Quatsch. Ich glaube, du gehörst zu den Leuten, die auf Gefallen bauen.»

Graham wirft den Kopf in den Nacken und fängt schallend an zu lachen. «So wie *Der Pate*?»

Ich grinse. «Keine Ahnung, wie groß dein Imperium ist.»

«Also, die ganze Westküste gehört mir jedenfalls noch nicht.»

«*Noch* nicht.»

Er lacht wieder. Dann sagt er: «Lucy, ich möchte nicht, dass du den Eindruck gewinnst, ich würde die Leute schlecht behandeln. Meine Mieter wohnen alle in ordentlichen Immobilien und zahlen eine angemessene Miete. Ich möchte Menschen nicht übervorteilen. Ich bin sogar so weit gegangen, dir meine Hilfe anzubieten, obwohl ich dieses Grundstück dringend brauche, um meine Pläne für die Gegend zu verwirklichen. Pläne, die, wie ich hinzufügen könnte, für Mormaer einen ungeheuer positiven Effekt haben werden.»

«Fang bitte nicht wieder davon an», sage ich.

«Okay. Schon gut. Ich wollte dir nur zeigen, dass man sich noch lange nicht von seinen eigenen Leuten gängeln lassen muss, um ein anständiger Chef zu sein. Es ist Pech, dass du diese Gratwanderung ausgerechnet hier oben bei uns lernen musst. Diese Gegend hat ein paar ziemlich harte Brocken hervorgebracht. Die Leute hier gehen mit ihrem Respekt eher sparsam um.»

«Ich verstehe, was du mir damit sagen willst.» Ich lächle ihn an. Seine kühlen grauen Augen faszinieren mich, und ich kann den Blick nur mit Mühe lösen. «Aber wie du selbst sagst, ich muss meinen eigenen Weg finden. Außerdem glaube ich nicht, dass ich in der Lage bin, ausgerechnet an dem Tag große Entscheidungen zu treffen, an dem ich mich von dem Mann getrennt habe, von dem ich dachte, ich würde ihn heiraten.»

«War das mit dir und Jake tatsächlich so ernst?» Graham klingt überrascht.

«Ja.» Ich hebe den Blick und sehe ihn an. Dann füge ich leise hinzu: «Dachte ich zumindest.»

«Das tut mir leid. Das war mir nicht bewusst. Aber hey», er stupst mich spielerisch an, «alles hat auch eine positive Seite. Eine ernsthafte Beziehung benötigt Zeit, Engagement und Aufmerksamkeit. Drei Dinge, die man nur sehr begrenzt zur Verfügung hat, wenn man beruflich selbstständig ist.»

«Meine Güte. Willst du damit sagen, in deinem Leben gibt es keinen Raum für eine Beziehung? Was sagt denn bitte Candy dazu?»

Sein Glas bleibt auf halbem Weg zum Mund in der Luft hängen.

«Entschuldigung», sage ich. «Das war zu persönlich.»

Graham setzt langsam das Glas ab. «Nein, gar nicht. Ich wundere mich nur. Wie kommst du denn jetzt auf Candy?» Er sieht mich sehr direkt an und lächelt. Oh Gott! Er denkt, ich mache ihn an!

«Ich, äh, das war kein ... ich dachte ...», fange ich an zu stottern. Bestimmt bin ich knallrot. «Ihr habt euch doch ein Zimmer geteilt», bringe ich schließlich hervor.

«Eine Suite, mit zwei Zimmern. Und außerdem interessiert sie sich nicht für Männer.»

«Ach so?», krächze ich.

«Aber wieso fragst du das alles? Hat sie versucht, dich abzuservieren?»

Ich nicke beschämt über das Missverständnis.

Graham lacht. «Jetzt verstehe ich. Candy ist meine Assistentin und eine sehr gute Freundin. Weißt du, auch auf die Gefahr hin, dass das jetzt etwas unbescheiden klingt – es waren schon öfter mal Frauen hinter meinem Geld her. Candy passt in dieser Hinsicht ein bisschen auf mich auf.» Er fängt breit an zu grinsen. Sein ganzes Gesicht kräuselt sich, und er sieht plötzlich um Jahre jünger aus. «Es gibt einfach zu viele Frauen, die mich anbaggern.»

«Du arroganter ...» Er fängt lauthals an zu lachen, und ich spreche nicht weiter.

«Du lässt dich viel zu schnell auf die Palme bringen, Lucy. Du musst die Dinge dringend leichter nehmen.»

«Erst erzählst du mir, dass ich die Dinge ernster nehmen muss, und in der nächsten Sekunde machst du dich über mich lustig, weil ich die Dinge zu ernst nehme!»

«Ja. Geschäftliches solltest du ernst nehmen, aber bitte sorge dafür, dass du auch ein bisschen Spaß hast. Wenn du dich immer nur auf die Arbeit konzentrierst, wirst du verrückt. Ich musste das auf die harte Tour lernen. Schon am Ende meines ersten Jahres stand ich am Rande eines Burnouts. Du musst lernen abzuschalten.» Nach einer Pause fügt er hinzu: «Also. Was wirst du jetzt tun, ohne Jake?»

Ich runzle die Stirn. «Was meinst du damit?»

«Wirst du künftig als – wie heißt es in den Frauenzeitschriften so schön – glücklicher Single durchs Leben gehen?»

Oh Gott! Macht er jetzt mich an?

«Du liest Frauenzeitschriften?», frage ich, um Zeit zu gewinnen.

«Nein. Aber ich kenne Leute, die welche lesen.»

«Wahrscheinlich warte ich einfach, bis mein Mr Darcy auftaucht.»

«Und dann verkaufst du mir das Hotel, weil er dich mit nach Pemberley nimmt.»

«Du hast Jane Austen gelesen?»

«Sicher. Ich mag Jane Austen. Sie ist sehr präzise, was die Beschreibung von Menschen betrifft, und auch wenn ihre Bücher vor langer Zeit geschrieben wurden, stimmen ihre Beobachtungen doch noch immer. Die Menschen sind heute noch genauso egoistisch, selbstmitleidig und eitel wie eh und je.»

«Kein Wunder, dass du nicht verheiratet bist», sage ich. «Du glaubst sicher, alle Frauen wären nur hinter deinen Immobilien her.»

«Sind sie normalerweise leider auch. Oder hinter meinem Geld.»

«Das tut mir leid. Das hat dich sicher zynisch gemacht.»

Er erhebt sein Glas. «Deshalb finde ich es auch so erfrischend, zur Abwechslung mal mit einer Frau zu tun zu haben, die mein Geld mit solcher Vehemenz ablehnt. Sogar wenn sie damit eine desaströse Entscheidung trifft.»

Ich lache. «Wir haben uns darauf geeinigt, nicht darüber zu sprechen.»

«Und worüber sprechen wir dann? Lucy McIntosh und wie sie tickt?»

«Du hast mich doch sowieso schon durchschaut.»

«Ich habe noch nie eine Frau durchschaut. Ihr seid alle viel zu wandelbar.»

Ich leere mein Glas. Graham streckt einen Finger in die Luft, und Hamish bringt uns die nächste Runde an den Tisch. Ich habe noch nie gesehen, dass er hinter seiner Bar hervorkommt, um Gästen ein Getränk am Tisch zu servieren. Wieso wundert es mich nicht, dass ausgerechnet Graham in den Genuss dieser Vorzugsbehandlung kommt?

Wir unterhalten uns über Belangloses. Ich erfahre, dass er genau wie ich anständigen Kaffee vermisst, wenn er hier oben ist. Wir frotzeln freundschaftlich über die Rivalitäten zwischen Glasgow und Edinburgh. Der Abend schreitet fort, und die Gäste in der Bar werden immer weniger. Ich glaube, ich muss bald ins Bett. Ich habe den Kopf voller Pläne für die Woche und will mich gerade verabschieden, als die Tür aufgeht und Sean die Bar betritt. Er kommt direkt auf uns zu.

«Geht es dir gut, Lucy? Ich habe das mit Jake gehört. Was für ein Arschloch, versucht, dich dermaßen übers Ohr zu hauen!»

«Na, Sean, wieder das Buschtelefon benutzt?», fragt Graham. Er lächelt nicht.

«Danke, Sean, mir geht es gut», sage ich.

«Kann ich dir was zu trinken holen?», fragt er.

«Sie hat schon was», sagt Graham. In seiner Stimme schwingt Streitlust. Aber Sean scheint immun dagegen zu sein. Er setzt sich zu uns an den Tisch.

«Hast du tatsächlich hinter Lucys Rücken einen Vertrag mit ihm ausgehandelt?», fragt er Graham.

«Ich wusste nicht, dass sie nichts davon weiß», antwortet Graham durch zusammengebissene Zähne.

«Wir haben einen Waffenstillstand», sage ich.

«Du bist sehr nachsichtig. Das könnte ich nicht.»

«Möchtest du vielleicht, dass wir vor die Tür gehen?», fragt Graham.

Sean erschrickt ein wenig. «He, Mann, ganz sachte, ich sage doch nur, wie es ist. Ich will nicht, dass Lucy noch mal so auf die Nase fällt.»

«Lucy», sage ich, von ein paar Gläsern Wein enthemmt, «kann sehr gut auf sich selbst aufpassen, meine Herren.»

Beide bedenken mich mit einem Blick, der verrät, dass das nicht sehr glaubwürdig klang.

«Ich fühle mich bevormundet!», klage ich.

Graham streckt die Hände aus. «He! Ich habe keinen Ton gesagt.»

«Nein. Aber geschaut. Ihr habt beide so geschaut!»

«Du bist ja auch nett anzusehen», sagt Sean, und Graham prustet los.

«Ich glaube, es ist höchste Zeit, dass ich mich in mein Türmchen verziehe.»

«Lucy! Sei nicht herzlos. Ich bin doch eben erst gekommen. Du kannst mich doch nicht allein hier trinken lassen.»

«Ich zweifle nicht daran, dass du andere Gesellschaft findest», sage ich. «Du kennst doch jeden hier im Raum.»

«Aber nicht jeder will mit ihm trinken», murmelt Graham

so leise, dass ich mir zuerst nicht sicher bin, ob ich richtig gehört habe. Sean läuft tiefrot an.

«Möchtest du mir vielleicht irgendwas sagen?», knurrt er Graham an.

«Jungs! Bitte nicht in meiner Bar.» Ich versuche, einen Scherz aus der Situation zu machen.

Graham schiebt seinen Stuhl zurück. «Ich glaube, ich gehe jetzt besser. Kann ich dich zurückbegleiten, Lucy?»

«Ich will aber noch mit dir über unseren Plan sprechen», sagt Sean und zwinkert mir zu. «Du weißt schon.»

«Ich glaube, das sollte ich mir wirklich noch anhören», sage ich entschuldigend zu Graham. «Vielen Dank für den schönen Abend.»

«Na dann.» Ich sehe förmlich, wie bei ihm die Rollläden runtergehen.

Sobald er weg ist, setzt Sean sich neben mich und streckt sich aus. «Puh! Schon besser.»

«Ihr zwei versteht euch wohl nicht besonders gut?» Das ist natürlich offensichtlich, aber ich bin neugierig.

«Ach, alte Eifersucht», sagt Sean. «Wir sind zusammen zur Schule gegangen. Ich war immer beliebt. Graham ist eher der schweigsame Typ. Schließt nicht so leicht Freundschaften.»

«Es war sicher schwer für ihn, so früh seine Eltern zu verlieren.»

«Kann schon sein», sagt Sean, «aber er und sein alter Herr standen sich nie besonders nahe. Sogar seine Mutter ist an ihm verzweifelt.»

«Warum das?»

«Sagen wir, er war immer eine ziemliche One-man-Show. Nur auf seinen eigenen Vorteil bedacht, ohne sich je um die Bedürfnisse anderer zu scheren. Aber ich will nicht hinter seinem Rücken über ihn lästern. Angeblich hat er sich ziemlich verändert in den letzten Jahren.»

Ich muss an Grahams Worte denken, dass Menschen sich nie verändern würden. «Wer weiß», sage ich trocken. «Und jetzt: Schieß los, welcher Plan?»

«Die Reenactment-Tagung. Ich habe meine Fühler mal ein bisschen ausgestreckt.»

Ich beuge mich interessiert vor. «Phantastisch! Ich bin auch gerade zu dem Schluss gekommen, dass ich hier nur weiterkomme, wenn ich proaktiv bin.»

«Sehr gut», sagt Sean.

«Weißt du was? Lass uns jetzt gleich einen Termin festlegen und veröffentlichen. Wie wär's im Juni? So lange werde ich brauchen, um den zweiten Stock wiederzueröffnen. Wenn es weiter gut läuft, sollte ich bis dahin finanziell dazu in der Lage sein, die Zimmer vollständig umzugestalten und mindestens einen der großen Räume im Erdgeschoss wieder zu öffnen.»

«Ja. Du würdest ziemlich viel Platz brauchen», sagt Sean.

«Gut. Wie wär's mit dem zweiten Juniwochenende? Das Wetter sollte bis dahin stabil sein, und uns bleibt ausreichend Zeit für die Publicity.»

«Klingt nach einem Plan», sagt Sean.

«Kann ich es dir überlassen, in den richtigen Kreisen die Trommel zu rühren?»

«Klar», sagt Sean. «Aber du machst selbst auch Werbung dafür, oder?»

Ich nicke. «Trotzdem brauche ich deine Kontakte, um das Programm zu konzipieren. Workshops, Vorträge und so weiter.»

«Okay. Wir müssen die Kosten kalkulieren. Sagen wir, wir nehmen £55,- Seminargebühr zuzüglich Unterkunft und Verpflegung, dann sollten wir genug Gewinn machen, um den Dozenten und Workshop-Leitern ein annehmbares Honorarangebot zu machen.»

«Komm. Wir gehen zu mir», sage ich aufgeregt. «Mein Laptop ist oben.»

Sean holt an der Bar noch ein paar Flaschen Bier zum Mitnehmen. Im Turm angekommen, mache ich Feuer im Kamin, und wir setzen uns aufs Sofa und schmieden Pläne. Sean sitzt ziemlich nah bei mir, und ich kann die Wärme seines Körpers spüren. Abwechselnd tippen wir Namen und Ideen in den Computer. Er verspricht, Kontakt zu allen möglichen Leuten herzustellen, wenn ich mich um Unterbringung und Verpflegung kümmere. Ich sehe es genau vor mir. Das wird funktionieren.

«Damit macht sich das Mormaer Inn einen Namen als Veranstaltungshotel», schwärme ich. «Ich glaube, das ist der Anfang von was ganz Großem. Ich bin so froh, dass wir uns begegnet sind, Sean!» Ich umarme ihn.

Und ehe ich weiß, was los ist, küssen wir uns.

Jakes Küsse waren hektisch und fordernd. Seans Küsse sind ausdauernd, langsam und forschend. Er hält mich eng an sich gedrückt. Seine Lippen wandern über meine. Er neigt den Kopf zur Seite, und ich denke schon, er will sich lösen, aber nein, er hat nur den Winkel verändert. Sean ist ein sehr guter Küsser. Geradezu professionell gut. Es ist in keinerlei Hinsicht unangenehm, trotzdem kann ich nur an eins denken: Wo wird das hinführen? Wann hört er wieder auf, damit ich ihm das Missverständnis erklären kann? Ich meine, ich wollte ihn doch einfach nur umarmen!

Natürlich ist es dabei kein bisschen hilfreich, die Küsse zu erwidern, aber es ist wirklich schön, zur Abwechslung mal richtig geküsst zu werden. Das ist ein echter Filmkuss. Kein Schnell-ab-in-die-Kiste-Kuss wie die Küsse von Jake. Sean küsst mich, als wäre Küssen eine Kunstform. Er küsst mich, als hätte ich seine ganze Aufmerksamkeit verdient. Das Problem dabei ist nur, dass mir währenddessen all diese Gedanken durch den Kopf gehen. Ich spüre keine Leidenschaft. Ich kommentiere innerlich seine Technik. Ich stelle mir eine internationale Jury à la Eurovision vor, die ihre Bewertung verteilt. Viele Punkte von den Franzosen für seine Technik. Niedrige Punktzahl von den Australiern, die finden, er sollte endlich zur Sache kommen. Er küsst mich immer noch! Mein Mund wird langsam taub. Ich verliere gleich die Kontrolle über meine Lippen. Tief in mir löst sich ein blubberndes Lachen. Es gelingt mir, es zu unterdrücken, und ich konzentriere mich darauf, durch die Nase zu atmen.

Gefühlte Stunden später macht Sean sich endlich von mir los. «Wow, Lucy! Ich hätte nie gedacht, dass du so gut küssen kannst.»

Er verlagert leicht das Gewicht, und ich stürze mich auf mein Bier, ehe er sich wieder an mir festsaugen kann. Ich leere das Glas in einem Zug. Sean füllt mir nach. Sein Griff um meine Taille wird ein bisschen fester. Dabei ist er nicht drängend. Eher zärtlich und fürsorglich, aber ich will diese Situation trotzdem nicht. Ich will das nicht. Er ist der attraktivste Mann, denn ich jemals geküsst habe, aber ich habe nichts dabei empfunden. Allerdings fällt mir plötzlich ein, dass ich mit Jake am Ende währenddessen ziemlich oft darüber nachgedacht habe, was ich zum Abendessen mache oder ob wir rechtzeitig zu dieser oder jener Fernsehsendung fertig sind. Liebemachen ist wohl nicht immer ein Feuerwerk. Ich trinke noch einen Schluck. Bei mir war es eigentlich noch nie ein Feuerwerk.

«Alles okay, Lucy? Geht dir das nach Jake zu schnell?»

Seine umwerfenden blauen Augen sehen mich gefühlvoll an. Das wäre der ideale Zeitpunkt, ihn zu bitten, sich zurückzuziehen. Aber Sean war so lieb zu mir. Ich kann doch unmöglich seine Gefühle verletzen.

Ich entschließe mich zu einem Kompromiss. «Du kannst unglaublich gut küssen, Sean. Aber ich bin noch nicht wieder bereit für was Ernstes. Dazu ist es zu früh.»

«Aber klar», sagt Sean. «Wir gehen es ganz langsam an.» Und dann fängt er wieder an, mich zu küssen. Diesmal bin ich fest entschlossen, es zu genießen. Ich konzentriere mich auf den Versuch, seine Technik zu kopieren, meinen Kopf in Harmonie zu seinem im richtigen Winkel zu neigen, den Druck zu variieren, die Lippen ganz langsam zu bewegen, aber dabei denke ich so angestrengt über all das nach, dass die ganze Angelegenheit ein bisschen zu anatomisch wird. Plötzlich bin ich in Gedanken bei der Bestellung für die Küche. Ich mache mich los und trinke noch einen Schluck.

«Davon bekommt man Durst», sagt Sean und nippt an seinem Glas.

«Weißt du, Sean, ich glaube, es ist Zeit, ins Bett zu gehen.»

Er strahlt mich an.

23. Kapitel

Okay. Das hatten wir schon mal. Das ist der Moment, in dem ich einen Schlussstrich ziehe. Mag sein, dass ich jemanden nur aus Mitgefühl weiterküsse oder aus dem lächerlichen Gefühl heraus, ihm damit einen Gefallen zu tun, weil er nett zu mir war, aber bei Sex, um anderen zu gefallen, ist bei mir Schluss. Ich lege Sean beide Hände fest auf die Schultern und halte seinen erstaunlich großen Mund von mir fern.

«Ich meinte, es ist Zeit für mich, ins Bett zu gehen, um zu schlafen.»

Er sieht mich enttäuscht an.

«Allein», füge ich hinzu, damit es auch wirklich klar ist.

Jetzt macht er ein Gesicht wie ein getretener Hundewelpe.

«Das geht mir wirklich zu schnell», höre ich mich sagen.

«Ein bisschen Ablenkung?», fragt er hoffnungsvoll. «Ich mag dich wirklich sehr, Lucy, aber es muss doch nicht gleich was Ernstes sein.»

Nichts wie ran!, sagt plötzlich eine Stimme in meinem Kopf. Ich sei schließlich nur einmal jung, sagt sie, und dass die Leute so was andauernd machen. Es sei kein Mitleidsfick. Es sei ein Über-dieses-Arschloch-Jake-hinwegkommen-Fick. Die Stimme hört sich verdächtig nach May an. Die Sache ist nur die, ich will keinen Fick. Ich will einen Mann, der mich liebt. Ich zweifle keine Sekunde daran, dass Sean sich alle Mühe geben würde, und gemessen an seinen Kusskünsten bin ich mir sicher, dass er zwischen den Laken ein wahrer Zauberkünstler ist, aber ich liebe ihn nicht. Wenn ich ganz ehrlich bin, empfinde ich für ihn lediglich ziemlich oberflächliche Zuneigung. Zwischen uns existiert keine Verbindung. Sonst stünden nach einer solchen Kussorgie sämtliche Nervenenden bei mir in Flammen.

«Ich fürchte, dazu ist mir das Thema zu ernst.»

Sean lehnt sich zurück und seufzt. «Ich wusste gleich, dass es zu schön ist, um wahr zu sein, ein Mädchen wie dich am Haken zu haben.» Er klappt den Rechner zu. «Darf ich mein Bier noch austrinken?»

«Natürlich», sage ich. «Das war ein toller Kuss! Es war ...» Ich weiß nicht weiter. Mir fehlen die Worte. «Komm. Lass uns trinken!», sage ich. «Auf die Freundschaft.»

Wir stoßen an.

Der Morgen dämmert strahlend herauf. Ich brauche einen Augenblick, bis mir klarwird, dass ich in meinem Bett liege. Ich höre jemanden singen. Ich werfe einen Blick unter die Decke. Ich bin nackt. Der Gesang kommt von unten aus der Küche. Ich versuche, mich aufzusetzen, muss mich aber sofort wieder hinlegen, weil mein Kopf sich anfühlt wie ein Goldfischglas voll scharfer Scherben: riesig, voll stechender Schmerzen und wackelig.

Ich warte einen Augenblick, stehe vorsichtig auf und schwanke unter die Dusche. Das Wasser ist wie Nadelstiche auf der Haut. Ich sitze zu einem Häuflein Elend zusammengesunken auf dem Wannenboden und lasse das Wasser auf mich runterregnen. Als mein armer wunder Kopf nicht mehr kann, steige ich aus der Wanne und tupfe meinen schmerzenden Körper trocken. Ich greife nach der Zahnbürste, aber ich bin mir ziemlich sicher, dass ich mich übergeben werde, sobald ich sie in den Mund stecke. Ist es eigentlich legal, so starken Alkohol zu verkaufen?

Der Gesang ist immer noch zu hören, und ich ziehe mir irgendwas über. Es bedarf einiger Anstrengung, Arme und Beine in die richtigen Löcher zu bugsieren, aber schließlich gelingt es mir. Die Stufen im Turm sind wirklich steil. Ich lasse meine Würde Würde sein und rutsche auf dem Hinterteil die Treppe runter. Der Gesang wird mit jeder Stufe lauter.

Sean steht frisch wie der Morgentau in meiner Küche und brät Eier. Er lächelt mich strahlend an und reicht mir ein Glas Wasser.

«Du siehst aus, als könntest du das gebrauchen, Süße», sagt er.

In dem Augenblick wird mir klar, dass ich mich nicht erinnern kann, was letzte Nacht passiert ist. Ich weiß nur noch, dass wir auf die Freundschaft angestoßen haben und ich nach dem Bier ins Bett gehen wollte. O Gott! Was haben wir getan? Ich kollabiere auf einem Stuhl an meinem kleinen Küchentisch. Sean sagt irgendwas von Kaffeekochen. Ich lege den Kopf zwischen die Hände. Ich denke an eine Wodka-Rutsche, und mir wird speiübel. Wie konnte das passieren? Ich war tatsächlich wieder mal so betrunken, dass ich mich nicht mehr daran erinnern kann, was ich getan habe. Die Scham wird von den schrecklichen Schmerzen in meinem Kopf immerhin ein bisschen gedämpft. Eine Tasse Kaffee taucht vor mir auf. Mit trüben Augen blicke ich hinein und versuche, mich zu bedanken, aber meine Stimme ist noch nicht wieder da. Sean lacht und zaust mir die Haare.

Er zaust mir die Haare? Was heißt das? Zaust man jemandem eher nach einer leidenschaftlichen Nacht die Haare oder nach einer Nacht auf der Couch einer Freundin? Ich weiß es nicht! In mir drin erklingt ein wölfisches Jaulen, aber heraus kommt nur ein heiseres Räuspern.

Sean setzt sich zu mir an den Tisch und fängt an, seine Eier zu essen. Er kocht guten Kaffee. Ich denke darüber nach, ihm das zu sagen, aber es ist viel zu anstrengend. Ich lasse den Kopf auf den Tisch sinken und stöhne.

«Oh! Arme Lucy!» Sein Ton ist amüsiert, aber freundlich und zugewandt. «Es tut mir leid, aber ich muss los. Ich habe in Glasgow einen Termin. Ein Casting. Sehen wir uns heute Abend im Clootie Craw?»

«Ich werde nie wieder auch nur einen Schluck Alkohol trinken.» Die Tischplatte verschluckt meine Worte. Sean drückt mir irgendwas in die Hand. Dann höre ich die Wohnungstür. Ich hebe mühsam den Kopf und sehe zwei Paracetamol. Ich wuchte die Hand zum Mund und schlucke die Tabletten. Ich glaube, ich sterbe. Hoffentlich geht es schnell.

Ich sterbe nicht. Irgendwann später, keine Ahnung, wie viel später, fällt mir wieder ein, dass ich ein Hotel besitze. Ich muss mein Tagwerk beginnen. Was ist mit mir passiert? Ich habe früher immer von 09:00 h bis 19:00 h gearbeitet. Ganz egal, was ich am Vorabend auch getrieben hatte, ich saß pünktlich an meinem Schreibtisch. Tja. Aber damals habe ich auch noch nicht mit einem Highlander Highland Ale getrunken. Ich wasche mir am Spülbecken das Gesicht mit eiskaltem Wasser. Die raue Holzmaserung der Tischplatte hat ein seltsames Muster in mein Gesicht gedrückt. Ich bin zerknittert wie ein Stück Papier.

Als ich die Lobby betrete, spricht Mrs McGruther sehr laut und betont langsam mit einer hübschen, dunkelhaarigen jungen Frau. Die Worte schneiden wie Messerklingen in meinen Kopf.

«Tut mir leid, aber das geht nicht», sagt sie. «Das ist völlig albern. So was macht keiner!»

Die Frau antwortet irgendwas, aber ihre Stimme ist furchtbar sanft, und ich verstehe nicht, was sie sagt. Plötzlich zupft etwas an meinem Hosenbein. Hinter einer der beiden riesigen Topfpflanzen in der Lobby steht ein kleines Mädchen versteckt. Sie hat dunkle Locken, riesige grüne Augen und eine große rosarote Schleife auf dem Kopf. Sie trägt winzige rosa Stiefel, Jeans und einen rosaroten Anorak mit Kunstfellkragen. Sie lächelt mich verschwörerisch an. Sie muss vier oder fünf Jahre alt sein, aber sie hat schon jetzt etwas Besonderes an sich, ein einnehmendes Charisma, das einem schon heute verrät, dass sie ihrer Mutter später mal ganz schön Ärger machen wird.

Ich gehe vorsichtig in die Hocke, damit mein Riesenschädel nicht abfällt und sie erschreckt.

«Ich verstecke mich vor der bösen Frau», sagt das Mädchen. Es hat einen schottischen Akzent, aber mit einem ganz leichten, fremden Unterton.

«Gute Idee», flüstere ich. «Darf ich mich auch verstecken?»

Sie lacht. «Du bist erwachsen. Du musst dich nicht verstecken.»

«Ich bin mir aber nicht ganz sicher, dass sie wirklich eine Frau ist. Ich glaube, sie ist ein verkleideter Drache.»

Das kleine Mädchen nickt ernsthaft. «Das könnte sein.

Dann musst du sie jetzt mit deinem Schwert bekämpfen. Sie ist gemein zu meiner Mama.»

Das Allerletzte, was ich in meinem Zustand brauchen kann, ist eine Konfrontation mit Mrs McGruther, aber das Flehen des kleinen Mädchens kann ich nur schwer ignorieren. Ihre grünen Augen werden immer größer, als Mrs McGruthers Stimme noch lauter wird.

«Okay», sage ich. Ich wappne mich und ziehe in den Kampf. Ich trete an die Rezeption. «Kann ich helfen?»

«Das ist nicht nötig, Miss McIntosh», sagt Mrs McGruther. «Die Dame», sie betont das Wort schon fast ungehörig, «wollte soeben gehen.»

Ich achte nicht auf sie. «Ich glaube, ich habe gerade Ihre Tochter getroffen. Sie versteckt sich hinter meiner Topfpalme.»

«Oh. Das tut mir leid!», sagt die Frau. «Ania, komm sofort hierher. Hör mit dem Unsinn auf!»

«Schon gut», sage ich. «Sie ist sehr charmant. Sind Sie Polin?»

«Ich heiße Ewa», sagt die Frau. «Ich bin auf der Suche nach Arbeit, aber die Geschäftsführerin sagt, hier gibt es keine.»

«Was machen Sie denn, Ewa? Ich bin die Besitzerin des Mormaer Inn. Lucy McIntosh.»

Ein Hoffnungsschimmer erhellt das Gesicht der Frau. «Ich kann alles machen. Ich putze. Ich poliere. Ich mache Buchhaltung. Ich mache Reparaturen.»

Mrs McGruther fällt ihr ins Wort. «Sie verstehen das nicht, Miss McIntosh. Sie will ihr Kind mit zur Arbeit bringen.»

Aber ich habe mich längst an einem Wort festgebissen. «Sie machen Reparaturen?»

«Zu Hause bin ich Ingenieurin.»

«Sicher hat sie nicht mal eine Arbeitserlaubnis», murmelt Mrs McGruther.

«Ich fürchte, Sie sind überqualifiziert für die Arbeiten, die hier anfallen.»

«Ich mache alles! Wirklich alles! Ania und ich haben zwar eine Wohnung, wir wollten eigentlich zu ihrem Vater. Aber er ist nicht da. Und ich habe kein Geld.» Ewa schämt sich offensichtlich fürchterlich.

«Kommen Sie mit», sage ich. Ich führe sie ins Bistro und locke Ania mit dem Zeigefinger, uns zu folgen.

«Wie wär's mit einem Happen?», frage ich die Kleine.

«Rührei, bitte», sagt Ania. «Ich habe noch nicht gefrühstückt.»

Ihre Mutter wird rot. Mrs McGruther ist uns gefolgt, und ich schicke sie in die Küche, um bei Jeannie zweimal das Mormaer-Inn-Spezialfrühstück zu bestellen.

Ich lächle Ewa an. «Meine Mutter hat immer gesagt, Kinder sind dazu da, ihre Eltern zu blamieren.»

«Haben Sie Kinder?»

«Noch nicht. Ich habe noch nicht den richtigen Mann getroffen.»

«Da bin ich mir auch nicht mehr so sicher», sagt Ewa traurig.

«Ich brauche hier leider keine Ingenieurin», sage ich.

«Nein. Sie sind sehr nett. Ania wird jetzt Frühstück genießen, und dann gehen wir wieder.»

Ich schüttle den Kopf. «Was ich allerdings wirklich dringend brauche, ist ein Mädchen für alles. Jemanden, der auf dem Parkplatz Lampen installieren kann. Mir dabei hilft, ein paar Zwischenwände rauszureißen. Die Zimmer neu zu gestalten, solche Dinge.»

Ewas Gesicht erhellt sich. «Das kann ich.»

«Wir verdienen mit dem Hotel momentan leider kaum Geld», sage ich. «Ich kann Sie also höchstens in Teilzeit beschäftigen. Natürlich bei angemessener Bezahlung.»

«Ganz egal was!» Sie zögert. «Aber da ist Ania. Ich habe keine, wie sagt man, Kinderbetreuung für sie.»

«Ich habe kein Problem damit, wenn Sie Ihre Tochter zur Arbeit mitbringen», sage ich. «Solange nichts passiert. Sie müssen schon aufpassen, dass sie nicht alleine loszieht und plötzlich ins Wasser fällt oder so was.»

«Nein. Das passiert nicht. Sie ist ein braves Mädchen. Sehr brav.»

Ich grinse Ania an. «Ich glaube ja eher, dass sie es faustdick hinter den Ohren hat. Aber wenn Sie flexibel sind, dann finden wir sicher eine Lösung. Ab und zu könnte sie sicher in meinem Büro spielen, und wenn Jeannie in der Küche nicht zu viel zu tun hat, hätte sie gegen eine kleine Besucherin sicher auch nichts einzuwenden. Wahrscheinlich müssten Sie mir etwas unterschreiben, in dem steht, dass Sie zu jeder Zeit die Haftung für Ihr Kind übernehmen, um mich abzusichern», sage ich und muss an Grahams Warnung wegen dem Parkplatz denken.

«Ich unterschreibe alles», sagt Ewa.

Jeannie kommt mit dem Frühstück herein, und ich bitte sie, Ewa den zweiten Teller zu servieren. Ewas Augen füllen sich mit Tränen.

Ich drehe mich zu Jeannie um, damit sie sich wieder fassen kann. «Das ist Ewa. Sie wird ab sofort bei uns arbeiten und mir bei den Reparaturen helfen. Sie ist Ingenieurin, wir haben also großes Glück. Ihre Tochter Ania wird mitkommen, bis sie zur Schule geht. Ich habe ihr gesagt, wenn sie ganz brav ist, darf Ania Sie vielleicht sogar mal in der Küche besuchen.»

Ich hatte eine höfliche, aber zurückhaltende Reaktion erwartet. Auf ein kleines Kind aufzupassen ist nun wirklich nicht Jeannies Job, aber sie überrascht mich: «Oh! Das wäre sehr schön», sagt sie. «Ania, kochst du gerne? Du könntest mir vielleicht sogar beim Kuchenbacken helfen.»

Ania nickt fröhlich. Mit Sicherheit in freudiger Erwartung der vielen abzuschleckenden Löffel.

«Sie sind sehr nett zu uns», sagt Ewa. «Warum tun Sie das?»

«Ach», sage ich mit Blick auf Anias strahlende Augen. «Wer könnte diesem niedlichen Gesicht irgendetwas ausschlagen?»

Jeannie lacht. «Ich wette, sie hat Hummeln im Hintern», sagt sie.

Mein Kater hat sich zwar nicht auf wundersame Weise in nichts aufgelöst, aber ich fühle mich trotzdem gut. Jetzt arbeiten hier schon drei Menschen, die mich mögen.

24. Kapitel

Mrs McGruther macht mich zwar nicht direkt rund, schüttet aber eimerweise Bedenken hinsichtlich Ewa und Ania über mich aus, bis ich schließlich sage: «Mag sein, dass Sie mit meiner Entscheidung nicht einverstanden sind, aber es ist nun mal meine Entscheidung. Das ist jetzt mein Hotel. Es tut mir leid, wenn Sie das Gefühl haben, mit meinen Entscheidungen nicht arbeiten zu können, aber es steht Ihnen jederzeit frei, woanders hinzugehen, wo es Ihnen besser gefällt.»

Mrs McGruther starrt mich an wie ein zweiköpfiges Ungeheuer. «Sie wollen, dass ich gehe?»

«Ganz und gar nicht», sage ich ein bisschen unaufrichtig. «Sie kennen dieses Haus besser als irgendjemand anderes. Wenn Sie gehen würden, wäre das natürlich ein Verlust für das Mormaer Inn.» *Großer* Verlust bringe ich nicht über die Lippen. «Aber ich will nicht, dass Sie bleiben, wenn Sie hier unglücklich sind.»

Mrs McGruther steht stocksteif vor mir. Ihr Atem geht schwer. Einen Moment lang frage ich mich, ob sie tatsächlich gleich Feuer spuckt. Dann setzt sie sich hinter ihren Schreibtisch.

«Ich habe im Reservierungsbuch einen neuen Eintrag gefunden», sagt sie, als hätte unser Gespräch nie stattgefunden. Ich ziehe mir einen Stuhl heran und erzähle ihr von der

Reenactment-Tagung. «Bis dahin sollten wir finanziell so gut aufgestellt sein, um in den zweiten Stock investieren zu können. Außerdem möchte ich einen der ehemals großen Säle im Erdgeschoss wiederherstellen und umgestalten. Ich hoffe, Ewa kann uns dabei helfen.»

Mrs McGruther nickt höflich. «Ich merke wohl, dass Sie mit Ihren Ideen mehr Geld ins Haus holen.» Ich bin mir ganz sicher, dass sie leise «neumodischen» vor sich hin gemurmelt hat. «Trotzdem wäre es riskant, so viel in diese eine Tagung zu investieren. So wie Sie das schildern, klingt es, als würden die Investitionen all unseren Gewinn auffressen. Haben Sie schon mit der Bank gesprochen?»

«Noch nicht. Bis jetzt ist es so gut gelaufen, dass dazu noch keine Notwendigkeit bestand.»

«Sie sollten trotzdem rausfinden, ob die Bank zu einer Zwischenfinanzierung bereit wäre, falls es Probleme gibt.» Sie wirkt nicht gerade erfreut, mir diesen Rat zu geben.

«Das ist ein guter Hinweis», würdige ich ihr Bemühen. Ich weiß trotzdem, dass nichts schiefgehen wird. Das habe ich im Gefühl. Momentan zeigt alles bergauf.

«Wenn Sie mich fragen, ich finde immer noch, Sie sollten verkaufen.»

Ich stehe auf und schenke ihr ein angespanntes Lächeln. «Glücklicherweise frage ich Sie aber nicht.»

Als ich ihr Büro verlasse, trage ich meinen kleinen Sieg vor mir her wie ein Schild.

Am Abend im Clootie Craw benimmt sich Sean ein winziges bisschen besitzergreifend, legt mir den Arm um die Taille und führt mich zu meinem Platz. Ich setze mich und verzichte auf Alkohol. Wir unterhalten uns über die Tagung. Kurze Zeit später entschuldigt er sich wieder, weil er früh ins

Bett muss. Offensichtlich soll er noch einmal nach Glasgow kommen.

Er geht, und ich bleibe noch eine Weile sitzen. Die Leute unterhalten sich über die Lampen, die seit heute den Parkplatz beleuchten. Ewa hat wirklich keine Zeit vergeudet. Offensichtlich dachte einer der Stammgäste, er hätte es mit einem Ufo zu tun. Das sind die Highlands, denke ich und mache mich schließlich, zufrieden mit meinem Tagwerk, auf den Rückweg in mein Türmchen.

Im Laufe der nächsten Wochen beweist Ewa mir weiter, dass sie ihr Gewicht in Gold wert wäre, indem sie sich um all die Kleinigkeiten kümmert, die im Hotel nicht in Ordnung sind und mir den letzten Nerv geraubt haben. Außerdem habe ich sie beauftragt, Stück für Stück den zweiten Stock wieder instand zu setzen. Sie besitzt unglaubliches handwerkliches Geschick, beherrscht auch Klempnerarbeiten, und wir wagen uns sogar an ein paar Badezimmer. Weil Ewa die ganze Arbeit selbst leistet und ich sämtliches Material im Internet bestelle, erweist sich die Renovierung als immens kostengünstig. Ich habe ein schlechtes Gewissen, weil ich ihr so wenig bezahlen kann, aber Ewa meint, wenn das Hotel erst mal jede Menge Kohle abwirft, könnte ich ihr gerne mehr geben. Insgeheim spiele ich bereits mit dem Gedanken, sie eines Tages auf die Position von Mrs McGruther zu setzen. Fürs Erste haben wir uns darauf geeinigt, dass ich das Minigehalt, das ich ihr zahlen kann, durch freie Mahlzeiten für sie und Ania aufbessere.

Der kleinen Ania kann keiner widerstehen. Sogar Mrs McGruther wurde dabei beobachtet, wie sie ihr heimlich einen

Schokoriegel zusteckte. Und dem Mädchen gelingt es, sich nicht allzu sehr in Schwierigkeiten zu bringen, obwohl sie so ein nimmermüder Wirbelwind ist. Bisher ist sie nur ein einziges Mal verloren gegangen – und schließlich im ehemaligen Musikzimmer unter einem Tisch wiederaufgetaucht, nachdem wir schon den ganzen Loch nach ihr abgesucht hatten.

Ewa hilft mir auch dabei, das Hotel mit WLAN auszustatten, und damit beginnen auch bei uns endlich moderne Zeiten. Ich mache mich daran, meine Website zu gestalten.

May schreibt zurück, und wir versöhnen uns. Wir tauschen jede Menge Mails aus, um uns gegenseitig auf den neusten Stand zu bringen. Sie will mich im Juni besuchen kommen. Sie ist sehr neugierig auf die Reenactment-Leute.

Sean hat's nicht so mit E-Mails, aber jedes Mal, wenn wir uns sehen, sagt er, die Pläne für die Tagung gehen voran, also lasse ich das Thema bei ihm. Er hat die Rolle in Glasgow bekommen, und ich kriege ihn nicht mehr oft zu sehen, worüber ich eigentlich froh bin. Wir sprechen nie wieder über das, was in jener Nacht passiert ist, und als er bei einem unserer rar gewordenen Essen im Clootie Craw ganz nebenbei erwähnt, wie gut er sich mit einer seiner Kolleginnen versteht, sage ich ihm, wie sehr ich mich darüber freue. Wir kehren mühelos auf ein sehr freundschaftliches Level zurück.

Kurzum: Es läuft alles ganz wunderbar. Aber dann sitze ich eines Abends mit einer Tasse Kakao in Onkel Calums Lieblingssessel vor dem Fenster. Ich bin nicht im Clootie Craw gewesen und vollkommen nüchtern. Zuerst glaube ich, es wäre der Wind im Kamin, aber die Bäume vor dem Fenster bewegen sich kein bisschen. Es klingt wie ein tiefes, langgezogenes Heulen. Dann kommt ein Klopfen hinzu. Es hört sich an wie ein klapperndes Fenster oder eine Tür, aber ich weiß, dass wir diese Nacht keine Gäste haben, und außerdem habe ich jedes Fenster und jede Tür im Haus auf meinem Abendrundgang persönlich geschlossen. Ania hätte sich jetzt an meiner Stelle mit Sicherheit mit einem Küchenutensil bewaffnet und wäre der Sache auf den Grund gegangen. Aber ich habe in meinem Leben genug Horrorfilme gesehen, in denen sich junge Frauen alleine aufmachen, um gruseligen Geräuschen auf die Spur zu kommen. Ich gehe ganz sicher nicht leichthin nachsehen, wer da mit den Türen klappert.

Vor meinem inneren Auge taucht plötzlich die kleine Tür zum Turm in der Südspitze des Gebäudes auf. Ich bin immer noch nicht in dem zweiten Turm gewesen, den Calum angeblich gesperrt hat, weil es dort spukt. Ich war von Anfang an davon überzeugt, dass das nur eine seiner vielen schrägen Ideen war, Werbung für sein Hotel zu machen. Ich vermutete eine unübersichtliche Menge baufälliger Balken und ganze Kolonien von Spinnen und Holzwürmern hinter der stets verschlossenen Tür.

Ich bin zwar nicht besonders stolz darauf, aber ich gebe es zu: Bei dem Gedanken an den Südturm wird mir ganz mulmig zumute. Ich verriegle die Tür zu meinem eigenen Türmchen von innen, flüchte ins Bett und ziehe mir die Decke über den Kopf. Ich habe zwar definitiv nicht vor, mich dem, was da sein mag, allein zu stellen, aber die Polizei werde ich wegen einer Handvoll Gruselgeräusche ganz bestimmt auch nicht rufen, um mich in ganz Mormaer zum Gespött der Leute zu machen.

Aber zwei Nächte später passiert dasselbe noch mal. Heulen, Klopfen. Ich verstecke mich schlotternd in meinem Bett. Das Bistro ist weiterhin gut besucht, aber die Übernachtungen sind jetzt im März wieder rückläufig. Was in gewisser Hinsicht gar nicht so schlecht ist, weil wir dann in Ruhe renovieren können. Allerdings ist das verlassene Hotel nachts wirklich ein bisschen unheimlich.

Fortan mache ich es mir zur streng befolgten Regel, die Turmtür abends zu verriegeln. Außerdem gehe ich immer früher ins Bett, in der Hoffnung, schon zu schlafen, wenn das Geheule und Geklapper beginnt. Aber jede Nacht, in der ich allein im Hotel bin, werde ich pünktlich um zwei Uhr morgens von Geräuschen geweckt, die es nicht geben dürfte. Zum ersten Mal seit ewigen Zeiten wünschte ich, Jake wäre bei mir. Dann könnte ich ihn losschicken, um der Sache auf den Grund zu gehen.

Ich müsste wirklich dringend mit jemandem darüber sprechen, aber so, wie die Buschtrommeln hier funktionieren, hüte ich mich davor. Die letzte Runde Tratsch befasste sich ausgiebig mit dem Skandal, dass die große Meisterstrickerin Mrs Howie aus der Burnside Lane es nicht ins Regionalfinale des Strickwettbewerbs geschafft hat. Diese eher dürftige Nachrichtenlage sagt mir, dass Miss McIntoshs Angst vor Turmgeistern in Mormaer echtes Skandalpotenzial hätte. Nein, danke, ich will auf keinen Fall als die Dorf-Irre abgestempelt werden.

Das Problem an der Sache ist nur, dass ich nicht mehr genug Schlaf kriege. Ich habe mir angewöhnt, mich jeden Morgen mit Mrs McGruther zu besprechen. Überhaupt habe ich mir eine feste Routine angewöhnt: erst eine Runde durchs Hotel, dann die Bestellungen, Buchhaltung und meinen Teil der Hausarbeiten. Seit ich im Team meinen festen Beitrag leiste, kann ich morgens nicht mehr einfach liegen bleiben. Dank Jeannies wunderbarer Kochkünste hatte ich endlich wieder ein bisschen zugenommen, aber die Gespenstergeschichte stresst mich so sehr, dass ich nicht mehr essen kann, und meine Klamotten hängen wieder an mir runter. Morgens starrt mir aus dem Spiegel eine hohläugige Gestalt mit dunklen Augenringen angstvoll entgegen. Ich verstecke sie unter einer Lage Make-up und einem falschfröhlichen Lächeln, aber das nächtliche Geklapper fordert langsam ernsthaft seinen Preis.

Irgendwann vertraue ich mich Ewa an, in der Hoffnung, eine so zupackende, gebildete junge Frau wie sie würde mir den Kopf zurechtrücken. Ich habe allerdings nicht damit gerechnet, dass sie abergläubisch sein könnte.

«Du bist ein sehr freundlicher Mensch. Freundliche Menschen sind oft besonders offen für die Nöte der Geister. Du solltest einen Priester zum Exorzismus ins Haus holen. Wenn wir jetzt in Polen wären, wüsste ich sofort, zu wem ich dich damit schicken würde», sagt sie ernst.

Ich bedanke mich höflich für ihren Rat und verriegle weiterhin Nacht für Nacht meinen Turm. Ewa bringt mir Salbei zum Räuchern vorbei. Sie sagt, das reinigt den Raum. Aber ich löse damit nur den Feueralarm in meiner Küche aus. Ich brauche eine halbe Stunde, um den Sicherungskasten zu finden und den Alarm abzuschalten. Bis dahin bin ich mehr als bereit dazu, es persönlich mit dem Gespenst aufzunehmen, wenn nur dieses schrille Fiepen aufhört. Aber als der Alarm dann endlich verstummt, ist auch mein Impuls, rauszugehen und der Sache ein für alle Mal auf den Grund zu gehen, wieder verflogen.

Dann, eines Abends, als ich gerade im Bistro stehe, um meine Gäste zu begrüßen, kommt Graham Sutherland herein. Schnell werfe ich einen Blick in das Reservierungsbuch. Er hat nicht reserviert, und wir sind bis auf das letzte Tischlein ausgebucht. Ich will mich gerade entschuldigen, da fällt er mir ins Wort.

«Ich sehe schon, ihr seid voll. Ich gehe rüber ins Clootie

Craw und esse dort eine Kleinigkeit. Kommst du nachher noch auf einen Drink rüber?»

«Gern.»

«Es freut mich, dass es so gut läuft bei dir», sagt er. Eigentlich sieht er aus, als hätte er noch etwas auf dem Herzen, aber dann sagt er nur: «Bis nachher.»

Als ich schließlich die Bar betrete, sitzt Graham mit ein paar Einheimischen zusammen. Sie lachen laut über eine seiner Geschichten. Als er mich sieht, steht er auf. Er nickt Hamish zu und deutet auf eine leere Nische. Als unsere Getränke gekommen sind, fragt er mich: «Wie geht es dir? Du bist schon wieder so dünn.»

Sofort werde ich knallrot. «Ich schlafe schlecht», murmle ich.

«Woran liegt das?»

Und plötzlich sprudelt die ganze Geschichte über das spukende Nachtgespenst aus mir heraus. «Ich weiß nicht, was ich machen soll. Ich weiß nicht, wie lange ich das noch aushalte.»

Graham macht ein grimmiges Gesicht. «Ich weiß genau, was du tun solltest», sagt er. Endlich verkaufen, kommt jetzt bestimmt. Stattdessen sagt er: «Du musst auf Geisterjagd gehen.»

«Ich kann nicht», jammere ich. «Sobald das Geheul losgeht, kann ich nur noch die Tür verriegeln. Ich weiß, es ist albern, aber ich kann das nicht allein.»

«Ich habe auch nicht gesagt, dass du das alleine machen sollst», sagt er. «Ich komme mit.»

25. Kapitel

Und in einer milden Frühlingsnacht, als der Halbmond auf den Wolken liegt wie auf einem weichen Kissen und es so still ist, dass man sanft das Wasser des Loch ans Ufer plätschern hört wie eine Riesenkatze, die eine Schüssel Sahne schleckt, öffne ich auf ein leises Klopfen hin die Tür und lasse Graham Sutherland herein in die Küche des Mormaer Inn.

Er wirft einen Blick über die Schulter und schlüpft schnell durch die Tür. Er trägt schwarze Jeans, eine schwarze Lederjacke und eine schwarze Baseballkappe. Die dichten Haare ringeln sich darunter hervor und verleihen ihm ein jugendliches Aussehen, das seinen urbanen Rambo-Look ein wenig abmildert.

«Gut. Du hast kein Licht gemacht. Du hast niemandem erzählt, dass ich komme, oder?»

«Nein. Auch wenn ich deshalb langsam ein bisschen nervös werde, so oft du das inzwischen wiederholt hast. Warum ist dir das denn so wichtig?»

Er zwinkert mir zu. «Glaubst du vielleicht, ich bringe dich gleich um und schleppe dich in einem eingerollten Teppich auf den Speicher?»

«Der Speicher ist viel zu schmutzig. Du würdest dir nur dein schickes Outfit dreckig machen.»

Jetzt lächelt er sein gewinnendes Lächeln, und seine Zähne

blitzen im Dunkeln. «Okay. Dann lieber nicht. Seid Ihr bereit, mich in Euren Elfenbeinturm zu führen, Prinzessin?»

Ich muss kichern. Gott steh mir bei, ich klinge wie ein Teenager. Ich gebe mir Mühe, es in ein Husten zu verwandeln. Dann gehe ich voraus und betrete den knarzenden Lift. Schweigend fahren wir nach oben. Ich fühle mich unwohl so nah bei ihm. Ich überlege, ein bisschen unverfängliche Konversation zu machen, aber mir fällt nichts ein. Und er lächelt mich nur unentwegt an.

Der Lift hält an. Ich führe Graham in meinen Turm. Ohne etwas zu sagen, nehme ich die Flasche Malt von dem kleinen Tischchen und deute stumm auf die beiden Gläser, die ich bereitgestellt habe. Wenn er nicht bald etwas sagt, zerplatzt mein armes Nervenkostüm, und dann brabble ich sicher los, als hätte ich nicht mehr alle Tassen im Schrank. Graham akzeptiert nickend das Angebot.

«Darf ich mich oben mal umsehen?», fragt er. «Nur um sicherzugehen, dass da niemand ist.»

«Glaubst du, ich verstecke jemanden in meinem Schlafzimmer?»

«Tust du das etwa?» Er zieht eine Augenbraue hoch.

«Nein!»

«Lucy, ganz ehrlich – ich halte es für möglich, dass jemand dir einen üblen Streich spielt und sich dazu im Hotel versteckt.»

Mein Mund wird trocken. «Willst du damit sagen, es hat sich vielleicht jemand hier reingeschlichen? Warum sollte jemand so was tun?»

Graham vermeidet es, das Offensichtliche auszusprechen. Er legt mir sanft die Hand auf den Arm. «Keine Panik. Das ist höchstwahrscheinlich nur ein ganz mieser Trick. Sonst nichts.»

«Ich glaube, mir wäre ein echter Geist fast lieber als ein Mensch, der mir auflauert. Glaubst du wirklich? Denkst du, ich bin in Gefahr?»

«Das halte ich eher für unwahrscheinlich.» Graham verschwindet auf der Treppe, und ich höre ihn über mir rumoren. Es klingt, als würde er sogar die Schränke durchsuchen. Ich setze mich auf das Sofa vor den Kamin und trinke einen großen Schluck Whisky. Dann höre ich ihn wieder runterkommen und die Turmtür verriegeln. Plötzlich kriege ich Panik. Mein Herz schlägt bis zum Hals und trommelt einen wilden Rhythmus. Jede Faser meines Körpers ist in Alarmbereitschaft und wartet darauf, dass die Bedrohung sich materialisiert.

Graham kommt ins Wohnzimmer und nimmt die Kappe ab. Seine Haare stehen wild in alle Richtungen, und er wirkt viel jünger als sonst. Ein einziger Blick in mein Gesicht genügt. Er setzt sich zu mir.

«Lucy», sagt er sanft. «Ich bin hier, um dir zu helfen, nicht, um dich zu Tode zu ängstigen.»

«Und wie planst du, mein persönliches Spukgespenst zu vertreiben? Oder meinen Werwolf? Oder meinen Poltergeist? Oder was auch immer?»

«Ich weiß, dass Calum immer versucht hat, die Leute davon zu überzeugen, dass es hier spukt. Gespensterwochenenden in den Highlands mit kilttragenden Gruselmonstern. Aber ich bin hier aufgewachsen, und bevor Calum McIntosh beschloss, sich auf den Pfad der Geister zu begeben, gab es nie auch nur das leiseste Gerücht darüber, dass es im Mormaer Inn spuken würde. Kinder lieben es, solchen Dingen auf den Grund zu gehen. Meine größte Mutprobe in diesem Haus war, Hamish dazu zu kriegen, uns minderjährigen Jungs im Clootie Craw Bier auszuschenken.»

«Worauf willst du hinaus?», frage ich ungeduldig. Ich merke, dass ich meine Hände in der Decke wringe wie Jeannie immer ihre in der Küchenschürze. Ich höre augenblicklich damit auf.

«Trotz allem, was du geleistet hast, gibt es Menschen, die wollen, dass du mir das Mormaer Inn verkaufst», sagt Graham geradeheraus.

«Wer will das?»

Er lehnt sich zurück. «Leute mit eher praktischem Verstand.»

Jetzt kommt es doch noch, denke ich, das Angebot, mich rauszukaufen.

«Ich halte es sogar für möglich, dass jemand versucht, dich zu vergraulen.»

«Und warum kümmert dich das?»

«Nun, ich denke, wenn jemand zu solchen Mitteln greift, dann sicherlich einer, der auch in meinen Plänen eine Rolle spielen will. Ich habe aber kein Interesse daran, mit jemandem zusammenzuarbeiten, der mit dermaßen schmutzigen Tricks arbeitet.»

«Oh. Ein Geschäftsmann mit Moral!», sage ich mit mehr Ironie in der Stimme als beabsichtigt.

«Jeder zieht irgendwo seine Grenze, und meine ist definitiv dann erreicht, wenn man versucht, eine junge Frau in den Wahnsinn zu treiben.»

«Danke», sage ich. «Aber vielleicht passiert heute ja gar nichts...»

Wie aufs Stichwort erklingt ein schauerlicher Klagelaut. Ich zucke zusammen und schütte mir den Whisky über die Hose. Ein kleines, jämmerliches Quieken entfährt mir.

Graham scheint das Geräusch kein bisschen aus der Fassung zu bringen. Er neigt lediglich interessiert den Kopf und lauscht.

«Gleich geht das Geklapper los», flüstere ich.

«Gut», sagt Graham. «Das lässt sich leichter nachverfolgen.»

«Ich sehe morgens immer nach. Keine offene Tür, kein offenes Fenster, kein loser Fensterladen.»

«Interessant.»

Diese Nacht legt sich Was-auch-immer-das-ist ganz besonders ins Zeug.

Graham leert sein Glas in einem Zug und steht auf. Er hält mir die Hand hin. «Na komm. Gehen wir nachsehen.»

Ich spüre meine Augen förmlich aus dem Kopf treten. «Ich dachte, du kümmerst dich darum.»

«Nur für den höchst unwahrscheinlichen Fall, dass sich da draußen tatsächlich ein Gespenst oder ein Irrer rumtreibt, werde ich dich hier nicht allein lassen.»

«Ich kann ja die Tür verriegeln.»

«Und mich da draußen allein lassen?», sagt Graham gespielt schockiert. «Komm schon, Lucy. Das sieht dir gar nicht ähnlich. Du hast doch keine Angst!»

Oh doch, die habe ich, scheiße noch mal, denke ich, aber ich kann ihn schließlich schlecht da stehen lassen, mit seiner ins Leere baumelnden Hand. Ich ergreife sie und stehe auf. «Na dann.»

Ein breites Grinsen erhellt sein Gesicht. Er entriegelt die Tür und summt die Titelmelodie der Ghostbusters vor sich hin. Er kneift mich in die Seite und sagt: «Immer dran denken: Nie die Ströme kreuzen!»

«Du hast offensichtlich richtig Spaß!», sage ich.

«Viel besser als Baustellen besichtigen. Das tollste Date meines Lebens!»

Ich bin so überrascht über seine Wortwahl, dass ich geschlagene dreißig Sekunden lang vergesse, Angst zu haben. Bis das nächste Heulen mir das Blut in den Adern gefrieren lässt.

«Gar nicht beachten», sagt Graham. «Konzentrier dich auf das Geklapper.»

«Ich habe nichts dagegen, dem Werwolf aus dem Weg zu gehen», murmle ich, während ich hinter Graham einen Flur entlangschleiche.

«Oh. Du hast ja damit angefangen, den zweiten Stock zu renovieren», sagt Graham so entspannt, als würden wir im Clootie Craw bei einem Bier zusammensitzen und nicht nachts auf Zehenspitzen durch ein Spukhotel schleichen.

«Ja», sage ich. «Das macht Ewa. Eine polnische Ingenieurin, die auf der Suche nach Arbeit war. Sie ist unglaublich ...»

Graham hält sich den Zeigefinger an die Lippen. Er öffnet eine Zimmertür, und plötzlich ist das Geräusch direkt vor uns. Er macht Licht. Bis auf das mit einem Schonbezug abgedeckte Bett, den Schrank und eine alte Kommode ist das Zimmer vollkommen leer. Das Klopfen allerdings ist inzwischen so laut, dass ich mir die Ohren zuhalte. Graham sieht unter sämtlichen Bezügen nach. Nichts. Dann tut er etwas Seltsames. Er holt sein Smartphone raus und hält es hoch. Langsam schreitet er das Zimmer ab, ohne auf den Lärm zu achten, bis sein Telefon plötzlich anfängt zu brummen. Er bleibt vor einem typischen Hoteldruck mit Landschaftsmotiv stehen und nimmt das Bild von der Wand. Dann hält er das Telefon an die Wand, und es brummt wieder.

Über den Lärm hinweg ruft er mir zu: «Ihr renoviert doch, oder?»

«Das ist jetzt wirklich nicht der richtige Moment für gestalterische Diskussionen!», rufe ich zurück.

Graham reicht mir sein Telefon. Dann ballt er die Faust, holt aus und drischt gegen die Wand.

«He!»

Er holt ein zweites Mal aus und schlägt zu. Der Putz kriegt Risse und fängt an zu bröckeln. Darunter verbirgt sich etwas. Graham versetzt der Wand einen letzten, gezielten Fausthieb, und zum Vorschein kommt ein graues Quadrat aus Metall. Er holt ein Taschenmesser aus der Hosentasche und fährt mit der Klinge unter dem Rand entlang. Allmählich löst sich das Ding aus der Wand. Es ist ziemlich flach. An der Rückseite ist ein Kabel befestigt. Graham schneidet das Kabel durch, und augenblicklich verstummt der gruselige Lärm.

«Wandlautsprecher», sagt er und hält das Kästchen hoch. «Spezialkonstruktion für die Unterputzinstallation. War Ende der Achtziger, Anfang der Neunziger der neuste Schrei in Sachen Hi-Fi-Design.»

«Wusstest du das?»

Graham schüttelt den Kopf. «Ich wusste, dass Calums Gruselwochenenden eine Zeitlang ganz gut liefen. Es war also nicht ganz ausgeschlossen, dass er ein bisschen nachgeholfen hat.»

«Aber Calum ist tot.»

«Ja. Aber die Leute, die damals mit ihm zusammengearbeitet haben, nicht.» Der Schrecken bei dem Gedanken, derart hintergangen zu werden, steht mir offensichtlich ins Gesicht geschrieben, denn Graham sagt eilig: «Das muss natürlich nicht heißen, dass es jemand ist, den du kennst. Vielleicht hat derjenige, der das System damals eingebaut hat, etwas durchsickern lassen.»

«Nein!» Meine Stimme zittert. «Wer immer dahintersteckt, muss ungehinderten Zugang zum Hotel haben. Entweder es handelt sich um eine meiner Angestellten oder um jemanden, den sie dafür engagiert haben.»

«Das tut mir leid», sagt Graham.

«Mir war nicht klar, wie tief der Hass gegen mich ist.» Ich setze mich aufs Bett.

«Das ist vielleicht gar nicht persönlich gemeint», sagt Graham.

«Klar. Alles rein geschäftlich.» Ich beiße mir auf die Lippe, um die Tränen zurückzuhalten. «Es fühlt sich allerdings sehr persönlich an.»

Graham tritt zu mir, setzt sich neben mich auf die Bettkante und legt seinen Arm um mich. Ich lehne erschöpft den Kopf an seine Schulter.

«Ich finde auch, dass das eine furchtbar fiese Sache ist», sagt er.

«Definitiv unterhalb der Gürtellinie», versuche ich zu scherzen. Graham drückt meine Schultern. Ich verberge mein Gesicht an seinem Oberarm und fange an zu weinen.

Ich weine nicht sehr lang, und es sind auch keine tiefen, herzzerreißenden Schluchzer. Eher die Erleichterung darüber, dass es endlich vorbei ist. Graham sagt kein Wort. Er versucht auch nicht, mich mit einer Bärenumarmung zu trösten, wie Sean es wahrscheinlich getan hätte. Er hält einfach nur den leichten Druck seines Arms um meine Schultern aufrecht, und ich fühle mich gehalten. Er schweigt so lange, bis ich endlich den Kopf hebe und ein letztes Mal schniefe.

«Ich wusste schon, warum ich eine Lederjacke anziehe.» Er zieht ein Taschentuch aus der Jacke und reicht es mir.

«Du warst sicher auch bei den Pfadfindern.»

«Klar», sagt er grinsend. «Gab hier oben ja auch sonst nichts zu tun. Bist du bereit weiterzumachen?»

«Was meinst du damit? Du hast das Rätsel doch gelöst.»

«Wir haben aber die Quelle noch nicht gefunden.»

Mich schaudert. «Meinst du, es ist noch jemand hier?»

«Irgendwas muss jedenfalls am anderen Ende der Leitung sein. Darf ich?» Er geht zurück zur Wand und zieht an dem abgetrennten Kabel. Es löst sich, und der Putz bröckelt von der Wand.

«Das wird jetzt eine ziemliche Sauerei», sagt Graham entschuldigend.

Plötzlich zerreißt lautes Heulen die Stille. Ich zucke nicht wieder zusammen. Ich bin außer mir vor Wut. Ich stehe auf, gehe zu ihm und reiße selbst an dem Kabel. «Los! Wir gehen auf Werwolfjagd!»

26. Kapitel

Das Kabel lässt sich leicht von der Wand lösen. Es war nicht tief verputzt. Wie Theseus sich an Ariadnes Faden durch das Labyrinth des Minotaurus bewegte, führt uns das Kabel quer durch den zweiten Stock.

«Das wäre heute mit Bluetooth und WLAN viel leichter zu bewerkstelligen», sage ich.

«Denkst du etwa darüber nach, die Gruselwochenenden wieder ins Programm aufzunehmen?», fragt Graham.

«Weiß ich noch nicht. Wenn die Leute auf Gespensterjagd nur wegen dem Gruselfaktor kommen, dann vielleicht. Aber was, wenn jemand kommt, weil er gerade einen lieben Menschen verloren hat und hier auf der Suche nach dem Beweis für ein Leben nach dem Tod ist?»

Graham wirft mir einen Seitenblick zu. «Hat dir schon mal jemand gesagt, dass du dazu neigst, die Dinge zu sehr zu durchdenken?»

«Ich bin eben gerne gründlich.»

«Und impulsiv und abergläubisch.»

Das Kabel führt uns bis zu dem abgeschlossenen Turm. «Was ist dadrin?», will Graham wissen.

«Das ist der Turm, den Calum dem Gespenst überlassen hat. Oh. Ja. Jetzt, wo ich drüber nachdenke, wird mir auch klar, dass da wahrscheinlich die Technik versteckt ist.»

«Glaubst du?» Graham versucht, die Tür zu öffnen. Sie bewegt sich nicht. «Hast du den Schlüssel?»

«Nein. Ich dachte, sie wäre vernagelt.»

«Was man nicht alles tut im Dienste der Aufklärung.» Graham nimmt Anlauf und versucht, die Tür mit der Schulter aufzustoßen. Sie gibt nicht nach. Verwirrt steht er da und reibt sich die schmerzende Schulter.

«Äh. Ich glaube, eine verschlossene Tür tritt man eher ein.» Ich demonstriere, was ich meine, mit einem zirkusponygleichen Tritt in die Luft.

«Tu dir keinen Zwang an», sagt Graham.

Ich habe das bis jetzt zwar nur im Fernsehen gesehen, aber einen Versuch ist es wert. Ich hole aus, trete zu, und die Tür fliegt nach innen auf.

«Ich bin beeindruckt», sagt Graham. Himmel, das bin ich aber auch. Ich lasse ihm den Vortritt und warte draußen auf dem Flur. Graham betritt den Turm, und kurz darauf flutet Licht durch die Tür hinaus in den dunklen Flur. Ich höre Graham leise pfeifen.

«Lucy, komm mal! Das musst du dir ansehen.»

Ich hätte alles erwartet, nur nicht das. Wo bei mir drüben die Küche ist, befindet sich hier ein Wohntraum aus Tausendundeiner Nacht. Die Decke liegt unter einem Seidenbaldachin verborgen. Der Boden liegt ein paar Stufen tiefer und ist mit riesengroßen Kissen übersät. Gewölbte Sitzbänke sind entlang der Wände befestigt und unterstreichen die runde Form des Raums. Sie sind alle tief und weich gepolstert. Die einstige Farbenpracht lässt sich noch erahnen, obwohl die Stoffe inzwischen völlig verblichen sind. Das seidene Zeltdach ist mit kleinen Löchern übersät. An einer Seite hat der Baldachin sich gelöst und hängt herunter. Der ganze Raum ist mit einer dicken Staubschicht bedeckt. Es riecht dumpf und modrig. Ein seltsames Gefühl von Traurigkeit hängt in der Luft. Graham ist nirgends zu sehen.

«Hierher», ruft er aus dem Raum zu mir rüber, der in meinem Turm das kleine Wohnzimmer beherbergt.

Die Fenster sind vernagelt. Der Fußboden wird größtenteils von einem gigantischen Bett eingenommen. Zur Rechten befindet sich ein Tisch mit technischem Equipment.

«Die Kommandozentrale», sagt Graham und zeigt auf den Tisch.

«Oh mein Gott. Was zum Teufel ist das hier?», frage ich mit Blick auf einige durchaus kunstvolle, aber eindeutig nicht jugendfreie Drucke an den Wänden.

Graham lacht. «Die Lasterhöhle deines Onkels, würde ich sagen.»

Ich sehe ihn verständnislos an. «Der war doch alt!»

«Er kam aber nicht alt zur Welt, Lucy. Außerdem weißt du schon, dass wir Männer bis ins hohe Alter ein sehr gesundes Sexualleben führen können, oder?»

«Er war der Bruder meines Vaters!» Mein Vater liebt meine Mutter von ganzem Herzen, aber sie sind beide völlig verklemmt. Ich glaube, er hätte nichts gegen den viktorianischen Brauch einzuwenden, die Tischbeine zu verhüllen, weil sie junge Männer sonst zu sehr an schlanke Damenknöchel erinnern könnten. Graham beobachtet mich mit sichtlichem Vergnügen. «Mein Vater ist sehr traditionell», bringe ich schließlich heraus.

Graham zuckt die Achseln. «Brüder müssen sich nicht immer ähnlich sein. Mein Bruder ist zum Beispiel ganz anders als ich.»

«Dein Bruder?»

«Akademikertyp, arbeitet in den USA an einer berühmten Universität. Er ist Biologe.»

Benommen trete ich an den Tisch. «Wie funktioniert das?»

«Ich vermute, es ist an eine Zeitschaltuhr gekoppelt. Ich gehe mal rauf und sehe nach. Kommst du mit?»

Ich schüttle den Kopf. «Ich bin mir nicht sicher, ob ich wissen will, was Calum da oben versteckt hat.»

«Und ich wollte schon Wetten abschließen, was es wohl sein wird. Eine Sauna? Eine Folterkammer?»

«Eine Folterkammer!», kreische ich.

«Vielleicht auch nur eine stinknormale Badewanne.»

«Ich setze mich nach nebenan und warte auf dich.»

«Was? Ins Orgienzimmer?»

«Ach so? Vielleicht bleibe ich lieber stehen.»

«Lucy! Bist du so schockiert von dem, was Menschen hier vielleicht miteinander getan haben, oder darüber, dass es die Liebeshöhle deines Onkels war? So engstirnig hätte ich dich gar nicht eingeschätzt.»

«Ich habe mit Orgien und dergleichen eben nichts am Hut!», setze ich mich empört zur Wehr. «Da gibt es keinerlei Familienähnlichkeit.» Ich hole tief Luft. «Natürlich können erwachsene Menschen in gegenseitigem Einverständnis miteinander treiben, was sie wollen. Das ist allein ihre Sache. Es ist nur einfach nicht mein Ding. Das ist alles.»

«Meins auch nicht», sagt Graham. «Nur zu deiner Info. Aber wie ich schon sagte, es kann in den langen, kalten Highlandwintern schon ziemlich langweilig werden. Und wer weiß, wie das Personal die Sauregurkenzeit überbrückt hat?»

«Oh Gott! Mrs McGruther! Na, herzlichen Dank für das Kopfkino!»

Graham lacht, öffnet die Tür zur Treppe und eilt nach oben.

Ich warte in dem arabischen Boudoir auf ihn und versuche, nicht an das zu denken, was sich hier abgespielt haben mag. Ein paar Minuten später ist Graham wieder da. Er hält einen Umschlag in der Hand.

«Was ist da oben?», frage ich.

Graham schüttelt den Kopf. «Das erzähle ich dir ein andermal. Für heute hast du genug Schocks erlitten. Hier. Das habe ich gefunden.» Er hält mir den Umschlag hin. «Ist an dich adressiert.»

Zögernd nehme ich ihn entgegen. Ich ertaste etwas Hartes durch das dünne Papier. Mit zitternden Händen öffne ich den Umschlag. Ein kleiner Schlüssel fällt heraus. In dem Umschlag steckt ein Brief.

Liebe Lucy,
du hast meinen Turm entdeckt und vermutlich jede Menge Fragen. Ich hoffe, die Erkenntnis, dass dein Onkel ein Mann aus Fleisch und Blut war, schockiert dich nicht allzu sehr. Bitte denke nicht schlecht von mir. Mit diesem Schlüssel öffne den kleinen Sekretär drüben in meiner Wohnung. Dort wirst du einen Brief finden, der dir dabei helfen wird zu verstehen, weshalb ich diesen Turm hier so gestaltet habe, wie du ihn vorfindest. Vielleicht möchtest du auch noch ein bisschen warten, ehe du ihn liest. Ich würde mir wünschen, dass du dazu in ruhiger und gelassener Verfassung bist. Mein liebes Kind, ich hoffe sehr, dass du trotz all dieser seltsamen Dinge in der Lage sein wirst, das Mormaer Inn ebenso zu schätzen und zu lieben, wie ich es getan habe. Wie du noch merken wirst, hat es mich davor bewahrt, ein trauriger, verbitterter Mann zu werden. Dieser Ort ist, wie du sicher schon festgestellt hast, wunderschön. Er besitzt zweifellos die Kraft, verwundete See-

*len zu heilen. Ich hoffe, du wirst hier glücklich und füllst diesen Ort mit Liebe und Freude. Dies schreibt dir der Onkel, den du nie kennenlerntest und der dich trotzdem sehr lieb hat.
Dein Calum.*

Ich halte Graham den Brief hin. «Das ist privat», sagt er.

Ich zeige ins Zimmer. «Glaubst du, Calum legte Wert auf Privatsphäre? Außerdem weiß ich nicht, was ich davon halten soll.»

Graham nimmt den Brief entgegen und liest mit gerunzelter Stirn. Dann reicht er mir wortlos das Blatt zurück.

«Was denkst du?», will ich wissen.

«Ich glaube, du solltest seinem Rat folgen und mindestens noch eine Nacht darüber schlafen, ehe du den anderen Brief liest», sagt er. «Komm, ich bringe dich zurück in deine Wohnung. Den Rest des Hotels durchsuche ich allein. Und dann lege ich mich in eins der Zimmer schlafen. Du kannst mich morgen früh rauslassen, ehe deine Leute kommen.»

«Möchtest du dich vorher vielleicht noch mit einem Gläschen Whisky stärken?», frage ich. «Im Vertrauen darauf, dass ich nicht bin wie mein Onkel?»

«Botschaft angekommen und verstanden», sagt Graham. «Nur Whisky.»

«Wir könnten dabei plaudern.»

«Wenn du das nicht zu ungehörig findest...»

Die ganze Situation ist dermaßen lächerlich, dass ich plötzlich kichernd auf einem Stapel staubiger Kissen zusammenbreche. Graham sieht mir eine Weile dabei zu. Dann kommt er zu mir und zieht mich wieder auf die Füße.

«Sehr ungebührlich, Miss McIntosh», sagt er, und natürlich folgt sofort der nächste Lachkrampf.

27. Kapitel

Als ich Graham morgens aus dem Hotel lasse, ist die Sache nicht mehr ganz so lustig. Jemand hat mich hintergangen. Graham und ich haben die Situation gestern Nacht bei einem Glas Whisky zwar noch besprochen, aber wir landeten nur immer wieder am selben Punkt: Es muss jemand gewesen sein, der uneingeschränkten Zugang zum Hotel hat und Calum gut gekannt hat.

Ich stehe immer noch ein bisschen unter Schock wegen des geheimen Lebens meines Onkels. Auch wenn ich die Menschen hier oben inzwischen gut genug kenne, um zu ahnen, dass es so geheim nicht gewesen sein kann. Mir läuft es kalt den Buckel runter, wenn ich mir vorstelle, wie die Leute mich heimlich beobachtet und sich dabei gefragt haben, wie sehr ich meinem Onkel wohl ähnele. Ich habe noch nicht die Nerven gehabt, den Brief im Sekretär zu öffnen. Wahrscheinlich enthält er eine Litanei von Entschuldigungen, und dazu bin ich noch nicht bereit. Ich bin wütend auf Calum, weil ich hierhergekommen bin, ohne zu ahnen, was für Dinge hier vor sich gingen. Dass er sich in dem kurzen Brief als liebender Onkel bezeichnet, obwohl er sich nie die Mühe machte, mich persönlich kennenzulernen, empfinde ich als verletzend. Der mysteriöse Onkel aus meiner Vorstellung, über den nie jemand ein Wort verlor, ist zu einer schlüpfrigen Witzfigur zusammengeschrumpft, mit der ich nicht mehr in Verbindung gebracht werden möchte. Ob meine Eltern wegen seines zügellosen Liebeslebens den Kontakt abgebrochen haben?

Meine Laune ist also entsprechend, als ich mich früh am Morgen in mein Büro begebe, nachdem ich Graham an der Hintertür verabschiedet habe. Ich sehe meine Bücher durch. Seans Tagung ist inzwischen so nahe gerückt, dass ich langsam dringend Zahlen von ihm brauche. Ewa fuhrwerkt im zweiten Stock umher wie eine Besessene, aber das hat leider sehr negative Auswirkungen auf das Bankkonto. Ich muss dringend klären, ob das Reenactment-Seminar genug Geld einspielt, um die Kosten zu decken. Ein glasklarer, unromantischer Blick auf die Zahlen offenbart mir, dass es sehr naiv von mir war, die Situation so lange schleifenzulassen, ohne Nägel mit Köpfen zu machen. Von meinem romantisch angehauchten Optimismus ist heute nicht viel zu spüren. Alles hier fühlt sich besudelt an. Dann fällt mir ein, dass ich Ewa den Verhau erklären muss, den wir heute Nacht im zweiten Stock veranstaltet haben. Ich seufze abgrundtief und mache mich auf die Suche nach ihr.

Ewa ist wie immer früh bei der Arbeit. Sie kniet in einer der Suiten vor einer Wand und verputzt sie, ehe sie sich an den neuen Anstrich macht.

«Was ist los?», fragt sie, sobald sie mich sieht. «Du siehst aus, als hätte dir jemand ein Feuerwerk versprochen und dann nur ein Streichholz in die Hand gedrückt.»

«Ist das ein polnisches Sprichwort?»

«Nein. Das habe ich mir ausgedacht. In deiner Sprache gibt es aber auch viele seltsame Sprichworte. Gefällt es dir?»

«Ja. Ewa, ich muss dir was erzählen. Hier gibt es gar kein Gespenst.» Ich erkläre ihr, was ich letzte Nacht entdeckt habe. Allerdings spare ich mir die saftigen Einzelheiten über Calums

Lasterhöhle und vergesse außerdem zu erwähnen, dass Graham bei mir war.

«Das war sehr mutig und sehr töricht von dir», sagt Ewa. «Wenn du das nächste Mal auf die Jagd nach den gemeinen Leuten gehst, die dein Geschäft kaputtmachen wollen, sag mir vorher Bescheid. Ich komme und bringe meine Taschenlampe mit. Sie ist groß und schwer. Damit kann ich jeden Schädel einschlagen.» Mit einem Krachen lässt sie den Spachtel zu Boden sausen. Auf ihrem Gesicht spiegelt sich blanke Wut. «Wir müssen rausfinden, wer das war, Lucy. Dafür müssen sie bezahlen. Wer das war, kann nicht weiter für dich arbeiten. Das ist wie eine Giftschlange im Bett.»

Sie hat recht. Je mehr ich darüber nachdenke, desto sicherer bin ich mir, dass Janet McGruther hinter der Sache steckt. Wer sonst. Aber wen soll ich mit der Hauswirtschaft betrauen, wenn ich sie entlasse? Ich sehe Ewa an und lächle unwillkürlich. Die Antwort sitzt direkt vor mir, in einem mit Farbspritzern übersäten Overall und mit entschlossenem Gesicht.

«Wo ist eigentlich Ania?», frage ich.

«Sie probiert die Vorschule. Sie haben gesagt, sie darf es jetzt schon versuchen, weil ihr Englisch so gut ist. Sie sagen, Ania ist ein sehr kluges Kind.»

Ich muss grinsen. «Das bezweifle ich keine Sekunde. Das sind wunderbare Neuigkeiten, aber vermisst du sie nicht?»

Ewa zuckt die Achseln. «Ein gebrochenes Mutterherz gehört dazu, wenn man ein Kind großzieht.» Dann lächelt sie. «Außerdem kann ich ohne Ania viel mehr Arbeit erledigen.»

«Bitte mach dir darüber keine Gedanken, Ewa. Ich habe noch nie jemanden getroffen, der so schwer arbeitet wie du.»

«Wenn ich nicht arbeite, langweile ich mich. Und du arbeitest viel zu viel, das kann ich sehen. Wir sind ein gutes Team.»

«Ja. Das sind wir», sage ich und denke an die Beförderung, die ich ihr vermutlich noch heute aussprechen werde.

Janet McGruther wartet in meinem Büro auf mich. «Ich bin gekommen, um Ihnen zu sagen, dass heute Nacht höchstwahrscheinlich bei uns eingebrochen wurde. Die Tür zum...» Sie bemerkt meinen eisigen Blick und verstummt. Dann fährt sie fort, weniger energisch. «Sie waren das. Sie sind im alten Turm eingebrochen.»

«Einbrechen ist wohl kaum das treffende Wort», sage ich, «da der Turm sich in meinem Besitz befindet, sosehr Ihnen das auch missfallen mag.»

«Ich weiß nicht...»

Ich kann mich nicht länger zusammenreißen. «Hören Sie doch auf! Ich weiß genau, dass Sie das waren. Jetzt geben Sie wenigstens zu, dass Sie mich ruinieren wollten. Wollten Sie das ganze Geschäft ruinieren, oder hatten Sie es nur auf meinen Geisteszustand abgesehen?»

Bei dem Kraftausdruck, der mir anschließend rausrutscht, zuckt sie zusammen. Dann sieht sie mich trotzig an.

«Ich wusste gleich, dass Sie genauso sind wie Ihr Onkel.»

«Wie bitte?»

«Vulgär.»

«Ich glaube, ich verstehe nicht ganz!»

«Sie kommen hierher und tun so, als läge das Dorf Ihnen am Herzen, dabei haben Sie in Wirklichkeit nur Ihren eigenen Vorteil im Sinn. Sie hätten an Mr Sutherland verkaufen sollen! Er ist ein echter Gentleman. Ihm liegt das Wohl unserer Gemeinde wirklich am Herzen. Sie glauben, Sie könnten herkommen und uns alle von oben herab behandeln, dabei haben Sie von nichts eine Ahnung. Bei allem, was ich für dieses Hotel getan...»

«Was erlauben Sie sich eigentlich! Sie halten sich wohl selbst für die wahre Erbin des Hotels!»

Janet McGruther läuft tiefrot an.

«Nein!», sage ich. «Haben Sie im Ernst geglaubt, Onkel Calum würde Ihnen das Hotel vererben? Waren Sie auch eine von seinen Gespielinnen? War das vor oder nach dem Tod Ihres Ehemanns?»

Janet McGruther steht wie angewurzelt da und bewegt sich nicht.

«Er mochte nur mich.» Sie spuckt mir die Worte gehässig mitten ins Gesicht. Ihre Augen sprühen vor Hass. «Sie kannten ihn nicht mal. Sie haben überhaupt keine Ahnung.»

Was für eine armselige Rechtfertigung. Ich trete hinter meinen Schreibtisch, setze mich hin und lasse sie stehen wie ein ungezogenes Kind.

«Verschwinden Sie», sage ich.

Sie steht da und sieht mich verständnislos an.

«Verschwinden Sie», wiederhole ich. «Sie sind gefeuert.»

«Das können Sie nicht machen!»

«Und ob ich das kann. Sie haben sich mit dieser Gespensternummer grob geschäftsschädigend verhalten, Mrs McGruther. Kein Arbeitsgericht im ganzen Land würde Ihnen in dieser Sache recht geben. Ich bezahle Sie bis Ende der Woche, und mehr werden Sie nicht aus mir rausholen. Geben Sie mir die Schlüssel.» Ich strecke die Hand aus.

Es vergehen gefühlt mehrere Minuten, ehe wieder Bewegung in sie kommt. Dann zieht sie den Schlüsselbund aus der Tasche und pfeffert ihn auf den Tisch.

«Das werden Sie noch bereuen!», zischt sie. «Sie werden das nicht ohne mich schaffen. Sie sind binnen eines Monats bankrott. Es spielt auch keine Rolle, dass sie mit beiden ins Bett gehen, mit Sean und mit Mr Sutherland. Die wollten doch nur das eine von ihnen, und das haben sie bekommen. Wer kauft schließlich eine Kuh, wenn er sie schon gemolken hat?»

Ich bin so platt, dass mir die Worte fehlen. Mrs McGruther macht auf dem Absatz kehrt und verlässt mein Büro. Kurz darauf knallt die Eingangstür ins Schloss. Ich gehe hinaus in die Lobby. Sie hat nur ihren Mantel mitgenommen. Ich atme tief durch. Dann gehe ich hinauf in den zweiten Stock und informiere Ewa über ihre Beförderung.

Ewa ist überglücklich. Und was noch viel wichtiger ist, sie kennt sich mit Lohnbuchhaltung aus. Ihre erste Aufgabe besteht darin, Janet McGruthers Endabrechnung fertigzustellen und sie für immer von der Gehaltsliste zu streichen. Ewa gesteht mir, dass sie Janet von Anfang an nicht mochte. Offensichtlich besitzt sie eine «dunkle Aura». Als Nächstes steht mir der Gang in die Küche bevor, um Jeannie zu erzählen, was passiert ist. Das wird nicht ganz so einfach werden.

«Sie hat Calums altes Lautsprechersystem reaktiviert, mit dem er den Gästen vorgaukelte, im Hotel würde es spuken. Sie hat damit versucht, mich dazu zu bringen, das Mormaer Inn zu verkaufen.»

Jeannie sitzt mir gegenüber an dem großen Küchentisch. Sie wirkt nicht sonderlich überrascht.

«Ich hatte mir so was schon gedacht», sagt sie schließlich. «Ich wusste auch von der Anlage, aber irgendwann ging sie kaputt, und Calum hat sie nie reparieren lassen.» Mit dem Zeigefinger malt sie einen alten Fleck auf der Tischplatte nach. «Ich fürchte, ich wollte nicht glauben, dass sie das getan hat.

Ich kenne Janet mein ganzes Leben. Ich wollte nicht glauben, dass sie so böse sein könnte.» Sie hebt den Kopf und sieht mich an. «Hat sie es zugegeben?»

Ich lasse mir das Gespräch noch einmal durch den Kopf gehen. «Nicht direkt, aber sie machte eindeutig klar, dass ich das Hotel in ihren Augen nicht verdient habe und sie mich hier raushaben wollte.»

Jeannie nickt. «Aber sie hat gar nicht das nötige Know-how, die Anlage selbst zu reparieren.» Sie sieht mein erschrockenes Gesicht. «Oh, nein. Ich glaube auch, dass sie dahintersteckt. Ihr Neffe studiert in Aberdeen Elektrotechnik. Er war vor ein paar Wochen hier, um seine Eltern zu besuchen. Wahrscheinlich hat sie ihn dazu angestiftet. Zumindest hatte sie genug Anstand, ihn heute nicht mit reinzuziehen.»

«Sie hätte ihn gar nicht erst darum bitten dürfen!»

«Nein», sagt Jeannie. «Natürlich nicht. Sind Sie im Turm gewesen?»

Ich spüre, wie ich rot werde. «Ja», sage ich leise. Ich komme mir vor, als würde ich mit meiner Oma über Sex sprechen.

«Sie dürfen nicht schlecht über Calum denken. Ich habe immer geglaubt, dass eine unglückliche große Liebe dahintersteckte und er sich deshalb so verhalten hat.»

«Das sieht mir aber eher nach vielen glücklichen Stunden als nach großem Unglück aus!»

«Sex und Liebe sind doch nicht dasselbe, Herzchen», sagt Jeannie. «Janet hat den attraktivsten Mann im ganzen Dorf geheiratet. Wir waren alle hinter ihm her, aber später war ich froh, dass ich meinen Derek hatte.» Sie holt tief Luft. «Wissen Sie, Janets Ehemann sah furchtbar gut aus, aber er war auch furchtbar dumm. Sein Vater leitete die örtliche Tankstelle, und Janets Mann übernahm das Geschäft. Er wollte nie was anderes tun, wollte nie hoch hinaus, nie weg von hier. Alles, was er wollte, war das Abendbrot auf dem Tisch, wenn er von der Tankstelle kam, und vor dem Schlafengehen ein bisschen Fernsehen. Ich weiß noch ganz genau, wie sehr Janet mit ihm angegeben hat, als sie frisch verheiratet waren. Sie prahlte damit, wie phantastisch es mit ihm zwischen den Laken war. Aber das reicht eben nicht, habe ich recht? Und dann übernahm Calum irgendwann das Hotel, und wir landeten beide hier.» Ihre Augen sind auf einen fernen Punkt in der Vergangenheit geheftet. «Ihr Onkel war ein sehr charismatischer Mann, Lucy. Er war weit gereist, sehr gebildet und konnte wunderbare Geschichten erzählen.» Sie lacht verhalten. «Ich glaube, die wenigsten waren tatsächlich wahr, aber er war wie eine Explosion aus Farben in einem sonst recht tristen kleinen Dorf. Und außerdem war er ein echter Highlander. Er wusste, wie wir ticken. Und er konnte sich aus jeder noch so brenzligen Lage herausreden. Das war auch bitter notwendig, so viele Ehemänner, wie er vor den Kopf gestoßen hat. Das war das Eigenartige an ihm. Jeder hat ihm verziehen. Im Grunde seines Herzens war er ein unglaublich netter, großzügiger Mensch. Wo auch immer Not am Mann war, Calum war zur Stelle.»

«Also waren Janet und er ein Liebespaar.»

«Oh nein, Herzchen! Sie hat sich zwar Hals über Kopf in ihn verliebt, aber man mag über Calum sagen, was man will, er war kein Herzensbrecher. Er stellte eindeutig klar, dass er kein Typ zum Heiraten war. Für ein bisschen Spaß war er immer zu haben, aber er machte von Anfang an klar, dass er niemals mehr wollte. Sobald eine Frau signalisierte, dass sie sich in ihn verliebt hatte, ließ er die Finger von ihr. Die arme Janet verzehrte sich über lange, lange Zeit in Liebe zu ihm. Ich glaube, er mochte sie wirklich, aber ihr wuchs die Sache völlig über den Kopf. Sie bildete sich ein, sie wäre diejenige, die er wirklich und wahrhaftig liebte, und alle anderen seien nur seine Flittchen. Sie dachte, sie wäre etwas ganz Besonderes für ihn, weil er eben nicht mit ihr schlief.»

«Und? War sie das?»

«Oh nein. Calum konnte Ärger meilenweit gegen den Wind riechen. Er hielt sie sich warm, aber nur weil sie das Hotel so wunderbar für ihn führte.»

«Sie könnte einem fast leidtun», sage ich. «Aber nur fast.»

«In Anbetracht dessen, was sie Ihnen angetan hat, ist das sehr großzügig, Herzchen.»

«Werden Sie trotzdem bei mir bleiben, Jeannie? Ich weiß, dass Sie Freundinnen sind.»

«Sie ist meine beste Freundin», sagt Jeannie. «Aber wie ich Ihnen schon sagte, hier oben bestimmt die Geographie die Freundschaften. Ich kann und werde das, was Janet getan hat, nicht gutheißen. Solange Sie hier sind, koche ich für Sie, Lucy.»

Irgendetwas in ihrem Tonfall sagt mir, dass sie nicht davon ausgeht, dass das noch sehr lange sein wird.

28. Kapitel

Am selben Abend bin ich fest entschlossen, Sean endlich wegen unserer Tagung festzunageln, selbst wenn das heißt, nach Glasgow runterzufahren, um ihn bei den Proben abzufangen. Aber als ich gegen sieben Uhr abends ins Clootie Craw rübergehe, sitzt er bereits am Tresen, ein fast leeres Glas vor sich.

«Lucy!», ruft er. Er löst sich leicht schwankend von seinem Barhocker, um mich zu umarmen. «Meine allerliebste Lucy! Ich hab dich so vermisst! Hast du deinen Sean auch ein bisschen vermisst? Jetzt bin ich wieder da. Endgültig und ganz und gar.»

Er hört sich an, als wäre er gerade vom Ende der Welt zurückgekehrt. Dabei ist Glasgow nicht mal zwei Stunden Fahrt von hier entfernt.

«Ist das Stück schon gelaufen?» Ich lasse mich auf den Hocker neben ihm gleiten.

«Zumindest für mich!», sagt er und hickst.

«Was? Haben die...» Ich suche nach einem schöneren Wort als gefeuert.

Hamish stellt mir ein Glas Rotwein hin. Er beugt sich über den Tresen und sagt mit gespieltem Ernst: «Künstlerische Differenzen.»

«Der Regisseur ist ein Schaf», sagt Sean laut. «Immer schön mit der Herde blöken. Er hat überhaupt keinen Sinn für künstlerische Integrität. Für den Prozess der Charakterentwicklung.»

«Das heißt, es hat ihm nicht gepasst, dass er improvisiert hat, anstatt seinen Text zu lernen», flüstert Hamish.

«Der Typ hat überhaupt keine Ahnung vom Method Acting. Völliger ...»

«Ich versteh schon», sage ich an beide gewandt. «Sean, ich muss mit dir reden. Wie viel hast du schon intus?»

«Nicht genug, um ihn zum Schweigen zu bringen», sagt Hamish.

«Hamish? Ich würde mich gern allein mit Sean unterhalten.»

Der Wirt wirft die Hände in die Luft. «Na gut! Na gut! Ich lass euch zwei Turteltauben in Ruhe.»

Ich sehe ihm nach. Janet hatte offenbar recht, was meinen Ruf betrifft. Vielleicht hat sie auch selbst ein bisschen nachgeholfen.

«Sean», sage ich. «Ich brauche dringend die derzeitigen Zahlen für die Tagung von dir. Und eine Liste der Redner, die bis jetzt zugesagt haben.»

Sean beugt sich zu mir und legt mir die Hand auf den Arm. «Lucy, Lucy, Lucy! Ich hatte Proben. Ich hatte überhaupt keine Zeit, mich darum zu kümmern. Ich dachte, das wüsstest du. Ein Schauspieler muss sich seiner Kunst mit Haut und Haaren ausliefern. Ohne Ablenkung. Deshalb musste ich das mit uns ja auch beenden.» Er lässt die zweite Hand schwer auf meine Schulter plumpsen. «Aber hab keine Angst, jetzt bin ich ja wieder da. Ich bin hier. Ich, dein Sean. Wir werden diese Tagung gemeinsam auf die Beine stellen.» Er lächelt mich breit an. Dann rutscht er in Zeitlupe vom Hocker und landet mit einem Rums auf dem Fußboden. Von dort unten wirft er mir einen Luftkuss zu. Dann lässt er sich auf den Rücken sinken, schließt die Augen und fängt augenblicklich an zu schnarchen.

Hamish blickt zu uns herüber. «So. Jetzt hat er genug.»

Steif erhebe ich mich von meinem Hocker. Ich habe das Gefühl, durch einen langen, schmalen Tunnel zu blicken. Mein Gehirn ist nicht in der Lage, das, was ich sehe, zu vernünftigen Bildern zu verarbeiten. In mir ist lediglich Raum für einen einzigen Gedanken: Es gibt keine Tagung. Es hat nie eine Tagung gegeben. Das Ganze existierte immer nur in Seans Phantasie. Eine Phantasie, die er sich ausgedacht hat, um mich rumzukriegen. Mein Gott. Ich weiß immer noch nicht, ob wir wirklich zusammen im Bett waren. Ich stehe kurz davor, alles zu verlieren, und weiß nicht mal, ob ich wenigstens eine leidenschaftliche Nacht dafür bekommen habe.

«He! Und was ist mit ihm?», ruft Hamish mir nach, als ich mich in Bewegung setze.

«Dein Problem», sage ich. «Ich habe selbst schon genug.»

Nachts wälze ich mich im Bett und kriege kein Auge zu. Der Wind heult um meinen Turm, als wüsste er, wie es mir geht. Es ist eine helle Nacht, der Mond wirft sein Licht durch den Fensterladen und sprenkelt mein Bett mit einem Muster aus tanzenden Punkten. Entweder das, oder ich habe Migräne. Mein Kopf fühlt sich jedenfalls an, als würde er gleich platzen. Meine Brust ist so schwer, dass ich mich frage, ob ich vielleicht jeden Moment einen Herzinfarkt erleide. Es ist mir egal. Wenn man mich morgen tot in meinem Bett findet, hätten sich wenigstens meine Probleme erledigt. Tränen des Selbstmitleids laufen mir über das Gesicht, und kurz darauf heule ich selbst genauso herzerweichend wie der Wind vor meinem Fenster. Was zum Teufel soll ich nur tun?

Ich stehe auf und gehe rastlos auf und ab. Ich schlage mit der Faust gegen die Wand. Das tut furchtbar weh, also mache ich es nicht noch mal. Dabei fällt mir Graham ein. Ich könnte ihn anrufen. Ich könnte ihn um Hilfe bitten. Aber dann würde er wissen wollen, warum ich Sean überhaupt je vertraut habe. Und dann müsste ich ihm erzählen, dass er mich verarscht hat. Genauso wie Jake. Was hat Graham gleich wieder über mich gesagt? Ich wolle es immer allen recht machen. Also, Sean habe ich es mit Sicherheit rechtgemacht, direkt bis in mein Bett rein. Das kann ich Graham auf keinen Fall ins Gesicht sagen. Ich gehe bankrott, und den einzigen Menschen, dem ich gegenwärtig vertraue, kann ich nicht um Hilfe bitten, weil ich ein Flittchen bin und auf keinen Fall will, dass er das von mir erfährt.

Ich liege inzwischen als Häuflein Elend auf dem kalten Steinboden und schaukle vor und zurück wie eine Wahnsinnige. Irgendwann schlafe ich erschöpft ein und träume, dass ich in einer Nacht tiefster Selbstverachtung eine Dummheit nach der anderen begehe.

Am nächsten Morgen erwache ich mit dröhnenden Kopfschmerzen. Ich gehe unter die Dusche. Ich schrubbe mich von Kopf bis Fuß heftig ab, als könnte ich auf diese Weise Seans Berührungen von meinem Körper tilgen. Draußen ist es grau und regnerisch. Der Tag trägt harte, unerbittliche Züge. Ich rufe bei der Bank an, sage, es sei dringend, und bitte noch heute um einen Termin. Dann hole ich mein schönstes Kostüm aus dem Schrank, korrigiere den Bund möglichst dezent mit Sicherheitsnadeln, schminke mich sorgfältig und mache mich auf den Weg, mein Hotel zu retten.

∞

«Nennen Sie mich Richard.» Mr Wallis ist Mitte vierzig und offenbar sehr auf das Image des freundlichen Bankers bedacht. Er drängt mir eine Tasse Kaffee auf. «Einen kleinen Schuss Koffein braucht jeder, ehe er sich mit Zahlen auseinandersetzt», insistiert er, als ich dankend ablehne.

Ich übergebe ihm die Unterlagen, die ich mitgebracht habe. «Da ist alles noch mal drauf, falls das für Sie einfacher ist», sage ich und reiche ihm meinen USB-Stick.

«Ich gehöre zur altmodischen Sorte, Miss McIntosh», sagt er. Langsam und gründlich studiert er die Pläne, Prognosen und Auszüge aus den Büchern, die ich für ihn zusammengestellt habe. Mir bleibt nichts übrig, als zu warten. Die Minuten verstreichen quälend langsam.

«Kann ich Ihnen vielleicht irgendetwas davon näher erläutern, Mr Wallis?»

«Richard, bitte. Nein, Miss McIntosh, Sie haben das alles sehr gut dargestellt. Und so ordentlich getippt.»

Eine schrille Glocke erklingt in meinem Kopf. Ordentlich getippt? Der nimmt mich überhaupt nicht ernst. «Ich weiß, dass ich noch nicht sehr viel Erfahrung mit der Leitung eines Hotels habe», sage ich. «Aber ich glaube trotzdem, dass mir meine Kenntnisse als Datenanalystin dabei geholfen haben, eine realistische Zukunftsprognose zu erstellen und außerdem meinen Cashflow erfolgreich zu managen. Und zum Glück kann ich auf sehr erfahrenes Personal zurückgreifen.»

«Ich habe gehört, Mrs McGruther hätte Sie verlassen?»

«Ich musste sie entlassen, ja, das stimmt», sage ich. Verfluchte Buschtrommeln!

«Ich hatte immer den Eindruck, dass sie für das Hotel besonders wertvoll war. Ihr ist es in den vergangenen Jahren immer wieder gelungen, die doch manchmal sehr phantastischen

Pläne Ihres Onkels auf den Boden der Tatsachen zurückzuholen. Darf ich fragen, warum Sie Mrs McGruther entlassen haben?»

«Ich fürchte, das ist vertraulich», sage ich. Was für ein neugieriger Kerl! Ich werde ihm bestimmt nicht auf die Nase binden, wie sehr diese Frau es geschafft hat, mich zu gängeln. Das würde kaum gutes Licht auf meine Führungsqualitäten lenken.

«Das ist sehr taktvoll.» Er klingt enttäuscht.

Es klopft an der Tür, und eine hübsche junge Frau streckt den Kopf ins Zimmer. «Es tut mir leid, Richard, aber die Zentrale ist am Telefon. Der Chef besteht darauf, Sie persönlich zu sprechen.»

«Das ist schon in Ordnung, Marie», sagt Richard mit wichtigtuerischem Unterton. «Wenn Sie mich bitte entschuldigen wollen, Miss McIntosh, aber da muss ich wohl rangehen.»

Ich will schon aufstehen, aber er winkt ab. «Nein, nein, ich gehe schnell nach nebenan. Bleiben Sie doch bitte sitzen.»

Er bleibt eine Ewigkeit verschwunden. Ich warte, bis ich unmöglich noch länger stillsitzen kann. Irgendwann streife ich durchs Zimmer wie ein Tiger in seinem Käfig. Leider trägt dieser Tiger eine Handtasche über der Schulter, und ich stoße versehentlich gegen einen Stapel Unterlagen auf dem Tisch. Die Sachen fallen herunter und breiten sich über den Boden aus. Ich gehe in die Hocke und hoffe verzweifelt, dass Nennen-Sie-mich-Richard noch ein bisschen länger wegbleibt. Ich schiebe die Unterlagen wieder zusammen. Es scheint sich ausnahmslos um Kreditanträge zu handeln. Scheiße, er wird denken, ich schnüffle hier in vertraulichen Unterlagen. Selber schuld, so was lässt man auch nicht offen rumliegen. Ich versuche, den Stapel so schnell wie möglich wieder zusammenzuschieben, als mir ein Antrag ins Auge fällt. Die Namen der Antragsteller lauten Janet McGruther und Jeannie McGloin. Ich kann nicht widerstehen und fange an zu lesen.

Es ist ein Kreditantrag zur Unterstützung des Kaufs eines verlassenen Lokals in Mormaer. Janet und Jeannie haben offenbar vor, dort ein Restaurant im Bistrostil zu eröffnen. «The Tasty Bake» soll es heißen, mit einer Mischung aus traditioneller und moderner Küche. Für das Gesamtprojekt zeichnet die Sutherland Holding verantwortlich.

Das darf doch nicht wahr sein! Jetzt wird mir einiges klar. Zum Beispiel, wie Janet McGruther sich Graham gegenüber immer verhalten hat – übertrieben aufmerksam. Ich wurde hintergangen. Von der ganzen Bande! Ich bin so wütend, dass ich meinen Zorn auf der Zunge schmecken kann. Diese scheinheiligen Hexen! Und was Graham betrifft, so kommt mir der Ausdruck «meuchelmörderischer Mistkerl» in den Sinn.

Draußen auf dem Flur höre ich Richard laut nach frischem Kaffee rufen. Hastig schiebe ich die Unterlagen zusammen und lege den Stapel möglichst unauffällig zurück auf den Tisch.

«Bitte entschuldigen Sie», sagt Richard. «Die letzte Golfpartie musste wegen Regen ausfallen, und so waren wir gezwungen, die geschäftlichen Dinge auf etwas konventionellere Weise zu besprechen.» Er sieht mich forschend an. «Ist mit Ihnen alles in Ordnung, Miss McIntosh?»

«Alles bestens!», sage ich. «Mr Wallis, Sie haben meine Unterlagen gründlich gelesen. Ich muss wissen, ob Sie mir einen Überbrückungskredit gewähren können, um die Renovierungsarbeiten zu finanzieren, die derzeit im Gange sind. Sie haben meine detaillierten Pläne gesehen und wissen, wie ich gedenke, den Umsatz künftig zu steigern. Sind Sie willens, mir zu helfen? Und falls ja, welche Summe können Sie mir anbieten und zu welchen Konditionen?»

Richard Wallis zuckt zusammen, als hätte ich mich ungehörig ordinär verhalten, indem ich ihn direkt auf Geld angesprochen habe. «Wie ich das sehe, Miss McIntosh, haben Sie das Hotel auf der Basis übernommen, es lediglich sechs Monate lang weiterzubetreiben.»

«Äh... Nun, das Testament meines Onkels besagt, dass ich das Hotel erst verkaufen darf, wenn ich es ein halbes Jahr lang betrieben habe», sage ich. «Ehrlich gesagt, Mr Wallis, ich bin ein wenig überrascht, dass Sie davon wissen.»

Richard hebt die Hände und zuckt die Achseln. «Ach, Sie wissen ja, wie das auf dem Dorf so ist. Jedenfalls, genau darin liegt mein Problem. Ich kann leider nicht ausschließen, dass Sie alleinig versuchen, auf diese Weise die Bedingungen des Testaments zu erfüllen, ehe Sie verkaufen. In dem Fall gibt es keinerlei Garantie, dass die Bank das Geld wiedersieht. Soweit ich informiert bin, und bitte korrigieren Sie mich, wenn ich mich täusche, gibt es aktuell keinen Kaufinteressenten, der an der Fortführung des Hotels interessiert ist. Vor allem nicht angesichts der drohenden Konkurrenz durch das derzeit im Bau befindliche Forest-Experience-Resort. Aus meiner Sicht könnte es schwierig für Sie werden, überhaupt einen Käufer zu finden. Und selbst wenn Sie einen finden, dann könnte das Hotel, verzeihen Sie meine saloppe Wortwahl, am Ende für ein Butterbrot den Besitzer wechseln.»

«Ich habe nicht die Absicht zu verkaufen», sage ich, so ruhig ich kann.

«Möglich, dass Sie nicht die Absicht haben, Miss McIntosh, aber vielleicht haben Sie am Ende keine andere Wahl. Kommen Sie wieder, falls Sie nach der Halbjahresfrist immer noch darauf erpicht sind, das Hotel zu behalten, und die Zahlen stimmen, und dann werden wir sehen, was wir für Sie tun können.»

«Wenn die Zahlen nach dem halben Jahr stimmen, dann brauche ich Ihre Hilfe nicht mehr.»

«Tja, die beste Zeit, einen Kredit aufzunehmen, ist immer, wenn man ihn nicht braucht.» Er lächelt. «Alter Banker-Witz, bitte verzeihen Sie.»

«Überaus komisch.» Ich reiße ihm meine Unterlagen aus den Händen und wünschte fast, er würde sich am Papier schneiden. Mit dem letzten bisschen Fassung, das ich aufbringen kann, verlasse ich sein Büro.

Ich bin so wütend, dass ich erst vor dem Hotel merke, dass ich völlig durchnässt bin. Ich gehe in mein Büro und schäle mich auf dem Weg aus der klitschnassen Jacke. Ich werfe sie auf den Boden. Ich halte meine Wut gerade noch so weit im Zaum, um im Telefonbuch nach der Nummer zu suchen.

«Sutherland Holdings.»

«Lucy McIntosh. Ich möchte mit Graham Sutherland sprechen», sage ich.

«Weiß Mr Sutherland, worum es geht?», fragt die Stimme.

«Oh ja!»

«Ich werde versuchen, Sie durchzustellen. Einen Augenblick, bitte.»

Es folgt ein Klicken und ein Surren, und dann ist Graham in der Leitung. «Lucy! Was für eine nette Überraschung.»

«Ach ja?» Meine Stimme zittert vor Wut.

«Was ist denn passiert?»

«Ich habe keine Ahnung, Graham, sag du es mir. Sag mir, wann du vorhattest, mir zu sagen, dass du meine Hauswirtschafterin und meine Köchin abwerben wolltest, um im Ort ein Bistro zu eröffnen. Ein Bistro, falls ich das sagen darf, dessen Konzept erstaunliche Ähnlichkeit mit dem hat, das ich vor kurzem im Mormaer Inn eröffnet habe. Seit wann hast du schon vor, mir das Geschäft zu ruinieren? Von Anfang an? Und deine lächerliche Rittertour zur Errettung der Jungfrau in Nöten sollte mich wahrscheinlich auch nur davon ablenken, oder? Wenn ich dich wirklich, wie du mir angeboten hast, um Rat gefragt hätte, was hättest du mir erzählt? Dass es am Ende doch besser wäre, an dich zu verkaufen? Warum eigentlich? Du hast ja sogar die Bank auf deiner Seite. Du egoistischer, arroganter, hinterhältiger ... meuchelmörderischer Mistkerl!»

«Lucy, Lucy! Beruhige dich. Ich habe keine Ahnung, was passiert ist und weshalb du dich so aufregst, aber es ist nicht so. Das verspreche ich dir.»

«Na klar. Und wie ist es dann, Laird Sutherland?»

«Ich habe Jeannie und Janet tatsächlich mal angeboten, ins Tasty Bake einzusteigen.»

«Du gibst es also zu! Du ...»

«Aber das ist ewig her. Noch ehe du das Hotel übernommen hast. Vielleicht hätte ich, nachdem wir uns kennenlernten, mein Angebot zurückziehen sollen, das ...»

«Ach ja. Findest du?» Meine Stimme tropft vor Sarkasmus.

«Aber es gibt keine Garantie, dass du das Mormaer Inn tatsächlich halten kannst. Der gesunde Menschenverstand spricht definitiv dagegen. Ich habe mir schlicht alle Möglichkeiten offengehalten. Und genau das tun Jeannie und Janet auch. Sie müssen zusehen, wo sie bleiben, so wie jeder andere Mensch auch.»

«Weißt du, was ich glaube? Du wolltest mich von Anfang an aus dem Geschäft drängen. Ich wette, du wusstest sogar von der Gespensternummer der alten Hexe. Wenn sie mich wirklich zum Wahnsinn damit getrieben hätte, hättest du dir einen Haufen Geld gespart.»

«Lucy! Nein!»

«Ach, leck mich doch!», schreie ich in den Hörer und knalle ihn auf die Gabel.

Es klopft zögerlich an der Tür. Jeannie schleicht sich ins Büro. «Ich war in der Lobby. Ich habe alles gehört.»

Erschöpft lasse ich mich zurücksinken.

«Ich meine, was ich gesagt habe. Ich werde für Sie kochen, solange es das Hotel noch gibt», sagt Jeannie. «Was mich betrifft, ist das Tasty-Bake-Projekt gestorben.»

Angesichts ihres zaghaften Tons löst mein Ärger sich in Luft auf. «Danke, Jeannie», sage ich. «Leider sieht es aber so aus, als würden Sie das Tasty Bake dringend brauchen.»

«Unsinn.» Ewa kommt ins Büro. «Ich habe auch gehört, was los war. Wir stecken jetzt die Köpfe zusammen. Wir machen einen Plan. Wir lassen uns von den Idioten nicht runterkriegen.»

«Das heißt unterkriegen, Liebchen», sagt Jeannie.

«Ist doch egal», sagt Ewa. «Lucy ist eine gute Frau. Sie muss ihr Geschäft behalten. Wir helfen dabei.»

«Und das werden wir auch», sagt Jeannie.

29. Kapitel

Einen ganzen See voll Kaffee später und wahre Regengüsse voller Flüche, die Ewa auf Sean und Grahams Köpfe niederprasseln lässt, haben wir so etwas wie einen Plan. Durch absolute Kostenstraffung und Ausgabenbeschränkung auf das Allernötigste in Verbindung mit einem professionellen Internet-Auftritt sollten wir mit ein bisschen Glück in der Lage sein, bis zum Ende der sechs Monate durchzuhalten. Vorausgesetzt, wir können dann ausreichend Buchungen vorweisen, müsste die Bank uns laut Jeannie einen Kredit geben.

«Wenn die nein sagen», knurrt Ewa, «dann spucke ich auf sie!»

«Wenn Richard Wallis nein sagt», verkündet Jeannie, «dann gehen wir zu seinem Boss. Wenn wir einen soliden Businessplan vorweisen, müssen sie uns das Geld geben. Schließlich machen sie Werbung damit, in die lokale Wirtschaft zu investieren.»

«Genau. Wenn sie nein sagen, wird es sehr ungemütlich für sie!» Ewas Augen sprühen Funken, und ihr ganzer Körper bebt. Ich glaube nicht, dass irgendwer zu Ewa nein sagen würde, wenn sie in dieser Stimmung ist.

Vor lauter Rührung über die bedingungslose Unterstützung dieser tollen Frauen fange ich an zu weinen. Jeannie nimmt mich in den Arm. Und weil es draußen immer noch regnet und wir keinen einzigen Gast im Haus haben, gehen wir zu dritt in die Küche und besiegeln unsere Schwesternschaft mit einer Flasche Sekt.

Schließlich bricht Ewa auf, um Ania aus der Vorschule abzuholen. Ich leihe ihr meinen schönsten Regenschirm. Jeannie geht nach Hause, um ein kleines Nickerchen zu machen, und ich verziehe mich in meinen Turm. Draußen braut sich ein richtiges Unwetter zusammen. Ich falle aufs Bett und schlafe sofort ein. Die letzte Nacht war hart, und ich bin emotional und körperlich total erschöpft.

Ein ohrenbetäubender Knall reißt mich aus dem Schlaf. Erschrocken fahre ich hoch. Ein schleifendes Geräusch ertönt, als würden sich die Dachschindeln lösen. Ich eile ans Fenster. Draußen ist es vollkommen schwarz. Zweige knallen so heftig gegen die Scheiben, dass ich Angst habe, das Fenster geht kaputt. Ich schiebe es hoch und kann mit Mühe die Läden schließen. Fast im selben Moment knallt der nächste Ast gegen das Fenster, und vor dem Fensterladen erklingt ein krachendes Geräusch. Ich greife nach dem Schalter der Nachttischlampe. Nichts. Taste mich zur Wand und versuche es mit dem Lichtschalter. Auch nichts. Der Strom ist weg. Ich taste nach meinem Handy auf dem Nachttisch, es ist vier Uhr nachmittags. Jeannie und Ewa haben längst Feierabend. Ich bin ganz allein im Hotel. Vielleicht ist Hamish drüben in der Bar, aber hier ist außer mir niemand mehr. Kann sein, dass ich nicht weiß, was ein echter Highland-Sturm ist, aber der ohrenbetäubende Lärm draußen sagt mir, dass dies kein Zuckerschlecken wird.

Ich muss dringend runter und kontrollieren, ob alle Fenster geschlossen sind.

Ich suche die Taschenlampenfunktion auf meinem Handy und rase kreuz und quer durch das Mormaer Inn. Immer wieder zerreißen Blitze die Dunkelheit, während ich die Fensterläden schließe und Türen verriegle. Donnerschläge grollen über den See wie das Brüllen eines urzeitlichen Biests. Der Regen prasselt so heftig gegen die Fenster, dass man keine zwei Meter weit schauen kann. Die rohe Naturgewalt erschüttert das Haus in seinen Grundfesten. Ich spüre, wie mein Puls rast, aber ich habe keine Zeit für Angst. Wenn auch nur ein Fenster oder eine einzige Tür offen bleibt und aus den Angeln gerissen wird, könnte ein Schaden entstehen, der mich direkt in den Bankrott treibt. Ich kann nur hoffen, dass das Dach, das seit bestimmt zweihundert Jahren auf dem Haus sitzt, auch diesen Sturm überlebt.

Als ich im Erdgeschoss angekommen bin, höre ich eine Tür laut schlagen. Ich renne in die Küche und sehe, dass es die Hintertür fast aus den Angeln hebt. Ich laufe zur Tür. Sie ist verriegelt. Warum bewegt sie sich bloß so heftig? Plötzlich wird mir klar, dass von außen jemand dagegenschlagen muss, aber der Wind tost so laut, dass ich niemanden hören kann.

Ich löse die Riegel, wappne mich und will die Tür einen kleinen Spalt öffnen, aber sofort fliegt sie mir entgegen. Eine dunkle, triefend nasse Gestalt schießt an mir vorbei ins Trockene. Mit vereinten Kräften versuchen wir, die Tür wieder zu schließen. Wir haben einige Mühe, uns gegen den Sturm zu behaupten, aber dann ist es geschafft.

Schwer keuchend lehne ich mich gegen die Tür. Das Adrenalin tost in meinem Körper, und plötzlich fange ich an zu zittern. Das da draußen fühlt sich an wie das Ende der Welt.

Die Gestalt zieht sich die Kapuze vom Kopf. Ein Blitz erhellt die Küche, und ich erkenne das Gesicht. Es ist Graham.

«Was zum Teufel willst du denn hier?» Die Gewalt des Sturms und Grahams plötzliches Auftauchen haben mich völlig unter Strom gesetzt. Dabei bin ich ehrlich gesagt heilfroh, nicht mehr allein zu sein.

«Ich muss mit dir reden», brüllt er. Dann deutet er durch die Küchentür in Richtung Hotel. Im Schein unserer Taschenlampen folge ich ihm durch das Flurlabyrinth tiefer ins Haus hinein, wo das Donnergrollen wenigstens etwas gedämpft ist.

«Und?», frage ich angriffslustig. «Was ist so wichtig, dass du es nicht am Telefon klären konntest?»

«Ich glaube nicht, dass du mit mir gesprochen hättest. Außerdem», fügt er leise hinzu, «mir war nicht wohl bei dem Gedanken, dass du bei dem Sturm ganz allein hier oben bist.»

Ich stutze. «Warte mal. Wusstest du etwa, dass dieser Sturm sich zusammenbraut?»

«Das war doch schon den ganzen Tag in den Nachrichten. In den Vorhersagen ist ständig vom schlimmsten Unwetter des Jahrhunderts die Rede. Hast du nichts davon mitbekommen? Im Radio werden Sturmwarnungen und Verhaltensmaßnahmen verlesen. Inklusive des Rats, auf unnötige Fahrten zu verzichten.» Er zieht die Augenbraue hoch.

«Äh. Nein. Gar nicht mitbekommen. Jeannie, Ewa und ich haben Pläne geschmiedet.» Die letzten beiden Worte betone ich provokant.

Grahams Laune verändert sich schlagartig. «Willst du damit sagen, die beiden haben die Sturmwarnung auch nicht mitbekommen?»

«Es sei denn, sie haben zu Hause das Radio eingeschaltet.»

«Der Empfang ist schon seit Stunden gestört. Ich glaube, es gibt meilenweit keinen funktionierenden Sendemast mehr.»

«Die sind sicher vernünftig genug, um im Haus zu bleiben.» Seine Eindringlichkeit macht mir allerdings ein bisschen Angst.

«Weißt du, wo Jeannie wohnt?»

Ich schüttle den Kopf. Wahrscheinlich irgendwo im Dorf.

«Sie wohnt in einem der alten Arbeiterhäuschen an der Burn Lane», sagt er.

Ich zucke verständnislos die Achseln.

«Überschwemmungsgebiet», sagt er. «Bei schweren Regenfällen steht die ganze Straße unter Wasser. Bei diesem Sturm schießt das Wasser in Fluten von den Bergen runter. Regenfluten können sprunghaft ansteigen. Das ist lebensgefährlich. Kann den stärksten Kerl von den Füßen reißen. Eine ältere Dame hätte erst recht keine Chance. Sie würde ertrinken.»

«Oh nein! Sie ist nach Hause gegangen, um sich ein bisschen auszuruhen. Sie hat vielleicht gar nicht mitbekommen, dass sie in Gefahr ist.»

Graham schaut auf sein Handy. «Kein Empfang!», sagt er frustriert. «Du?»

Ich gucke nach und schüttle den Kopf.

«Festnetz?», fragt Graham knapp.

Ich eile voraus in mein Büro. Die Leitung ist tot.

«Ich muss sie da rausholen», sagt er.

«Das ist doch verrückt. Du hast selbst gesagt, das Unwetter kann tödlich sein. Das ist viel zu gefährlich. Überlass das den Rettungskräften.»

«Den Rettungskräften, die nicht wissen, dass Jeannie überhaupt da draußen ist. Ich muss sie holen.»

«Ja klar. Mit deinem kleinen schicken Cabriolet.»

«Lucy! Hältst du mich eigentlich für blöd? Ich habe gewusst, was mich erwartet, als ich hier raufgekommen bin. Ich bin mit dem Land Rover da. Mit dem kann ich auch durchs Flussbett fahren. Ich weiß genau, wie gefährlich es hier oben werden kann.»

Plötzlich fällt mir wieder ein, wie seine Eltern ums Leben gekommen sind.

«Ich komme mit», sage ich entschlossen.

«Sicher nicht.»

«Wenn Jeannie wirklich noch zu Hause ist oder, Gott bewahre, schon vom Wasser eingeschlossen, brauchst du alle Hilfe, die du kriegen kannst. Außerdem ist sie meine Freundin.»

Graham flucht vor sich hin.

«Du weißt genau, dass ich recht habe.»

«Na gut. Aber du brauchst vernünftige Klamotten.»

«Warte kurz. Ich gehe mich umziehen. Dauert nur eine Sekunde. Hau nicht ohne mich ab!»

«Ich gehe hoch in den Turm und sehe nach, ob Calums Funkanlage noch funktioniert. Wir treffen uns am Küchenausgang.»

Ich sause nach oben in mein Schlafzimmer, ziehe mich eilig aus und schlüpfe in meine eigens für die Highlands gekaufte Thermounterwäsche. Mum hatte darauf bestanden, und bis heute hatte ich es für einen Witz gehalten. Ich vermeide schwere Anziehsachen, die sich mit Wasser vollsaugen könnten. Anorak besitze ich leider keinen. Wieder unten, hole ich Calums alten Wachsregenmantel aus der Kammer neben der Rezeption. Ich rolle die Ärmel hoch und schneide mit einer Schere von der Rezeption den Saum ab, damit ich nicht versehentlich darüber stolpern kann. Dann schnappe ich mir ein paar Seiten alte Zeitung und stopfe Onkel Calums Gummistiefel damit aus. Das letzte Accessoire ist ein alter Regenhut, ein echter Südwester. Ich drehe eilig die Haare zu einem Knoten und stecke sie unter den Hut.

Gerade als ich zur Küchentür renne, kommt Graham die Treppe herunter. Der nächste Blitz erhellt die Lobby. «Ich konnte per Funk Kontakt zu ein paar Jungs kriegen, die dieselbe Idee hatten. Es liegen überall umgestürzte Bäume rum. Mormaer ist im Augenblick so gut wie von der Außenwelt abgeschnitten. Zwei Mann versuchen gerade, in den Ort vorzudringen, um zu helfen, aber sie schätzen, dass sie mindestens noch eine halbe Stunde brauchen werden, bis sie da sind.»

«So lange können wir doch nicht warten. Oder?»

«Nein», sagt Graham. «Ich fürchte, du musst tatsächlich mitkommen.»

30. Kapitel

Wir öffnen die Tür, und der Wind wirft mich fast um. Ich stolpere gegen Graham. Er hakt mich unter, und wir kämpfen uns mit gesenkten Köpfen in einem unmöglichen Winkel gegen den Wind gestemmt über den Parkplatz. Der Land Rover ist quietschorange und das einzig Sichtbare im peitschenden Regen. Graham hält mir die Tür auf, und ich klettere auf den ledernen Beifahrersitz. Auf dem Armaturenbrett liegen mehrere große Stabtaschenlampen. Auf dem Rücksitz sehe ich jede Menge Zeug: blaue Seile, silberne Rettungsdecken, Karabinerhaken – lauter Dinge, die man in ein Katastrophengebiet mitnehmen würde.

Graham folgt meinem Blick. «Ich war mir nicht sicher, ob dir dein Hotel nicht doch auf den Kopf fallen würde», sagt er mit einem leichten Grinsen. Dann startet er den Motor und fährt los. Sobald wir den schützenden Parkplatz verlassen haben, greift der Wind uns frontal an. Die Scheibenwischer bewegen sich auf höchster Stufe, trotzdem sehen wir so gut wie gar nichts. Graham schaltet das Fernlicht ein und zusätzlich ein paar Suchscheinwerfer, die sich auf dem Wagendach befinden müssen. Die Sicht wird dadurch kaum besser. Graham verlässt sich beim Fahren offensichtlich auf sein Gefühl. Ich kralle mich an meinem Sitz fest und werfe ihm verstohlen einen Seitenblick zu. Er späht konzentriert durch die Windschutzscheibe.

Seine Stirn ist gerunzelt, und auf seinem Gesicht liegt ein Ausdruck grimmiger Entschlossenheit.

Als der Wagen anfängt zu schlingern, unterdrücke ich einen Schrei. Graham steuert gegen und bringt das Auto zurück auf die Spur. «Schlamm», sagt er. «Das wird noch öfter passieren, wir...»

Schon versucht das Auto wieder, die Straße zu verlassen, und was auch immer Graham noch sagen wollte, geht verloren.

Ich habe keine Ahnung, wo wir sind. Mormaer hat sich in eine Albtraumlandschaft verwandelt, in unberechenbaren Abständen gespenstisch beleuchtet von zuckenden Blitzen, die sich rund um uns entladen.

Dann schlägt plötzlich in unmittelbarer Nähe ein Blitz ein. Ich muss die Augen abschirmen, so grell ist er, und direkt vor uns geht ein Funkenregen nieder. Graham bremst scharf. Ich werde trotz Gurt nach vorn in Richtung Armaturenbrett geschleudert. Der Wagen schert heftig zur Seite aus und kommt schlingernd zum Stehen. Direkt vor uns stürzt ein riesiger Baum auf die Straße.

Als der Donner verhallt ist, herrscht einen Moment lang völlige Stille. Im Auto ist nur unser beider schwerer Atem zu hören.

«Das war knapp», sagt Graham schließlich. «Ich muss einen Umweg fahren.» Er dreht sich zu mir um und sieht mich an. «Ich bringe dich zurück. Das ist schlimmer, als ich befürchtet hatte.»

«Nein. Wir holen Jeannie.»

Graham flucht wieder. Er weiß genauso gut wie ich, dass es viel zu lange dauern würde, noch mal zum Hotel zurückzufahren. Mit unterdrücktem Zorn legt er den Rückwärtsgang ein und wendet. Schließlich sind wir wieder auf dem Weg.

Der Sturm scheint sich weiterzubewegen. Der Regen hat

zwar immer noch nicht nachgelassen, aber Blitz und Donner verziehen sich langsam in der Ferne. Ich hole tief Luft. Keine Ahnung, wie lange ich den Atem angehalten habe. «Es zieht weiter», sage ich.

«Nein. Wir sind jetzt im Auge des Sturms. Das wird gleich wieder schlimmer.»

Nach einer Weile stellt Graham den Wagen quer zur Straße und bleibt stehen. Uns gegenüber, erhellt vom Licht der Scheinwerfer, ist eine Reihe kleiner Häuser zu erkennen. Sie liegen ein Stückchen zurückversetzt, unterhalb einer schmalen Böschung. Ich sehe, dass das Wasser bereits auf Fensterhöhe vorbeiströmt. Und dann entdecke ich hinter einem Fenster im oberen Stockwerk ein blasses Gesicht. Jeannie! Sie ist in ihrem Haus gefangen, und das Wasser steigt weiter.

Graham stößt einen weiteren Fluch aus.

«Was machen wir denn jetzt?», frage ich.

«Wir holen sie da raus», sagt er. «Ich sichere mich mit der Winde am Wagen und wate zu ihr rüber. Sie muss durchs Fenster klettern. Meinst du, das schafft sie?»

«Jeannie ist fit für ihr Alter. Aber wie willst du in den Wassermassen aufrecht stehen bleiben?»

«Keine Ahnung!», antwortet Graham finster. Dann zeigt er mir, wie man die Winde bedient. «Wenn ich untergehe, ziehst du mich zurück. Das ist ein Drahtseil. Es reißt nicht. Falls aber trotzdem was passiert und ich werde weggespült, versuchst du auf keinen Fall, mich zu retten. Du löst das Seil vom Wagen, fährst zurück ins Hotel, nimmst das Funkgerät und holst Hilfe.» Er sieht mir in die Augen. «Lucy, hast du verstanden?»

«Und was ist dann mit dir? Und mit Jeannie?»

«Wenn wir Glück haben, kommt vielleicht noch rechtzeitig Hilfe, um Jeannie zu befreien.»

«Und du?»

«Wenn es mich wirklich wegreißt, kann man bis morgen früh sowieso nichts machen.» Bis man seine Leiche findet, meint er damit. Unwillkürlich greife ich nach seinem Arm. Er lächelt mich an. «Keine Angst. Ich hau nicht ab. Wir haben noch einen Streit beizulegen.»

Er steigt aus, befestigt die Zwingen an den Autoreifen, um den Wagen zu sichern, dann den Karabiner der Winde irgendwo an seiner Kleidung und reckt mir den gestreckten Daumen entgegen. Ich entriegle die Winde. Er überquert die Straße und verschwindet. An der Böschung setzt er sich aufs Gras und lässt sich langsam ins Wasser gleiten, ohne das Drahtseil loszulassen.

Dann stolpert er und verschwindet aus meinem Blickwinkel. Aber noch ehe ich reagieren kann, ist er wieder auf den Beinen und watet auf Jeannies Häuschen zu. Ich kann lediglich seine obere Körperhälfte sehen, der Rest ist im Dunkeln verschwunden. Nicht im Dunkeln, wird mir klar, sondern im reißenden Fluss.

Jeannie hat inzwischen das Fenster geöffnet. Sie sitzt auf dem Fensterbrett und klammert sich mit aller Kraft an den Rahmen. Als Graham das Haus erreicht hat, lässt sie sich fallen. Doch sie hat sich verschätzt. Graham war noch nicht nahe genug unter dem Fenster. Jeannie verschwindet in den Wassermassen.

Ich springe aus dem Wagen und renne los. Sie ist weg. Verschwunden. Verzweifelt rufe ich nach ihr, aber noch ehe ich auch nur die Böschung erreicht habe, ist auch Graham unter Wasser verschwunden. Ich bleibe erstarrt mitten auf der Straße stehen. Regen und Wind umtosen mich von allen Seiten. Ich sinke auf die Knie. Ich starre auf das Wasser, flehe um ein Wunder, flehe die Wassermassen an, sich zu teilen, die beiden wieder freizugeben. Ich kann keinen klaren Gedanken mehr fassen. Graham! In diesem Augenblick würde ich die Schlüssel zu meinem Hotel mit Freuden jedem überreichen, wenn ich ihn dafür nur wiederhaben könnte! Lieber Gott, bete ich, bitte bring ihn mir zurück. Ich tue alles, was Du willst. Wenn Du ihn nur zu mir zurückbringst.

Und Jeannie. Die arme, mutige Jeannie, die nicht an dem Seil befestigt war.

O Gott! Was bin ich eigentlich für eine dumme Kuh! Die Winde! Ich habe die Scheißwinde vergessen! Er hängt ja vielleicht noch am Seil. Ich renne zum Wagen zurück und lege den Schalter um. Langsam und knirschend setzt die Winde sich in Bewegung und holt das Seil wieder ein.

Die Winde hat gegen einen Widerstand zu kämpfen. Einen ziemlich schweren Widerstand. Gut, das ist gut, verstehe ich. Dann kann ich ihn sehen. Graham taucht aus dem Wasser auf. Und er hält Jeannie fest umschlungen. Ich zittere am ganzen Leib. Sobald die beiden weit genug aus dem Wasser sind, stoppe ich die Winde und renne zur Böschung.

Graham ringt keuchend nach Luft. Jeannie ist leichenblass und bewegt sich nicht. Ihm gelingt es nur mit Mühe, sie über Wasser zu halten. Ich knie auf der Böschung nieder, beuge mich vor. Ich greife Jeannie unter die Achseln. Graham schiebt von unten an, und ich zerre von oben. Meine Arme fühlen sich an, als würden sie jeden Augenblick aus den Gelenken gerissen werden, aber dann gelingt es uns tatsächlich irgendwie, Jeannie auf die Straße zu bugsieren. Graham versucht, aus eigener Kraft die Böschung zu erklimmen, aber er schafft es nicht. Die Strömung ist zu stark, und er ist erschöpft. Ich renne zum Wagen zurück. Jeannie lasse ich liegen. Ich habe keine

Zeit, mich um sie zu kümmern. Der Fluss, den es nicht geben dürfte, wird von Minute zu Minute reißender. Auch wenn das Drahtseil selbst nicht reißen wird, ist die Winde nur so stark wie das Material, an dem Graham sie befestigt hat. Ich schalte die Winde an und wieder aus, an und wieder aus, und ziehe Graham so Zentimeter für Zentimeter aus dem Wasser und rauf auf die Straße. Erst als er endlich oben liegt, merke ich, dass ich völlig aufgelöst bin, vor Angst und Schrecken weine und schluchze.

Ich wickle die Winde ab und hake das Seil aus, löse die Bremskrallen, wende den Wagen und fahre ganz vorsichtig zu den beiden reglosen Gestalten hinüber. Jeannie atmet noch, aber sie ist eiskalt. Mit einer Kraft, von der ich nicht wusste, dass ich sie in mir habe, hieve ich sie auf den Rücksitz. Ich befreie sie, so gut ich kann, von den durchnässten Anziehsachen und hülle sie in eine Rettungsdecke. Währenddessen ist es Graham mühsam gelungen, wieder auf die Beine zu kommen, und er versucht, sich hinters Lenkrad zu setzen. Ich winke ihn auf die Beifahrerseite rüber.

«Ich fahre.»

«Gott steh uns bei!», murmelt er und bricht erschöpft auf dem Beifahrersitz zusammen. Ich setze mich hinters Lenkrad und spähe hinaus in den Regen. Dann lasse ich den Motor an, hole tief Luft und gebe vorsichtig Gas.

Ich weiß nicht genau, wie wir zurück ins Hotel gekommen sind. Ich hatte nur den einen Gedanken: Ich muss sie heil zurückschaffen. Ich muss sie ins Warme bringen. An Hypothermie kann man sterben. An Hypothermie kann man sterben.

Welche Götter auch immer in diesem Sturm draußen unterwegs gewesen sind, sie haben uns beschützt. Als ich endlich auf den Parkplatz des Hotels einbiege, stehen dort bereits mehrere Fahrzeuge versammelt. Graham rappelt sich mühsam hoch und sagt: «Ich habe den Leuten gesagt, wer in Schwierigkeiten ist, soll herkommen. Und wer helfen kann, soll auch herkommen.» Dann sinkt er wieder in sich zusammen.

Ich schließe die Eingangstür zur Lobby auf, und die Leute strömen ins Trockene. Irgendjemand trägt Jeannie ins Haus. Graham stützt sich auf einen stämmigen Farmer.

«Haben Sie irgendwas zu essen im Haus?», fragt er.

Ich nicke. «Die Speisekammer ist gut gefüllt. Suppe und heiße Getränke für alle sollten kein Problem sein. Bringen Sie die Leute in die Küche. Da ist es warm. Ich hole ein paar Öllampen.»

Die Versammelten drängen sich um den Küchentisch. Ich verteile die Lampen im Raum, setze Wasser auf und hole genug Suppe aus der Speisekammer, um eine kleine Armee zu versorgen. Der alte Holzherd verströmt Wärme. Die Anziehsachen der Leute fangen an zu dampfen.

Plötzlich steht Janet McGruther neben mir. «Im Wandschrank im zweiten Stock sind noch ein paar alte Sachen Ihres Onkels», sagt sie schließlich zögernd.

«Holen Sie die», sage ich. «Und du», ich zeige auf Graham, «raus aus den Klamotten!»

Er dreht sich zu mir um und fängt breit an zu grinsen. Die tropfnasse Menge fängt tatsächlich an zu johlen. Ich schüttle den Kopf und lache verlegen.

Als wir alle wieder etwas Trockenes am Leibe haben, teile ich Suppe aus.

Jeannie ist wieder zu sich gekommen und sitzt in dicke Decken gehüllt neben ihrem geliebten Herd. Plötzlich fragt sie: «Wo sind Ewa und Ania?»

Keiner sagt ein Wort.

«Sie wohnen draußen im alten Wildhüterhaus», erklärt Jeannie.

Graham gibt eine neue Kostprobe seines erstaunlichen Fluchrepertoires.

«Du denkst an die Bäume, oder?», frage ich. «Du hast Angst, dass sie auf das Haus stürzen.»

Graham zieht bereits die Stiefel an.

«Du kannst da nicht noch mal raus!», sage ich.

Ein paar andere Männer ziehen sich ebenfalls ihre Regensachen an.

«Keine andere Wahl», sagt Graham. «Das Dorf ist von der Außenwelt abgeschnitten. Wir müssen uns selbst helfen.»

«Ich komme mit.»

«Nein», sagt er. «Du musst hierbleiben und die Leute, die wir herschaffen, mit Suppe und Tee versorgen. Diese Katastrophe ist schlimmer, als sich das irgendwer hätte vorstellen können. Ich brauche dich hier.»

«Das kann Mrs McGruther übernehmen.»

«Kann schon sein, aber es werden viele Leute kommen. Ihr müsst das zusammen machen. Außerdem kann ich mich nicht konzentrieren, wenn ich weiß, dass du in Gefahr bist.» Plötzlich beugt er sich zu mir runter und drückt mir einen kurzen Kuss auf die Lippen. «Bitte», fügt er eindringlich hinzu und verschwindet mit den anderen Männern zurück in den Sturm.

∞

Am Ende suchen über einhundert Menschen Zuflucht im Hotel. Janet McGruther kocht unerlässlich Suppe und Tee. Jeannie habe ich im ersten Stock ins Bett geschickt, ihre Temperatur scheint stabil. Die Stunden vergehen, ohne dass Graham zurückkommt. Erst als es am Horizont bereits dämmert, taumelt er erschöpft durch die Hintertür in die Küche, mit Ania auf dem Arm. Ewa hinkt hinter ihm her. Sie blutet am Bein, aber sie lächelt. Auf Grahams Stirn klafft eine Wunde. Ich kann ihn nur deshalb dazu überreden, sich verbinden zu lassen, weil das Blut ihm in die Augen läuft. Die Gemeindeschwester wurde um drei Uhr morgens aus ihrem Haus geholt und hatte genug Geistesgegenwart besessen, ihr Verbandszeug mitzubringen.

Als der Morgen kommt, hat der Sturm sich gelegt, und wie durch ein Wunder sind alle Helfer heil zurückgekehrt. Mrs McGruther hat die ganze Nacht unermüdlich geschuftet. Sie hat sogar die Kissen aus Calums Lasterhöhle geholt, damit die Leute es sich in der Küche ein bisschen bequem machen konnten. Jetzt machen sich die Ersten auf den Heimweg. Ich biete allen, deren Häuser überflutet wurden, ein Bett im Hotel an, und nach und nach ziehen wir uns alle zurück, um ein bisschen wohlverdiente Ruhe zu kriegen.

Ich bin nicht wirklich überrascht, als ich mein Schlafzimmer betrete und Graham im Bett auf mich wartet. «Ich glaube, ich bin etwas unterkühlt», sagt er.

«Oh. Dann sollte ich dich besser wärmen.» Ich ziehe mich aus, und Graham heißt mich in seinen Armen willkommen.

31. Kapitel

Erst als die Aufräumarbeiten richtig einsetzen, wird deutlich, wie schlimm der Sturm den Ort erwischt hat. Das Mormaer Inn scheint das einzige Gebäude im ganzen Dorf ohne Sturmschaden zu sein, was angesichts seiner Größe und der exponierten Lage direkt am Loch einem Wunder gleichkommt.

Grahams Forest-Experience-Projekt wurde fast vollständig weggespült. So gut wie jedes einzelne Haus im Dorf hat den einen oder anderen Schaden davongetragen. Die hübschen kleinen Arbeiterhäuschen in Jeannies Straße sind von der Überflutung völlig zerstört worden. Nebenstraßen wurden weggespült, und die Warenbestände der Geschäfte auf der Hauptstraße wurden größtenteils durch Wasserschäden vernichtet. Doch obwohl es fast mehr Verletzungen als Verbandszeug gab, hat das Dorf kein einziges Todesopfer zu beklagen.

Das Hotel ist bis aufs letzte Bett belegt. Leider mit keinem einzigen zahlenden Gast. Sobald die Telefonleitungen wieder intakt sind, steht das Telefon nicht mehr still, weil eine Buchung nach der anderen storniert wird. Die Behörden gehen davon aus, dass es mindestens zwei Monate dauern wird, bis Mormaer auch nur ansatzweise wiederhergestellt ist, und bis dahin will offensichtlich niemand einen Besuch im Katastrophengebiet riskieren. Der Strom fällt ständig wieder aus. Feuerwehr und Militär bemühen sich, die Straßen frei zu räumen, und das Wasser kommt braun aus der Leitung. Der Wasserversorger behauptet zwar, das sei unschädlich, aber ich bin nicht die Einzige, die momentan ihren Kaffee lieber mit abgepacktem Wasser kocht.

Ich denke viel nach. Graham lässt mich, was meine Zukunftspläne betrifft, in Ruhe. Er hat sich im ersten Stock eingemietet und hilft bei den Aufräumarbeiten. Er ist tagtäglich mit seinem Land Rover unterwegs und beendet seinen Tag meistens im Clootie Craw oder beim gemeinsamen Abendessen im Bistro. Manchmal auch in zauberhaften Nächten in meinem Turm. Wir reden viel und machen endlose Spaziergänge am See und haben doch, ohne je darüber gesprochen zu haben, in schweigendem Einverständnis beschlossen, einander Raum zu geben. Als ich mich nach dem Forest-Experience-Projekt erkundige, sagt er nur, er sei versichert gewesen, aber nicht, ob er damit noch mal einen zweiten Versuch starten will. Ich glaube, er ist immer noch der Meinung, der einzige Ausweg für mich wäre es, ihm mein Hotel zu verkaufen, aber auch darüber sprechen wir nicht. Vermutlich weiß er, dass eine Beziehung zwischen uns nie funktionieren würde, wenn ich mich ihm verpflichtet fühlen müsste und gleichzeitig das Gefühl hätte, versagt zu haben. Er besitzt zwar genug Feingefühl, mir kein direktes Angebot zu machen, aber ich sehe ihm an, wie schwer es ihm fällt, mir nicht unter die Arme greifen zu können. Doch damit tut er das einzig Richtige. Das Letzte, was ich jetzt brauchen könnte, wäre ein Ritter, der auf seinem Ross herangeritten kommt, um mich zu retten.

Dann, an einem meiner dunklen Abende der Seele, allein in meinem Türmchen, fällt mir Calums Brief wieder ein. Ich hole den Umschlag mit dem Schlüssel, gehe in mein winziges Lesezimmer und stecke den Schlüssel versuchsweise in das Schloss des Sekretärs. Er passt. Der Sekretär ist vollgestopft mit allen möglichen Unterlagen, und ganz obenauf liegt ein Brief, der an mich adressiert ist. Ich mache es mir im Lesesessel gemütlich und öffne ihn.

Meine liebste Lucy,
vermutlich erscheint dir diese Anrede seltsam, wenn nicht gar anmaßend, aber mir gefällt die Vorstellung, dass du, wenn es das Schicksal gewollt hätte, meine Tochter hättest sein können.
Wie du sicher weißt, stammt die Familie deines Vaters aus der Grafschaft Argyll. Eines heißen Sommers vor viel zu vielen Jahren lernten zwei junge Männer dieser Familie während der Ferien auf einem Campingplatz hier in der Gegend ein wunderschönes Mädchen aus Edinburgh kennen – deine Mutter. Dein Vater und ich fühlten uns sofort und gleichermaßen zu ihr hingezogen, und das nicht nur weil sie so hübsch war, sondern vor allen Dingen weil sie dieses ganz besondere Etwas an sich hatte, das nur wenigen Menschen zu eigen ist. Ein fröhliches Gemüt, kombiniert mit einem außergewöhnlichen Charisma, das uns beide in Bann schlug. Wir verbrachten auf dem Campingplatz hier zweiwöchige Ferien, und in dieser Zeit gingen dein Vater und ich oft mit ihr und ihren Freundinnen in das örtliche Pub, das Clootie Craw.
Als die Ferien zu Ende waren, tauschten wir Adressen aus und versprachen, einander zu schreiben. Ich habe viele Abende damit verbracht, grübelnd auf ein weißes Blatt Papier zu starren, weil ich nicht wusste, was ich schreiben sollte. Deine Mutter dagegen war weniger schüchtern und schrieb uns von sich aus. Als ihr Brief eintraf, war ich jedoch bereits auf dem College. Dein Vater öffnete ihn und trat mit

deiner Mutter in Briefkontakt, ohne mir davon zu erzählen. Und der Rest ist, wie es so schön heißt, Geschichte.
Hätte ich mich an seiner Stelle genauso verhalten und nicht erzählt, dass sie geschrieben hatte? Ich weiß es nicht. Ich weiß nur, dass mir trotz meines jugendlichen Alters schnell klarwurde, dass die Gefühle, die ich von Anfang an für deine Mutter gehegt hatte, sich nicht verflüchtigten. Als ich in den Semesterferien nach Hause kam, stellte mein Bruder mir seine Verlobte vor. Ich war am Boden zerstört. Ich versuchte sogar, deine Mutter davon zu überzeugen, dass sie einen Fehler gemacht hatte. Das kam bei deinem Vater natürlich nicht gut an, und wir gerieten in Streit.
Doch nachdem die beiden geheiratet hatten, wurde mir klar, dass ich meinen einzigen Bruder nicht verlieren wollte, und wir versöhnten uns. Ich bemühte mich wirklich nach Kräften, deinen Eltern ein Freund zu sein, aber ich muss gestehen, dass die Situation mich von Tag zu Tag mehr schmerzte. Das ging so lange, bis ich mir schließlich einredete, deine Mutter müsste inzwischen ebenfalls gemerkt haben, was für einen Fehler sie begangen hatte, als sie mir deinen Vater damals vorzog. In meiner jugendlichen Arroganz war ich überzeugt davon, dass wir füreinander bestimmt waren. Ich versuchte, sie zu überreden, mit mir durchzubrennen.
Ich möchte hiermit eindeutig klarstellen, dass deine Mutter auf meine Vorschläge niemals einging und mich auch niemals ermutigte. Sie hat deinen Vater nie betrogen. Vielmehr hoffte sie, meine Vernarrtheit, wie sie es nannte, würde irgendwann wieder vergehen, und sie wollte einfach nicht, dass dein Vater und ich uns wieder zerstritten. Als dein Vater schließlich einen schmalztriefenden, leidenschaftlich verfassten Bittbrief entdeckte, den ich an deine Mutter geschrieben hatte, eskalierte

die Situation. Sie war gezwungen, ihm von meinem Verhalten zu erzählen, und er beschloss, nie wieder etwas mit mir zu tun haben zu wollen.

Ich glaube, so richtig akzeptierte ich erst, dass es für mich wirklich keine Hoffnung mehr gab, als ich von der Schwangerschaft deiner Mutter erfuhr. Ich beschloss, mich Hals über Kopf ins Leben zu stürzen und fortan dem Genuss zu frönen. Ich werde rot bei der Vorstellung, dass du meinen geheimen Turm entdeckst. Aber weißt du, ich habe nie wieder jemanden wie deine Mutter getroffen, jemanden, dem ich mein ganzes Herz hätte schenken können, und wie ein Mönch leben wollte und konnte ich nicht. Es gab in meinem Leben viele Frauen, und ich hatte sie alle gern. Ich hatte kein schlechtes Leben, aber ich werde trotzdem immer bereuen, dass ich damals nicht den Mut hatte, deiner Mutter zu schreiben. Was für ein Gedanke! Hätte ich damals den Mut besessen, wäre ich heute vielleicht dein Vater.

Kannst du jetzt erraten, weshalb ich damals das Mormaer Inn gekauft habe und warum ich es trotz aller Widrigkeiten um jeden Preis behalten wollte? Der Grund ist das Clootie Craw. Trotz meines Lebenswandels bin ich aus tiefstem Herzen Romantiker geblieben.

Meine liebe Lucy, ich hinterlasse dir zweierlei.

Zum einen meinen Besitz – ich habe eine Halbjahresklausel verfügt für den Fall, dass dein Vater dich zum sofortigen Verkauf überreden will.

Und zum anderen das einzige bisschen Weisheit, das ich in meinem Leben erlangt habe: Wenn du dich wirklich verliebt hast, dann sag es demjenigen. Sag es ihm sofort und sag es ihm oft und immer wieder. Man kann mit seinem Leben alles Mögliche anfangen, aber nichts ist so bedeutsam und dauerhaft

wie die Liebe. Und glaube mir eins, nichts ist so schmerzhaft wie das Bedauern.
Aber genug von diesem rührseligen Mist. Ich hoffe sehr, dass dir das Hotel gefällt, Lucy, und solltest du dich entscheiden, doch nicht den Rest deines Lebens am schönsten Fleck auf Gottes weitem Erdenrund zu verbringen, dann hoffe ich, du gibst das Geld auf kluge Weise aus und erfreust dich daran.
Das schwarze Schaf der Familie,
dein dich liebender Onkel Calum

Mir strömen Tränen über das Gesicht. Wenn ich ehrlich bin, kann ich mir meine Eltern, so wie er sie beschreibt, überhaupt nicht vorstellen, aber schließlich kannte ich sie auch nicht, als sie jung waren. Calum kann ich mir dagegen sehr gut vorstellen, wie er hier seine Tage vertrödelte, sich aus Gründen der Romantik weigerte, sein schwächelndes Geschäft aufzugeben, und seine Wunden leckte.

Ich greife zum Telefon und rufe meine Mutter an. «Ich habe einen Brief von Calum gefunden», sage ich.

«Ach», antwortet sie. «Ich hatte wirklich ein klein bisschen Sorge, er könnte so etwas Albernes getan haben. Weißt du, Lucy, das ist alles schon furchtbar lange her.»

«Aber er wusste über mich Bescheid. Ihr müsst in Kontakt geblieben sein. Und zwar nachdem ...»

«Ich hatte immer die Hoffnung, dein Vater und er würden sich irgendwann wieder versöhnen.»

«Wie lange habt ihr ...»

«Spielt das wirklich noch eine Rolle? Er ist nicht mehr.» Ihre Stimme klingt traurig.

«Weiß Dad, dass ihr in Kontakt geblieben seid?»

«Nein. Und ich glaube, es ist auch besser, wenn das so bleibt. Es hat keinen Sinn, in alten Wunden zu stochern.»

«Nein.»

Anschließend liege ich die ganze Nacht lang wach. Als es draußen über den Bergen zu dämmern beginnt, habe ich meine Antworten gefunden.

Ich telefoniere mit der Gemeindeverwaltung, stelle ein paar Fragen und vereinbare dann einen Termin mit Richard Wallis. Mr Wallis ist zwar etwas erstaunt über meine neuen Pläne, sagt mir aber die Kooperation der Bank zu, falls es mir gelingt, die Unterschriften aller anderen Beteiligten zu bekommen.

Und an einem strahlenden Morgen im Mai lade ich Graham, Jeannie, Ewa, Janet und Hamish in den verblassten Speisesaal des Mormaer Inn ein, in dem damals alles begonnen hat.

Ich habe Kaffee und Sandwiches vorbereitet. Beides sehr viel schmackhafter als das, was mir bei meiner Ankunft hier vorgesetzt wurde. Wenigstens ein kleines Erfolgserlebnis. Ich warte, bis alle da sind, dann stehe ich auf. Alle Augen sind erwartungsvoll auf mich gerichtet, und ausnahmsweise stört mich das nicht. Ich fühle mich weder eingeschüchtert noch verlegen.

«Ich habe euch hergebeten, weil ich einen Plan für die Zukunft des Mormaer Inn entworfen habe. Dieser Plan funktioniert allerdings nur, wenn ihr alle damit einverstanden seid, und ich bitte euch zu warten, bis ich mit meinen Erklärungen fertig bin, ehe ihr etwas dazu sagt.

Graham, ich möchte dir anbieten, den Nordflügel des Gebäudes zu kaufen. Vom Keller bis zum Speicher, das Bistro ausgenommen. Daran geknüpft ist jedoch die Bedingung, an deinen ursprünglichen Plänen festzuhalten, das Gebäude in bezahlbaren Wohnraum umzuwandeln und den Einwohnern von Mormaer, die ihre Wohnungen verloren haben, ein Vorkaufsrecht einzuräumen. Ich habe bereits mit der Gemeindeverwaltung gesprochen, und sie sind bereit, an der ursprünglichen Genehmigung deines Bauantrags festzuhalten.»

Graham möchte etwas sagen, aber ich hebe die Hand und spreche weiter. «Das Clootie Craw werde ich behalten, und ich möchte, dass du es weiter betreibst, Hamish. Janet und Jeannie, euch möchte ich das Bistro für euer Tasty-Bake-Projekt anbieten. Vorausgesetzt, Jeannie ist bereit, auch weiterhin im Haus das Frühstück für Gäste zu machen – dazu später mehr –, überlasse ich euch die Räumlichkeiten ein halbes Jahr lang mietfrei, damit ihr euer Geschäft auf solide Beine stellen könnt. Im Anschluss daran einigen wir uns auf einen fairen Pachtzins. Den Hauptteil vom Erdgeschoss meiner verbleibenden Hälfte stelle ich der Gemeinde zur Verfügung. Vor allen Dingen möchte ich den Pfadfindern eine Heimat bieten. So kann das Mormaer Inn zu einem vielseitigen Begegnungszentrum werden.

Und schließlich zu dir, Ewa: Ich möchte dich bitten, mir dabei zu helfen, das restliche Hotel als Bed & Breakfast weiterzuführen. Ich kann dir zwar kein hohes Gehalt bieten, aber dafür kannst du mit Ania mietfrei in das zweite Türmchen ziehen, wenn du möchtest. Ich muss dich allerdings vorwarnen, dort ist gestalterisch viel zu tun, aber ich bin mir sicher, dass du das mit deinen Fähigkeiten locker in den Griff bekommst.

Gut, das war's. Ich lasse euch jetzt allein, damit ihr die Dinge in Ruhe besprechen könnt. In einer Stunde komme ich wieder und höre mir an, auf was ihr euch geeinigt habt.»

Ich mache Anstalten, den Raum zu verlassen, da ergreift Janet McGruther das Wort: «Es besteht kein Grund hinauszugehen.» Mir rutscht das Herz in die Hose. Ich hätte wissen müssen, dass sie mal wieder das Haar in der Suppe ist. Jeannie sieht sie zweifelnd an. «Ich glaube, ich spreche für uns alle», sagt Janet und steht auf, «wenn ich sage, dass keiner von uns hier besonders glücklich über Ihre Entscheidung war, das Mormaer Inn weiterzuführen. Wir waren sicher, dass Sie nie in unsere Welt passen und unsere Pläne durchkreuzen würden.» Sie gerät kurz ins Stocken. «Aber wir haben uns getäuscht. Ihrer Großzügigkeit, Ihrer Freundlichkeit – und das, obwohl vor allem ich weiß Gott nicht nett zu Ihnen war – und Ihrem Mut», sie schluckt schwer, «dem Mut, den Sie bei der Rettung meiner lieben Freundin Jeannie bewiesen haben», sie streckt den Arm aus, ergreift Jeannies Hand und blinzelt die Tränen weg, «ist es zu verdanken, dass Sie inzwischen nicht nur ein geschätztes Mitglied unserer Gemeinschaft geworden sind, sondern ein sehr liebgewonnener Teil.» An der Stelle wirft sie Graham einen bedeutungsvollen Blick zu. «Ich denke, wir alle würden Ihr Angebot gerne mit Freuden annehmen.»

Plötzlich sind alle auf den Beinen, Stühle werden zurückgeschoben, und alle drängen sich um mich. Ich versinke in Umarmungen und Gratulationen.

«Und ich hab's geschafft!», platzt Jeannie plötzlich heraus. «Lucy, ich habe es ins Bake-Off-Finale geschafft. Meinen Sie, wir könnten die Endausscheidung hier veranstalten?»

«Das ist eine wunderbare Idee», sagt Janet. «Aber das Mädel hat jetzt wirklich genug andere Dinge im Kopf.»

Als die größte Aufregung sich gelegt hat, steht plötzlich Graham vor mir und nimmt mich in die Arme. Er drückt mich fest, und dann flüstert er mir ins Ohr: «Hast du inzwischen eigentlich die Lizenz bekommen, hier Trauungen abzuhalten?» Mein Herz macht einen Doppelsprung, als ich verstehe, worauf er mit seiner Frage anspielt. «Ja», flüstere ich zurück.

Und plötzlich kniet Graham vor versammelter Mannschaft vor mir nieder und bittet mich, seine Frau zu werden. Völlig fassungslos warte ich ein paar Herzschläge lang ab, ehe ich antworte. Gespannte Stille senkt sich über den Raum. Und dann nehme ich all meinen Mut zusammen und beherzige den einzigen Rat, den mein verschrobener Onkel mir gegeben hat. Ich fange an zu grinsen und umarme Graham heftig. Meine Freunde applaudieren. Er nimmt meinen Kopf in beide Hände und küsst mich zart. Und ich weiß genau, dass der Geist meines Onkels Calum in diesem Augenblick bei uns ist und uns seinen Segen gibt, für unsere Liebe und für meine exzentrischen Pläne zur Rettung des Mormaer Inn.

Sehr viel später, als alle anderen gegangen sind, sitze ich mit Graham unten am See.

«Möchtest du im Hotel heiraten?», fragt Graham.

«Falls dich die schäbige Kulisse nicht stört?»

Er lächelt. «Ich habe mich inzwischen richtig daran gewöhnt, aber ich wollte sowieso schon mit dir reden. Jetzt, wo Seans Tagung geplatzt ist... Da könnte ich doch ein bisschen in dein Hotel investieren? Auf partnerschaftlicher Basis natürlich», fügt er schnell hinzu.

Ich recke das Kinn. «Ich will keine Almosen.»

«Mal abgesehen von der Tatsache, dass du meine Frau wirst, glaube ich, dass es sehr viel realistischer ist, ein Bed & Breakfast mit Café zu leiten, als auf Biegen und Brechen zu versuchen, ein gigantisches Geisterschiff von heruntergekommenem viktorianischem Grandhotel mitten in den Highlands zu führen.»

«Es muss wirklich mal wunderschön gewesen sein», seufze ich.

«Und jetzt wird es dank dir zum Herz der Gemeinde. Ich würde sagen, du trägst einen wunderbaren Teil zum Denkmalschutz bei.»

«Ich würde gerne mit dir hier oben leben.»

«Das möchte ich auch», sagt Graham und nimmt meine Hand.

«In meinem Türmchen», sage ich herausfordernd.

«Können wir uns darauf einigen, dass wir unser gemeinsames Leben in deinem Türmchen beginnen und bei Bedarf dann vielleicht doch etwas Größeres in Erwägung ziehen?»

«Bei Bedarf?» Ich verstehe nicht ganz, was er meint.

«Ich meine, wenn wir mal Kinder kriegen. Natürlich nur falls du Kinder willst.»

Ich schmeiße meine Arme um ihn und werfe ihn beinahe um. Lachend kämpft er um sein Gleichgewicht.

«Also damit wirst du meine Mutter sehr glücklich machen», sage ich.

Er sieht mich ein bisschen beunruhigt an, aber mein Blick geht an ihm vorbei, hinunter auf den in der Sonne glitzernden See. Ich schwöre, dass ich eben einen winzigen Augenblick lang ein Kelpie gesehen habe.

Juliet Ashton
Ein letzter Brief von dir

Als Orla am Valentinstag einen Brief von ihrem Freund erhält, rechnet sie fest mit dem langersehnten Heiratsantrag. Doch bevor sie den Umschlag öffnen kann, kommt der schreckliche Anruf: Simon ist in London auf der Straße zusammengebrochen. Er ist tot. Orla steht unter Schock. Wie soll sie weiterleben ohne Sim? Und warum rät ihr sein bester Freund so eindringlich, die Valentinskarte nicht zu öffnen? Orla war doch Sims große Liebe. Und er ihre. Als Orla krank vor Kummer nach London reist, um mehr über Sims letzte Tage zu erfahren, wird ihr klar, wie wenig sie ihren Freund kannte. Und noch bevor sie die Valentinskarte öffnet und seine letzten Worte liest, ist sie selbst ein anderer Mensch geworden …

416 Seiten

«Sie werden sich durch dieses Buch lachen und weinen: hochoriginell und bewegend.»

Closer

Das für dieses Buch verwendete Papier ist FSC®-zertifiziert.